教育部人文社会科学研究"新媒体视域下辅导员人物IP研究（21JDSZ3059）"专项任务项目（高校辅导员研究）

成为最好的自己

青春年华漫谈

陈梦莹 著

应急管理出版社

·北京·

图书在版编目（CIP）数据

成为最好的自己：青春年华漫谈/陈梦莹著．－－北京：应急管理出版社，2024
ISBN 978-7-5237-0467-7

Ⅰ.①成… Ⅱ.①陈… Ⅲ.①随笔—作品集—中国—当代 Ⅳ.①I267.1

中国国家版本馆 CIP 数据核字（2024）第 044869 号

成为最好的自己　青春年华漫谈

著　　者	陈梦莹
责任编辑	陈棣芳
封面设计	优盛文化
出版发行	应急管理出版社（北京市朝阳区芍药居 35 号　100029）
电　　话	010-84657898（总编室）　010-84657880（读者服务部）
网　　址	www.cciph.com.cn
印　　刷	河北定州启航印刷有限公司
经　　销	全国新华书店
开　　本	710mm×1000mm$^1/_{16}$　印张　$18^1/_4$　字数　305 千字
版　　次	2024 年 4 月第 1 版　2024 年 4 月第 1 次印刷
社内编号	20211495　　　　　　　　　　　　　　定价　88.00 元

版权所有　违者必究

本书如有缺页、倒页、脱页等质量问题，本社负责调换，电话：010-84657880

前 言

很高兴和大家见面，对于我和这本书而言，此时已经是生命中的高光时刻了。

我是一名大学辅导员，从 2013 年开始在社交媒体上分享一些自己的观点。原本，我的文章基本上是有关工作的一些记录，后来，有同学问我问题，我就根据问题给出自己的看法和建议。慢慢地，这样的问题越来越多，从学业问题延伸到人生问题。有些问题之前我也没有思考过，有些问题我以为自己的观点一定是对的，有些问题对于我而言也是无解的难题……在和大家的交流中，我得出了一些问题的答案，我也在寻找答案的过程中有了更多的思考和成长。

这也是我的微信公众号——"莹哥话真多"的由来。

当然，我深知自己不具备给任何人提出建议和指导的资格，所以，这本书并不是对"年轻人"的建议，而是交流。

每个人来到这个世界，都是通过自己独一无二的生活经历而感悟生命价值，得出自己的成长经验的。文字是主观的，这本书表达的只是我自己在当下的观点。

为了写好这篇前言，我在电脑前坐了两小时，屏幕还是一片空白。我写完一整本书了，可是遇到命题作文还是会抠手指、搓手机……你们看，我写完一整本有关成长的书籍，可是我自己身上的不自信、迷糊、拖延以及种种问题依然存在。你们在成长中遇到的苦恼，我都有，并且这样的问题，至今也没有解决。我希望你知道你们并不古怪，也没有"过分敏感"，你们并不是"被所有人讨厌"，你们的人生也不会"永远只有失败"，很多迷茫与困感是年轻人甚至全人类所共有的，你们的沮丧和对未来的不确定我能理解，但我要提醒你们，你们依然很棒。

  在这本书里，我希望可以和大家共同探讨成长。写完这一整本书之后，我得出的答案是，成长的意义就是我接受了真实的自己，不再追求完美，而是带着一身的缺点和问题，去完成自己的目标，收获自己的美好人生。

  不知道大家看完之后，是否认同我的想法。

  其实，一本书无法带来人生的改变，也很难颠覆人生。真正的生活，需要我们用一点一滴的行动去创造。生活很难，我知道。

  但愿这本书能提供些许陪伴的价值。

  但愿我和我的文字能够匹配大家给予的认可。

  未来的每一天，都值得期待。祝你们开心，愿你们幸福。

陈梦莹

2023年11月28日

目 录

1 没有哪一条路标注成功，唯有带着彷徨去坚持 / 001
2 珍惜你们犯错的机会和时光 / 004
3 立人设，最好的时机是十年前，其次是现在 / 009
4 会哭的孩子有糖吃？那个四年"贫困生"的故事 / 012
5 做选择的前提是争取更多的选择 / 016
6 面对失败，不要盲目自我检讨 / 019
7 不要迁就违反规则的人 / 022
8 不要把陋习当成"传统" / 025
9 感动自己没用，请给出解决的方案 / 028
10 千里马，别把奔跑的希望寄托在"伯乐"身上 / 031
11 那个没见识的小学同学在瑞士读博士后 / 034
12 警惕"鸡汤文"带来的负面影响 / 037
13 不要把"我不知道"当口头禅 / 040
14 青年人的危机，在于没有"危机意识" / 042
15 你有脆弱的权利 / 045
16 我们有无缘无故讨厌的自由 / 048
17 着急时，不着急，你就赢了 / 050
18 但，你真的只是短暂地努力了一下下 / 053
19 人生抉择力 / 056
20 退路思维 / 059
21 我错了，所以他们惩罚我 / 063

22 实力第一名，被淘汰 / 066

23 什么是善良 / 069

24 把握机会的关键——"应急思考力" / 072

25 警惕"权威影响力" / 074

26 别迷信"情商"，没用！ / 077

27 不瞒你说，我每天都做着失业准备 / 080

28 他人的期望，是一种微妙的暴力 / 083

29 所谓"独特"，不必刻意追求 / 085

30 请不要信仰"厚黑学" / 087

31 "想当然"的思维陷阱会让自己陷入困境 / 089

32 最贵的品牌是你自己 / 092

33 知名品牌破产，有些人说是因为"质量好" / 094

34 接受自己的软弱，才是坚强的开始 / 097

35 能成为朋友很好，但不必成为你的全部 / 100

36 我们不必热衷撕下别人的面具 / 103

37 如果你想做真实的自己，就不要沉迷于让别人理解你 / 106

38 "学习好"只是能力之一，不是全部 / 109

39 别把自己当成"工具人" / 112

40 长大后活成什么模样是自己选的 / 115

41 不要拿自己的大好前途开玩笑 / 118

42 遇到事，跳出来，再看 / 121

43 不要执着于"完美受害人" / 124

44 不要简单地理解"善与恶" / 127

45 成功学？我有失败学，学不学？ / 130

46 学会善待你的野心 / 132

47 如果我是你的朋友，不会给你意见，但会陪你跳坑 / 135

48 学历究竟能决定什么？ / 137

49 何必假装"不认真" / 141

50 小成功你看不上，大成功你轮不上 / 144

51	刷分人生——只看见芝麻，却丢了西瓜	/ 147
52	最后留下的，是始终在线的人	/ 149
53	收藏学习方法，就是自我麻痹	/ 152
54	真的，没有那么多的风口	/ 155
55	承认自己不懂装懂，人生真的会好起来	/ 158
56	别被他人消费了善良	/ 161
57	你相信地球是平的吗？	/ 165
58	走捷径的人生，真的会好起来吗？	/ 168
59	人生的痛苦就在于总是想替别人选择	/ 171
60	"我不配"是当代青年最大的心理阴影	/ 174
61	爱情第一课，你要学会接受"不爱"	/ 177
62	劣币会驱逐良币吗？会！当你选择做一个旁观者	/ 180
63	"小聪明"只会毁了你	/ 183
64	出发，这事就成了	/ 186
65	爱惜自己的羽毛	/ 189
66	差点儿意思	/ 192
67	不要过度解释	/ 195
68	如果不上大学，我的人生还有什么！	/ 198
69	作为老师，怎么看待"说脏话"这件事	/ 201
70	请带着自卑努力地生活下去吧	/ 204
71	18岁的人生，从尊重"不同"开始	/ 207
72	18岁，人生失败，都怪爸妈	/ 210
73	如何面对"失败感"	/ 213
74	请学会为自己沟通	/ 215
75	失败才是人生的常态	/ 218
76	咱们，谁都不容易	/ 221
77	年轻人的痛苦怎么就成了矫情？	/ 224
78	不捅破窗户纸的沟通，都是无效沟通	/ 227
79	为了避免失败，你做了足够的努力吗？	/ 229

80 不要从别人的嘴里认识我 / 231

81 稳住，慢慢走 / 234

82 重要的是，找到自己的跑道 / 236

83 少经营朋友圈，多看看生活圈吧 / 238

84 我们，该如何评价他人？ / 241

85 沉迷"吃苦"，是对成功的不尊重 / 244

86 识别那些让你滞留原地的快乐 / 247

87 我们想要的那么多，为什么却总是留不住 / 250

88 先行动，然后找目标 / 253

89 坚持时，不谈热爱 / 255

90 这个世界上根本就没有正确的选择 / 257

91 我们为什么要好好说话 / 259

92 接受人的复杂性 / 261

93 不要通过毁灭自己的人生来证明别人的错误 / 264

94 完成目标，是需要花些时间的 / 268

95 能力不等于成功 / 271

96 如何在失败中成长 / 273

97 认真生活，认真感受 / 276

98 如果有一天……请记住客观冷静 / 278

99 青春，是用来奋斗的 / 280

1　没有哪一条路标注成功，唯有带着彷徨去坚持

今天是五四青年节，是一个适合和青年人交流的日子。

01
青年人想要的是什么？
莹哥大胆猜想一下，两个字：
成功。
有没有人持反对意见？好的，没有听到反对的声音，那么我继续。（哈哈，皮一下很开心。）
那么何为成功呢？
我写这篇文章的时候网上有两个段子。
一个是传言某公司临近破产，然后公司里一位普通的清洁工阿姨拿出了600万元为公司完成融资。后来才知道，阿姨是本地人，拿了好多拆迁款。
另一个段子始终也没被证实，说的是有人在前女友结婚的当天买了城市的很多报纸版面，刊登了一封信。信的大致内容是说自己当初很穷，后来靠买比特币发达了，于是花了点钱买版面表达"祝福"。（其实我觉得更像营销广告。）
这两个段子在当时都掀起网上的讨论热潮。而这股热潮中还有"靠卖煎饼买楼"和各类创业成功的故事，虚虚实实地出现在网络上吸引着大家的注意，所有的这一切，无不在潜移默化地宣扬这样一种价值观：金钱至上。
我写这篇文章是想要批判这种"将物质、金钱作为衡量成功唯一标准"的价值观吗？也不完全是。我没有资格去评判你做出的选择，也没有资格决定哪种选择是"应该的""正确的"。我只是希望你拥有自己的思考和选择。
每个人都有自己的偏好，将物质、金钱作为判定人生价值的依据，作为自己追求的人生目标，是无可厚非的，每个人都有选择的权利。但是物质和金钱

不是唯一的评判标准，每个人都可以有对"成功"的理解，同学们要认识到自己对人生有决定权，选择自己想走的路。

然后，我们就要为自己做出的选择付出努力。

02

我见过很多同学，大一开始就去兼职，到学校一学期，学校周围的兼职摸得门儿清。这个店的时薪是多少，那个店的工作量是多少，双休适合什么兼职，假期适合打什么临时工。这一类学生，在班上几乎没有存在感，课程也没有落下过，考试也没有不及格，偶尔会因为兼职调班需要请假。

和班上那些"只会读书"的同学相比，他们早早地实现了初期的"财务自由"，买得起想吃的零食，玩得起周边的城市。而另一些同学辛辛苦苦一学年，得到的奖学金，可能连请朋友吃顿饭都不够。

可能大家都是在为物质需求而努力，有的选择"两者兼得"，一边兼职，一边学习，有的选择"一心一意"，先认真学习，为将来做准备。作为一名辅导员，我其实不太赞同同学们一边兼职，一边学习，因为我见到的大部分做出这个选择的同学并不能两者兼顾，当然这是我的个人观点，其实我想说明的是，即使实现相同的目标，也可以有不同的路径选择。

03

我的一个学生，大学四年，除了学习，几乎不干别的，也不怎么和大家交流。到了大四，他是班上第一个找到工作的，还是被上海一家知名企业录取，这个时候，大家才发现他大学四年考取的证书，积累的知识，扎实的英语功底。听说该公司配备员工住房。听说的真实性不确定，但是可以肯定的是，从经济角度来说，他现在的工资水平，确实超过了班上之前那些做兼职的同学。

我不赞同兼职，并不是彻底反对兼职。我带过的另一个专升本的学生，从专科开始就做兼职，而且只在一家店做，一直坚持到专升本毕业，做了五年。临毕业，别人还在找工作的时候，他已经被邀请担任店长了。

选择，从来没有什么对错，关键是能不能坚持到成功。

04

同学经常会来咨询：老师，你说哪种选择更好？哪条路更好？

很抱歉，其实我们也没有什么很好的建议，辅导员老师也不过是普通人，我们不能为任何一条道路提供保证，我们没有办法保证"成功"。

当然，咨询并非无效。我们所提供的，不过是帮助大家认识自己内心更倾向于哪一种选择。

05

现在的大学生虽然身处校园，可校园已经不像原来那样封闭了，你们了解这个世界的渠道太多了。

你们也会讨论房价和体制，探讨虚拟货币和创业板块。

越来越多的人说"选择大于努力"，好像只要选"对"了，以后就可以高枕无忧，只等着收获了。

期望通过押中某个投资项目获得巨大收益，这本身是把自己的成功押在别人的身上。这种成功，不是看努力，而是看运气。

我不懂经济，看不懂行情，我只是坚信：要想百分百得到回报，唯一要做的，就是坚持付出。

06

没有人能保证你的选择一定是对的。

但是和在多条路上走几步就回头相比，在一条道路上坚持到底，才是知晓结果的捷径。

青年，总觉得自己年轻，所以挥霍青春；青年，总顾虑失败，所以心生彷徨。

没有哪一条路标注着成功，唯有带着彷徨去坚持。

2　珍惜你们犯错的机会和时光

不走路就不会磨坏新皮鞋，不尝试就不会有失败。可是不试一下，又怎么知道结局是怎样的呢。

请你们一定要明白：在你们的人生里，犯错越早，付出的代价越小。

01

院学生会举办辩论赛，作为指导老师，我早早地赶到会场。这是学生会换届以来的第一次大型活动。

学生们虽然非常认真，但是活动毫无意外办得特别差。

不是选手表现差，而是活动组织得很差——活动现场，没有人协调，台上台下分不清观众和演出人员，幕布皱皱巴巴，音响时有时无，互动环节无人参与，观众更是寥寥无几；到了半场，台上的选手比台下的观众还多。评委里我作为唯一的老师成了重量级的"嘉宾"，因为负责邀请老师的同学完全忘记了这件事，于是我一人又打分又点评，颁奖环节从头站到尾，颁奖颁到手软。

假如他们不是在学校，而是已经毕业，举办的不是学生活动，而是商业活动，那么这就不仅仅是失败了。对于负责组织工作的同学而言，这份工作、这个行业，都可能就此与他无缘了。

是的，第一次当然没有经验，所以很多同学为什么要把毫无经验的第一次带入你们口中的"残酷社会"之中呢？你们觉得哪个企业老板或者公司领导，会允许你们用宝贵的商业资源为你们的成长买单呢？

当然，我不是"领导"更不是"老板"，我只是个老师，看到学生的惨败，我的内心独白是——太好了！

新任学生会主席第二天主动跑到办公室，尴尬得不知道说什么，口袋里还揣着好几个部门负责人的检讨书和辞职信。

其实新任学生会主席其他方面都不错，就是办事态度有问题，从来不主动找指导老师，组织任何活动也不做汇报，事前也绝不会问前任学生会主席的意见，即使我们指出问题，他也不会听。所以举办活动有这样的结果完全在意料之中。前任学生会主席早发现了问题，在活动之前就找到我，让我给新任学生会主席施压，但我没有这样做。

我当然能以老师的身份要求他，但这样即使他做对了，也不会认为自己有什么问题，或许还会以为我是个喜欢刷存在感的辅导员。以后他还会想方设法地按自己的方式做。而现在他按自己的方式做了，又经历过失败了，他才知道自己错了，以后就不会再犯同样的错误了。

这个时候我再和学生说什么，他们也都能听进去。是啊，这就是老师和老板的区别，老板希望活动成功，而老师更希望学生能够通过活动获得成长。而这也是学生举办活动的价值呀。很多同学总担心失败，因此不愿参加活动，可是，如果注定要失败一次，为什么不越早越好呢？

在我看来，这或许就是读大学的重要意义：

大学是你们人生中，唯一允许你们犯错又鼓励你们犯错，也是犯错成本最低的地方。

02

有一个毕业很久的学生，我对他印象深刻，但不是因为他的外貌、背景、头脑……这些他似乎都没有，只有他的梦想——做脱口秀演员。

他和我说想做脱口秀演员的时候，严重的口吃及吐字不清让我听完以后沉默了五秒钟，愣是不敢问第二遍。天哪，别说口才了，以这种说话方式，面试分分钟就被刷下来了吧。我只是这么想，那时和学生还不熟，没敢这么说。

这样的梦想听上去挺不靠谱儿，但我还是和他说："趁着现在大学时间多，只要完成学校规定的任务，就尽可能地去尝试你的梦想，失败了记得回头就行。"

这是几年前的事了。他现在和朋友开了一家影视工作室。业余时依然会尝试脱口秀，前段时间他受邀参加了一场演出。是的，他做到了。当然他说自己"表现得不好，观众反响也不太好"，但他能站上台已经很开心了。

偶尔他也会来看我，还是结巴，说话还是咬字不清，但我们之间已能相互调侃了，他还会自嘲，把这当作一个梗。

"这……这……这就是咱——咱的特色！"

其实，他也试过纠正结巴，也很积极认真地想段子，但他没有克服结巴的毛病，也没有获得世俗意义上的成功。是啊，这样的一个学生故事我也想和你们分享，因为我希望你们明白，鼓励你们面对困难多尝试，并不是向你们保证这样做就一定会避免失败，获得成功。

没有注定的失败，只有尝试过才会知道，所谓成败，不过是硬币的正反面而已。但人生，不是硬币的正反面。

不去试，不会失败，只会不甘。

03

很多人都说：现在的年轻人啊，一代比一代放肆，一代比一代不好管，一代比一代没毅力。

要我说啊，错不在年轻人，而在"过来人"。

说得越来越多，管得越来越多，规矩定得越来越多，要求也越来越多。

"过来人"想让年轻人少走弯路，却忘记了，走过的弯路，让我们认识到直路是怎样的。我们的"好心"，其实已经造成了一个很麻烦的结果：

现在的年轻人，越来越谨慎，越来越害怕失败。

因为我们教育的，始终是如何成功，始终只是规避失败。可是如果没有失败，成功还有意义吗？

04

我想说，至少从我目前的人生经历来看——大学，是人生犯错误性价比最高的阶段。

因为大部分的错误，我们可以承担后果。

然而，现在的大学生似乎有非常重的"偶像"包袱。

有能力，却不敢竞选学生干部，怕失败；不敢去演讲，怕忘词；不敢参加活动，怕做不好。可是你们不参与固然不会犯错，但会一直怕下去。这份害怕会贯穿你们整个人生，你们永远没有踏出去的那一天。

在青年时期，你们可以不停地犯错，不停地失败。错了，改正就好，没有人会笑话一个人的失败，毕竟你们不过是"不知天高地厚的小年轻"。哪怕出了大丑，丢了大脸，时间也会帮助你们淡忘。大学毕业以后，你们曾经的错误和失败，几乎不会给你们人生的下一阶段带来影响。

学生把活动办砸了，从活动的角度来说是失败了，可是经历过失败，他们成长了，还有下一次，还有机会。如果踏入社会，在工作中，不要说办砸活动了，哪怕输错一个字，也许你们就没有下一次的机会了。

学生会是干什么的？是组织学生活动的。学生会就是锻炼学生能力的！要想活动万无一失，老师自己上就好了呀，那要学生会干吗？要学生干部干吗？我自己就能做好的事，要求学生去做，到底为了什么？当然，有的活动属于外事活动，其目的主要是展示，希望同学们能分清性质，允许你们犯错不是教唆你们做"愣头青"。

所谓成长，就是不断地试错并被予以纠正；所谓教育，就是发现学生的问题，然后帮助他们改正。

作为辅导员，我们应该在自己可以掌控的范围内，给学生犯错的空间。当他们真的犯错了，他们自己会知道错在哪儿，这比我们提前打一百遍预防针都管用。

假如他们成功了呢？

那就是我们想错了，我们也知道自己错在哪儿了。时代进步了，学生比老师做得更好，这是老师的骄傲。

为什么不给青年人一些机会呢？

05

允许青年人犯错，鼓励青年人犯错，但犯错不是最终目的，最终目的是试错，是不断修正道路，最终走向正确。

知错犯错，不是傻瓜便是笨蛋。

当然，犯错也需要空间，也需要遵守基本规则。譬如，在大学里尝试考试作弊、私用大功率电器……这不是试错，而是侵占，侵占别人的权利，伤害集体的公平。

至于其他，如果你有想法，就去做，去尝试！

哪怕玩游戏？

哪怕玩游戏！

游戏职业玩家也是了不起的职业。

然而大部分人所谓的玩游戏，不过是挑些轻松简单的游戏消磨时光，美其名曰"不属于现实世界的不公平"，或者充钱换高级装备，享受游戏世界的特权……先用玩游戏逃避生活的失败，再花钱换装备规避游戏的失败。

所以你们这样怕失败，不去尝试、不去努力，然后走向社会……可是总有需要面对的第一次。你们失败了，开始抱怨生活的艰辛，社会的险恶，然后劝告还在校园的学弟学妹们，"社会的艰险是难以想象的，听我的，我吃的盐比你吃的饭都多"。玩游戏的时间比人家睡觉的时间都多你们怎么不说？

年轻人唯一的资本就是可以在"不懂事"的年纪犯错。

走过所有的弯路，自然会知道直路是怎么走的。

寻找成功的方法有一百种，万无一失的方法就是失败九十九次，剩下的，只有成功！

给你们的唯一忠告：珍惜你们犯错的机会和时光。

3　立人设，最好的时机是十年前，其次是现在

一天晚上，我带的新生向我求助，他的饭卡掉进篮球场的下水道里了。那是一整排旱道，是被封死的，饭卡就在里头静静地躺着，演绎"世界上最远的距离"，那时候已经差不多晚上九点了。

然后我硬生生憋出了一个点子：用绳子加上透明胶，把饭卡给"钓"上来了。

学生表示："莹哥，你果然厉害。"

我的衣服却湿了大半。心里庆幸的是：还好，人设没塌。

01

原来不只明星，每个人都在立人设。

对于"人设"，感受最多的来自娱乐圈。很多明星喜欢立"人设"，"深情人设""总裁人设""学霸人设""蠢萌人设""吃货人设""爱家人设"……这样的人物形象，并不一定是明星的全貌，不一定真实，但是他们乐此不疲地立人设，希望粉丝相信这就是他们的真实模样。

普通人也会有人设，宅神、学霸、女神……人设，既可以来自别人对自己的定义，也可以是对自己的标签。现实中，人设的确立，是快速的社交分群手段。

立人设已经成为一种潮流，很多人不自觉地加入其中。

有些人实在不知道什么人设适合自己，对于他人赠予的人设坦然接受，于是"双鱼座爱幻想，处女座洁癖狂，摩羯座很踏实……"看到朋友圈发布的"心理测试"，就会迫不及待地打开来，做一些莫名其妙的题目，对于那些模棱两可的定义深表认可。即使两次测试的结果完全不同，也一点儿不影响大家的积极性。

人设的背后不过是自己所想要达到的一种状态罢了。立人设，更多是为了得到群体认同。在现代交际过程中，大家纷纷亮出自己的人设，这有利于更快、更准确地定位交际圈。这也算当下"快文化"的另一种表现形式吧。

所以，每个人都爱立人设。每时每刻我们都在接受人设。

那么，当认识到立人设的重要性以后，我们接下来应该考虑的是：究竟是等待被立人设，还是自己立人设。

02

立人设，更多时候，反映的是自己内心的期待。

我的一个学生在刚入学第一次自我介绍时上台说："我的目标是成为'学霸'。"当时大家都笑了，毕竟正面人设一般不该是从自己嘴里说出来的。但是他就是说了。

作为辅导员，我们是可以看到档案信息的，这个学生的高考成绩其实是班级垫底的。但是到了毕业的时候，他却成为妥妥的"学霸"。

打一开始，他就很认真，很积极，每次上课坚持坐在第一排，一个月就能整理出一整本笔记来。到了第一次期末考试的时候，这个学生很认真、很努力地复习，宿舍同学都说他每天十二点睡，早上五点起床看书，"勤奋到可怕"。

第一学期期末考试，他的成绩不过是刚及格而已。而他平时做事情，也总是出错。他参加过很多比赛，结果都是惨败。后来任课老师看这学生挺积极，也愿意给他解答问题，多说点。

再后来，他听从了其中一位老师的建议，报名参加学校的技能比赛。这个比赛的难度很高，活动周期又长，一般没有学生愿意主动报名，最后由各班级推荐自己的优秀学生。那几年，只有他是自己主动报名的。

第一年没经验，他很快就被淘汰了。但他没有放弃，用了一年做准备，第二年又报名参加，这一次，他获得了学校的三等奖，有了这个成绩，他已经有了"好学生"的人设。就这样到了大四，他又参加了。这一次，他不仅拿到了全校第一，还拿到了全省第一，进入总决赛，和他同台比拼的不乏"985""211"大学的选手和其他国家的优秀选手。

他获得了二等奖。这也是学校获得的最好成绩。

这是很多年以前的事了，他现在在北京一所很好的大学读研究生，备战考博。

你立的人设是什么样的，不是看嘴上说的，而是看行动。

没有人生下来就有人设，每一个人设都是在成长中塑造，在行动中不断积累，通过各种事件进行展示的。

光动嘴的人设，不过是求而不得的说辞，必然有人设崩塌的一天，落得个表里不一的下场。

03

每个人都有自立"人设"的权利。

某旅行综艺节目上，有个小哥想要塑造"博学"人设，后来被旁人戳穿。

原来小哥每次去博物馆对每件展品都了如指掌，实际上是他为了"博学"的人设，每次入馆前临时用手机搜索相关知识然后现场背书。由此，大家便嘲讽他"博学"人设崩塌了。

可其实这又有什么问题呢？

如果他能因为"博学"人设的压力一直坚持下去，每次都去查找知识，每次都去背书，那么每次积累的过程，都是在成长。每一次，都为自己设定的人设努力，总有一天，他会真正变得博学，符合自己拟定的人设。

他想要设立"博学"人设，并且在为此做出努力。在我看来，这远比立着"吃货"的人设，却一口饭都不吃要真诚得多。

我们之所以怀念青春，向往青春，是因为青春意味着无限的可能性。

很多人希望通过新环境或者新的契机，设立新的人设。可这样的机会并不多，我们也很难摒弃过去，做到真正重新开始。

那么，我们还可以立新的人设吗？

"种一棵树，最好的时间是十年前，其次是现在。"

给自己立人设，最好的时机是十年前，其次是现在。

4 会哭的孩子有糖吃？那个四年"贫困生"的故事

01

这一课，我们聊"逐利"。

最近经常听到这样的声音："这个世道变了""会哭的孩子有糖吃"……很多刚步入社会的新人，手里捧着"厚黑学"，开始了自己的生活。

有的时候毕业的学生会和我聊天，说一些烦心事。对于社会经验尚浅的他们，最大的心结往往来自利益。

在学校里，任何行为都是以"公平"为大前提的。学校会尽力平等地对待每一个同学，即使评选，也坚守着规则，用客观的标准权衡最终的结果。让每个同学感受到"公平"，是校园活动中涉利行为的标准和底线。

但是离开校园以后，"公平"仍然是社会行为的重要守则，却不再是核心目标。最终利益的获取，是有多条渠道的。而每条渠道看起来都不太一样，对于习惯了单一规则、渠道的刚进入社会的同学而言，这样的过程，难免令人不适应。

当然，很多同学还是会愤怒地指出：会哭的孩子有糖吃，是不争的事实。

那么，真的是这样吗？

02

上过大学的人，对于"会哭的孩子有糖吃"这句话最深刻的了解，就是关于贫困生的助学金了。

作为老师，我们在评选过程中，极力遵守公平、公正、公开的原则，国家也几乎每年都在根据反馈，修正评选细节和要求。可即使这样，我们也难免会遇到一些特殊情况，需要班级同学参加评议。

有个学生，我们称他为小 A，他是符合家庭贫困标准的，第一年就交了助学金申请，学校评选也没有问题。但是助学金名额只有这么多，具备相同条件的申请人数大于助学金分配名额。小A知道了这个情况后，找到了辅导员、班委以及所有参与评议的同学，说明自己家庭的情况，然后说家里最近还突发了一些危机，所以经济状况更加困难，这笔钱对自己整个家庭很重要。

在相同环境下，他的困难似乎更加紧急一点儿，于是在相同条件下，大家都给他投票了，他拿到了助学金。

第二年，他又申请了助学金。之前说过，对于条件差不多的申请人，总要有所选择。在这样的前提下，一般拿过助学金的，如果不是特殊情况，就不再重复考虑了。可是小A认为自己符合标准，也符合要求，应该获得这笔助学金。他找辅导员一聊就是一天，还让他的父母给辅导员打电话。

有同学质疑他的家庭条件不符合贫困生申请条件，他更是针锋相对。整理材料检举其他申请人"打车、请室友吃饭、去网吧上网"等不符合贫困生申请条件的行为。

后来有个申请人主动退出了，这个名额"刚好"给了他。

之后两年，他又用差不多的方式，写举报信威胁其他申请人，辅导员不同意就找领导，老师不批准就坐在办公室哭闹……是的，大学四年里他次次不落地获得了助学金。

这样的情况是真实发生过的，而且不限于助学金，还有其他的奖学金。只要他的条件符合，他几乎都是靠类似的方式获得。

这大概就是你们说的"会哭的孩子有糖吃"的典型了吧。

无论是同学还是老师，都对他的行为表示不满，却又无可奈何。

03

会哭的孩子有糖吃，并且会一直有糖吃。

但眼前的一块糖，却很可能是拿人生未来的甜品屋换来的。

是的，从某种意义上来说，小A是大学期间的最大获利者。可事实真的是这样吗？

四年的助学金，加上奖学金，咱们以最高等的标准来算，一年也就一万多元吧，大学四年，五万元已是极高了。

但是，用哭闹换来的糖，真的只是付出了"泪水"吗？

小A其实能力不错，聪明，学习也好，也很努力，可是在学校里，他几乎没有朋友，因为每个同学都是他的"潜在竞争者"。学校组织各类科技竞赛，大家组队，他一定不是第一人选。他从来没有过走出校门参赛的机会。

学校里有个教授谈起他，曾经很惋惜地表示：自己有个高校交流计划的推荐资格，这孩子能力真的不错，可惜他把利益看得太重，实在不敢推荐他。因为做学术的，如果把利益放在第一位，就很容易误入歧途。

他知道自己争取到了什么，却不知道因此而错失了什么。

用哭泣换糖的孩子，往往不相信靠自己的汗水可以换糖。他放弃了自己"拥有"的可能，只是"索取"并且习惯于此，最终依赖上这样的"捷径"。

等价交换是不变的。

如果你们没得到，就是哭声不够大，或者汗水不够多。

真的打定主意用哭声换糖果的孩子，是要舍弃脸面、舍弃他人的尊重、舍弃其他渠道的机会、舍弃自己未来的成长，并且持之以恒地做下去。这并不比流汗更容易。

总会有结果的。

只不过一个是当下，一个是长远。

04

如果你看到的都是用哭泣换糖的孩子，你们是不是也动摇了？你是不是会想"学着成为这样的人，也挺好？"那我也要提醒你们，这样做看似容易，但未必人人能做到，而且未必一定能成功呀。你们只是看到了"成功"，那些"失败"你们没有看见。

你们也可以有别的选择。

选择做那个手里有糖不需要向他人索要的孩子，甚至可以选择做制定发糖规则的孩子。

这个世界上什么样的人都有，有拿眼泪换糖的孩子，也有拿汗水换糖的孩子，有手里拿糖发给别人的孩子，也就一定有为了确保公平而制定规则的孩子。所有的这一切，构成了现实社会。

古代有"天下熙熙，皆为利来；天下攘攘，皆为利往"的价值观，也有"志士不饮盗泉之水，廉者不受嗟来之食"的价值观。

现代不过换成了"会哭的孩子有糖吃""幸福都是奋斗出来的"。

真的不必关心别人的选择，也不必掩藏自己的真实目的。或者说，你更应该弄清自己关心的究竟是目标，还是达成目标的方式。

逐利是人之常情，但"君子爱财，取之有道"。

从来没有"这个世道变了，我迫不得已选择了这样的道路"。

每一个选择,都是我们自己做出的。

而我们做出的每个选择,都决定了自己是怎样的人。

5　做选择的前提是争取更多的选择

01

有个学生,进校后报了学生会、社团,还参加了班委竞选,每天忙着参加各类选拔,很是辛苦。于是他有了这样的疑问:"我参加这么多社团组织,到底有没有意义呢?究竟哪个组织更好呢?"

这样的问题,很难回答。

每个人的目的不同,所以每个人的选择不同,而无论是怎样的选择,最终想要个好结果,都需要自己付出。

02

报若干个学生组织,会有三种结果:

第一种,一个学生组织都没有竞选上,然后就没有任何选择的烦恼了。

第二种,只通过了其中一个学生组织的选拔,然后就不需要再做选择了。

第三种,所有的学生组织都竞选上了,然后就要继续面临选择。

这三种结果,哪种好,哪种坏呢?

没有哪一种是最好的,也没有哪一种是最糟糕的,这三种都很好,也都是烦恼。

或许还有一种结果,如果你们的竞选失败了,但是也没有不开心,这个时候你们就发现自己原来对这方面不感兴趣,那么你们为未来人生方向的多选题做了一个减项。

只有尝试过,你们才知道自己不喜欢什么。

如果你们为自己的失败而难过,那么也就知道自己在这方面还有短板,既然短板是客观存在的,越早发现,越早弥补,也就可以越早进步。

如果你们发现自己拥有许多的选择,恭喜你,你们拥有了选择的权利。如果你们问我该怎么选，我的建议是在你们力所能及的情况下，不要谈放弃，尽力去拥有。

年轻的时候，我不建议你们过多地关注"权衡"，应该全力以赴，去获得更多的选择。

03
不要回避做选择。

拥有更多的选择是第一步，重要的还是做出选择。

有的同学能力很强，通过了若干次选拔，拥有了选择权，却不知道该如何取舍，于是纠结不已，到了该表态的时候也没有给出答案，最后只有一种结果：伤害自己。

在若干学生组织中同时任职，应该是你们为多项选择进行的考察，在一段考察期后一定会发现自己更喜欢的组织和部门，这时就应及时做取舍。如果不做选择，从这一刻开始你们就进入了无意义的自我消耗。

相似性质的事务会越来越多，而因为精力有限，你们必然没有办法在某一个组织中持续发展，担当重任。

这种事情不仅仅发生在学生阶段。进入社会，面对自己的生活，你们仍然有自己的选择题：有升职的可能但需要派往外地，自己的家庭该如何兼顾；在繁忙的工作中，是选择继续深造、自我升值，还是钻研爱好、满足生活……

越成长，你们越需要明白不是每一道选择题都把选项摆在面前，并且倒计时，如果你们自己回避选择，那只能等待被选择。

停滞不前的最好状态就是维持现状，而现状一旦被打破，就很可能面临着崩盘。"36岁收费站阿姨失业崩溃""某企业高管因被辞退无助痛哭"这些网上的热帖让人感叹：有时现实很残酷，而当残酷的现实到来的时候，却发现自己已经没有其他选择了，这就是残忍。

优柔寡断，是人生最大的负能量。即使从功利的角度看，也很难说哪一种是眼前利益哪一种是长远利益，所以没有什么是最好的选择，无论哪一个选择，都不是完美的。做出选择，然后坚持到底，这不是对选择负责，而是对自己负责。

学会做选择题，不仅是考试需要具备的重要能力，也是贯穿个人人生发展的重要能力。

04

当然,你们还年轻。现阶段,我们的目标应该是争取更多的选择。

做选择的前提是争取更多的选择。

很多同学在还没有竞选的时候就开始纠结哪个选择更好,这个选择题真的无解。这就相当于你们还没有五百万元,却已经在考虑买一套一百万元的房子配一辆什么车合适。

不是不能想,而是要弄清顺序——应该先想想怎样去拥有五百万元。

在纠结哪个学生组织更好的时候,你们应该想的是如何通过选拔与考核。

而人生的很多选择,在不同的阶段会得到不同的答案,你们只有去了解了、去尝试了,才会知道自己的喜好和选择。

很多同学一进大学,就询问以后是考研好还是考公务员好,是出国深造好还是创业好。

有目标是好的,因为确定了方向,就有了前进的动力。

但我还是希望同学们现在更多的不是朝前看,而是看眼下,看看自己所拥有的真实选择有多少,然后尽可能地为自己争取更多的选择。

不断地争取选择的机会,就是不断地成长。在成长的过程中,会看到更多的机会,拥有更多选择的可能。

你们知道青春最迷人的是什么吗?

那就是,你们还掌握着自己人生的选择权。

6 面对失败，不要盲目自我检讨

01

昨天陪学生一起开班会、选班委，晚上，有个参选的同学找到我，他说自己报名参加了很多社团，感觉已经用尽了全力，可还是失败了。他心里很难过，不知道该怎么办。

巧得很，早些时候，一个今年刚毕业的同学也和我聊天，说起自己找工作连番失败的经历，郁闷得很。

人生难免会有失败。虽然每个人都能意识到这一点，但是当失败密集地出现在某一阶段时，我们很难保持平和的心态。这也很正常。

我不认为刻意地隐藏情绪才是值得鼓励的。你可以伤心、难过、沮丧，也应该有表达情绪的权利。

而重点是，在此之后，我们该怎么做。

02

做深刻的自我反思，但不是自我检讨。

我全程参与了班级内的班委竞选过程，每一个同学的上台表现我都做了记录。那个落选的同学，他的得票数是最低的，但是在我的记录里，他的表现属于良好水平。而反过来说，一些高票当选的同学，他们的能力在我看来并不是候选人里最突出的。

那些当选的同学，往往是用特别的表现力，抓住了大家的关注点，因而在之后的投票中，获得了优势。

而有些同学很认真地准备了有关班级建设的理念规划，还有详尽的演讲稿，但是当他们站在台上演讲时，台下同学听了一会儿就都把头低下去玩手机了。

有这样的结果，并不是因为他能力不行，或者演讲稿不好。他可能是"表

·019·

现力"欠缺。

那个应聘失败的同学，在我帮他复盘应聘过程时，就发现他存在的最大问题是定位不匹配。他本身的专业能力是优秀的，而他的工作目标是想要选择一个新的领域，在工作的过程中学习。这样的想法是好的，但是他本身的相关能力是弱势，他应该去一个刚起步的公司，这种公司的人员职责还不明确，也乐于接受跨专业人才，而在这样的公司，得到的学习机会更多。

但是这个学生选择的都是发展成熟的大公司，这样的公司人员职责是很明确的，也不缺人，因而他们更加看重"专精尖"人才，不会浪费时间在小白身上。

所以他投简历的时候，结局基本是注定的。

成功与失败和能力的强弱并不是对等的，而失败后，自我反思是十分必要的，会帮助自我快速成长。

而这也不一定非要被定义为"缺点"。

但是很多同学在面对失败时，在反思的过程中往往会在自己身上"制造"缺点：我唱歌不好，我写的简历太差劲了，别人不喜欢我，我不是这块料……没有人是万能的，硬把与别人的不同当成自己的缺点，不仅会造成无意义的恐慌，还会带来挫败感。

失败不意味着能力缺陷，自我反思不是自我检讨。

自我反思是为了自我成长，是相信"我一定可以"，今后才能做得更好。

如果自我检讨的结果是抑制自我发展，是承认"我确实不行"，那么今后还有努力的必要吗？

03

在面对失败时，我们总是心有彷徨。

和学生交流时，我总是收到很多这样的问题：

考研失败了，这段时间是不是浪费了？

考证失败了，这段经历是不是没有意义了？

参加的比赛没有奖状，没有奖金，我为什么还要参加这样的比赛？

我不喜欢这个专业，为什么还要努力地学习？

我做了那么多事，却得不到认可，还有什么意义？

…………

我真的不知道你们会不会成功，但是我相信，你们学过的知识不一定能为你们赢得入场券，但一定能增加你们的人生高度；你们参加过的比赛，不一定能成为你的荣誉，但一定能成为你们今后面对挑战时的积累；我们做的很多事，在当下看来没有结果、没有意义，但是这些眼下的"无意义""无结果"都是我们今后人生作为的底气。

这个学生虽然选拔失败了，可是他的表现我看到了，他的能力也得到了展示。我想以后如果有合适的平台，我也会提供给他，鼓励他去参加选拔。

而那个应聘多次的学生，虽然没有得到工作的机会，但是因为他的执着和丰富的履历表以及现场出色的表现，得到了某考官的青睐。这位考官把他的联系方式记了下来，告诉他自己的一个合作伙伴准备开新公司，如果到时候他愿意，可以去那个新公司入职。

课堂以外，我们人生中仍然会经历许多考试。但是这些考试不再是单选题，甚至在我们不知道的时候，考试就已经开始并结束了。

年轻的时候，先别谈收获。只管努力，不能得偿所愿，也能无心插柳。

7　不要迁就违反规则的人

01

学生内部评选班委，设置了民主投票环节，一人一票，限时一小时。一小时以后，开始唱票了，结果有同学说自己之前被事情耽误了，没有参与投票，现在想要参与投票。

于是负责的学生就取消了第一次投票，进行了第二次投票。结果，第二次结束后又有同学说自己没有参与投票，要求重新举行投票，"不然这样的结果不公平"。

第三次投票的时候，结果出来了以后，有同学说自己投错票了，本来想投给 A 结果却投给了 B，"实在抱歉，这个投票结果没有反映我的真实意愿，希望再举行一次投票"。

负责的学生找到我，问我怎么办。

其实在第一次的时候，就应该拒绝。因为当时学生已经公布了投票的时限，那么之后有人再想说什么，就可以说："抱歉哦，规则就是这样子的，错过就没有办法啦。"

如此，不仅给自己减少了很多不必要的工作量，更关键的是，不会再有后面的第二次和第三次。

规则一旦被打破，就意味着规则没有了最本质的约束力，不再是规则。

有了第一次违反规则的行为，那么第二次别人想要违反规则时，就没有办法拒绝。毕竟，他们会说："凭什么他就可以违反规则，而我不可以呢？"

迁就违反规则的人，也同样是在破坏规则。

02

我在班级评选班委的时候会公布岗位，学生提前填报岗位意愿，如果有多人竞选就现场对决，有一个班级竞选班委时有个看似热门的职位没有人报名，结果出来以后，大家很惊讶，有几个同学提出要调整竞争职位，我没有同意，因为规则是提前确定好的。后来我把这个岗位取消了，并且告诉学生："大学四年，我们这个班级都不设这个岗位。"

采取这样的竞选方式，我带的班级甚至出现过只有一个体育委员的局面。但那又怎样呢？剩下来的职位就由我来兼任好了。

于是，那四年，作为辅导员的我兼任过班长、团支书、组织委员、宣传委员、心理委员、安全委员……而生活委员则由体育委员兼任，因为辅导员不收班费、不管钱是我和学生提前定好的规则。

比起可能的辛苦，我更在意的是对规则的维护。

但事实上，那个班级是我带过的最轻松的班级。因为他们知道我"不讲情面，只谈规则"。

赛场上，有比赛规则。

也有裁判员出现失误的情况，但是哨子一响，裁判的决定就是规则。也只有这样，一场比赛才能顺利地进行下去。

03

为什么不要迁就违反规则的人呢？

因为这是一笔赔本的买卖。

坚持规则，不迁就违反规则的人，可能会得罪一小部分人，在当下的工作中受到阻力，但是从长远来说，想要违反规则的人会越来越少，规则就会执行得越来越好。从长远来说，这是一个良性循环。

但是迁就违反规则的人，当下的工作量并不会因此减少，甚至会增加，因为破坏规则的人也不在乎给他人增加工作负担。

违反规则的人拿自己的错误来要求规则的维护者时，一旦规则的维护者选择了妥协，也就意味着规则的维护者认可对方的错误，并且要和他承担相同的责任。

迁就小部分破坏规则的人，就是对绝大部分遵守规则者的行为的否定。破坏规则的人不一定领情，绝大部分遵守规则的人也大概率会对规则的维护者产生负面情绪。

怎么算，都是得不偿失。

04

但是这事说起来容易，做起来还需要注意以下几点。

首先，规则的说明要摆在执行之前。在事情还没有做之前，就要把规则说清楚，把可能出现的细节和漏洞提前补充清楚，对规则有疑问的提前沟通。这样，在规则正式施行的时候，大家才能更快地接受，并很好地执行。提前说明，有利于提高效率。

其次，规则一旦执行就不要轻易更改。规则很难有完美的、全面的。所以，重要的是要和参与者约定好规则的执行和期限，制定完毕后尽量少更改规则，这样大家才会对规则的制定更加谨慎，对规则的遵守更加郑重。一旦在活动过程中，因为一些人的异议而更改规则，那么规则就不再具备权威性，在大家看来更像"看人下菜碟"，是针对特定人群的行为。

最后，维护规则就是要敢于说"不"。这是对维护规则者的建议。在真正的执行过程中，违反规则者会用各种托词、各种方式来获得认同，而这些借口有时很难分辨。规则的维护本身就需要抗拒各种"个别行为"和"特殊情况"，这就要求规则维护者有拒绝的能力。

如果说制定规则是考验能力，那么遵守并维护规则，就是抗拒心魔的过程。

我们总是谈管理，谈能力，但是管理是什么？能力从什么方面体现？我们需要在实践的过程中锻炼、成长，而首先就应从规则的遵守开始做起。

8　不要把陋习当成"传统"

01

其实很多大学新生根本不知道，在大学四年里，旷课最严重的往往是大一的学生。

因为刚进校什么都不懂，只是经常听说大学里有"旷课"的传统，影视剧里也有很多相关的剧情，而在主角光环的影响下，旷课、打架、酗酒、考试作弊……都被轻飘飘一笔带过，似乎没有任何的后果，反而成为大学和青春"富有魅力的传统"。加上在高考之前，残酷的升学压力下，讲台上的老师语重心长地安慰道："等上了大学，你们就轻松了。"这成了很多同学的向往和想象。

有多少同学进校以后，想体验这不同一般的大学"传统"呢？

其实老师的意思是上了大学以后，你们就可以学想学习的课程了，就可以朝自己梦想的方向去奋斗了。大学里的学习是快乐的学习，而不再是痛苦的学习了。

但很多同学却误读了老师的意思，觉得大学代表着"绝对的自由"。他们误会了大学的传统，想体验一下不一样的"叛逆"青春。

其实，对大学生而言，"旷课、打架是不对的"这种事还用说吗？

"……累计旷课达 N 学时或连续旷课 N 天者，给予警告处分……迟到或早退 N 分钟以下累计 N 次按旷课 N 学时计算，迟到或早退 N 分钟以上累计 N 次按旷课 N 学时计算，给予相应纪律处分……"这是学校的学生手册上明文规定的。

白纸黑字的规则，总是敌不过学生想当然的"我以为"。

"我以为，这是大学的传统……"

现实不是想象，主角光环不是每个人都有的。

等到考试结果出来，实实在在的挂科明晃晃地记录在档案里，实实在在的考勤记录赤裸裸地摆在眼前，一支笔递过来——"如果核实无误，就在这份处分确认书上签个名吧。"这个时候谈后悔就晚了。

别把"传统"当作"陋习"的遮羞布。

02

我以前教过一个学生，真的很聪明，在学校里旷课、迟到，累计起来差一点儿就达到了处罚标准，最后还是"涉险通过"。

后来他凭着聪明"考前一夜狂背书"通过了学校的考试，顺利毕业，由此，他坚信校园流传的"传统"比"规则"更可靠。

他相信职场上的传统是人际关系，于是放弃了自己的专业能力提升，一心想着钻营人际关系，搞办公室政治。到了最后考核提拔的时候，他除了一张"人情卡"，再也拿不出其他实实在在的成绩。

他曾经分享给我一个视频，建议我在上职业生涯规划课时放给学生看。这个短片拍得和侦探片似的，领导随口一句话，主角能解读出八百个弯弯绕，最后得出一个和指令南辕北辙的结论来，还得意扬扬地说没有领导能逃过他的手掌心。后面我查了一下，这就是一个吹嘘、解读所谓"职场传统"的账号。

学生说他在这里学到了很多。

我告诉他："如果你的公司真有这样的传统，那这个只注重内部斗争的公司是不会具有竞争力的，终究会被其他公司淘汰。而如果公司里只有你相信这些，你应该很快就会被排斥。"

后来，我听其他同学说，他们公司换了新领导，搞业务考核，他连续垫底，已经被列入人事淘汰的名单。

选择了"人情传统"的因，就要承担相应的果。

一时的小聪明、小智慧又怎能抵得过别人日积月累的真实磨炼呢？

我的学生遍布各行各业，他们中的很多人从事管理工作，或者成了中层领导。无论是他们自己还是他们的领导，选拔人才的标准绝大部分注重的还是能力和业绩。

当然，不否认有一小部分人靠着"人情卡"进入向上的通道。

但这就像学渣进入奥数班，等着能力上被碾压、情感上被孤立。

把陋习当成传统，最终吃亏的还是自己。

03

什么是传统?

"历史沿传下来的思想、文化、道德、风俗、艺术、制度以及行为方式等,对人们的社会行为有无形的影响和控制作用。"(来源:《辞海》)

传统是历史发展继承性的表现,在有阶级的社会里,传统具有阶级性和民族性。积极的传统对社会发展起促进作用,保守和落后的传统对社会的进步和变革起阻碍作用。

按照传统习惯,以前物资匮乏,主人待客为了显示热情和尊重,就要在物质上下功夫,于是在不少地方的传统中,餐桌上的菜如果被吃光就会显得主人招待不周。于是,明明十个菜就够吃,偏偏要上十二个菜。哪怕大家都吃饱了,也要专门点一盘菜,剩在桌上,以示大方。

如今物质水平提升了,但精神文化还是没有跟上,客人费劲,主人费钱,可没有人愿意首先打破这种传统。哪怕饭菜吃不完倒了,也比被别人说"抠门儿"要好。

传统不代表"全对",也不是一成不变,必须全盘接受的。

传统的真谛是领悟形式背后的价值内核,传承并用新的形式给予表达。餐桌上的"传统"实际是对粮食的尊重和富足生活的珍惜,所以,我们现在要"光盘"不能浪费食物,大学的"传统"也不是无边界的自由散漫,而是提醒我们青春有无限可能,我们可以靠努力实现任何梦想。

9　感动自己没用，请给出解决的方案

01

学校举办活动，其中一项是队列展示，按班级进行，为此还专门请了学长带队训练，每支队伍都有一名负责的学长。

当天上午彩排的时候出现了问题，正好是我带的一个班级——队伍中有好几个学生没有穿学校发放的统一服装。在队伍里，这几个没有穿统一服装的同学显得特别突出，和整体格格不入。

负责的老师暂停了彩排，询问原因。带队的学长说，有几个同学是之前申请免训，后来又想参加训练，于是临时增加的，还有的同学衣服在前几天晾晒的时候掉到楼下，之后就找不到了。

负责的老师说："那如果这样，你们自己协调一下，没有服装的同学，正式会演时不可以上场。"

带队的学长听到了这话，立刻就不高兴了，站到了队伍的最前列，大声说道："这是我的团队，这些都是我的兄弟姐妹，我不允许掉队的情况发生，所以，要么全参加，要么全不参加！同学们，你们说，对不对？"

"对！"

"我们的口号是什么？不抛弃！不放弃！"

队伍中学生的激情像是被点燃了一样，努力地喊响团队的口号，团队里每个同学都热泪盈眶。看到这样的场景，负责的老师皱起眉头，对带队的学长说道："请你明白我们活动的意义，希望你们对整个学校负责。"

"还是那句话，要么全参加，要么全不参加！"带队的学长转过身，抛下这句话，在学生们的欢呼和鼓掌声中，带着队伍离开了。

场景很热血，很感动——和命令对抗，和集体对抗，坚持自己的不一样。

可问题仍然在那里。

02

先说一下我之后的做法：

第一步，我到队伍中统计了没有服装的学生人数。

第二步，和其他辅导员沟通，询问有没有学生中途请假。

第三步，和这些请假的学生沟通，向他们借服装。

第四步，把借到的服装发给了我的班级里没有服装的学生，并且指定了一个学生，负责活动结束后把借的衣物收回并送还。

整个过程只用了一个半小时。

这个问题的解决并不难。

在进行第一步时，我原本试图和带队的学长进行沟通，向他提出了我的建议，毕竟原本他是这个活动的负责人，而且他和其他队伍的带队学长有直接联系，他们之间对于学生的请假情况更加了解，由他们协调服装，比我更加方便。

然而学长表达了拒绝："大家只是想上场，就因为没有衣服，就不准他们上场吗？为什么要我们妥协？我们没有做错，我不会为了让你们觉得好看，就改变我们自己的原则。如果因为服装不统一就扣分，这个结果我一个人来承担。"

这番话又一次赢得了学生的掌声。

可这样的掌声感动不了我，我也放弃了和负责这个队伍的学长再次沟通。

所以，后来的环节我独自完成了。

03

在整个学生训练活动开始之前，就已经明确了活动结果的表现形式——公开的队列展示，并进行评选。

参加的学生以及接受培训任务的学长都知道这个目标。学校允许学生申请免训，不参与训练。而接受了任务，就该首要考虑如何完成任务。

让免训的同学临时参与活动，以及让没有服装的同学参与展示，造成队列混乱都是违背目标的，也是对其他一直认真训练同学的不公平。问题并不是学校造成的，负责任务的人有责任解决问题，造成问题的人也有责任解决问题。

把问题放在那里，要求所有人接受本该由自己解决的问题，转移问题甚至制造问题，这不是负责任的表现。

而在沟通环节，只表达自己的立场，而忽视之前的既定原则，这样的行为，或许可以感动自己，但是真的没有办法感动别人，特别是合作者以及下达任务的人。

如果在工作中，再有类似的活动，这样的人很难得到信任。

其实这个学长并不是有意制造问题，但是他面对问题时不够成熟、不够全面。实际上他是付出最多的那个人，我通过观察发现他也是特别认真地带着大家训练，开始为了让队列保持整齐，他就下了很大功夫，也因此学生才会被他的认真感染，甚至申请免训的学生主动加入团队。这是他的人格魅力所在，其实如果早点想着"解决问题"，他可以成为一名很出色的领导者。

04

很多人在刚开始做事的时候，在遇到问题时，会首先想到自己的难处，想理由，想如何反驳别人的指责，而唯独不去想解决的办法。

也许有人会说，那我确实没有办法怎么办呢？

可是别人能够想出办法，能够解决问题，这就是能力的问题。能力是什么？就是解决问题。

"传达"我们所有人都会做。

而"执行"，解决其中存在的问题，才是个人能力的体现。

解决问题的能力，决定了一个人可以走多远。

解决问题的能力是可以锻炼的，但是如果刻意回避肯定得不到锻炼，也就不能提升能力并成长。

人类具有感性思维，容易被感动，所以理由和借口很容易被找到。推卸责任不是一个技术活。但是感动所有人，却没有办法改变结果的行为，就没有意义。

想要真正地成长，就要明白：感动自己没用，请给出解决的方案。

10　千里马，别把奔跑的希望寄托在"伯乐"身上

01

作为老师，我曾经很害怕。

因为太害怕耽误学生了。毕竟每个老师的教学方法不太一样，我这样的方法教坏了学生怎么办？有人说"一句话可以改变人生"，万一我的话误人子弟怎么办？教不好怎么办？没教好还教坏了怎么办？

"千里马常有，而伯乐不常有。"他们满怀豪情壮志，又有才情，可是因为没有遇到"伯乐"，或者"伯乐"未能慧眼识英才，所以空有才能却无处施展，实在太可惜了。

你看，伯乐的作用有这么大，而作为老师，如果辜负了学生的才能，没有给他们提供适合的机会，那就是最大的失败了。

因为有这样的想法，我面对学生时总是小心翼翼，如履薄冰。

然而，现在，我改变了自己的想法。

如果只是把希望完全寄托在伯乐身上，那么千里马可能也跑不快。

02

大一刚开学时，有个学生表现很积极，但是竞选了很多学生社团的干部都失败了，后来在我们竞选班委前，他找到了作为辅导员的我。

他和我说，自己很有能力，问我相不相信他，可不可以给他一个机会证明自己，让他担任班干部。

我告诉他我坚信他有能力，但是我不能违背原则直接任命班干部，还是要通过班级的竞选，毕竟规则摆在那里。如果我给他开了先例，就是剥夺其他同学公平竞争的机会。

这个学生后来竞选班委还是失败了。

看到他有点儿失落的样子，我跟他说："我明白之前的接连失败肯定影响了你的状态，但是要相信自己。以后有合适的机会，我也会推荐给你的"。

后来，学校开展了很多学生活动，还有各种比赛，我把这些都推送给这个学生。其他同学组队的时候，我也推荐了这个学生，希望可以多给他提供一些机会。

然而他总是闷闷不乐，参加活动也不积极。我推荐他去参加别的同学的团队，后来他也中途退出了。

我问他为什么要退出。他说，参加了别的团队以后，他们都是安排他做些最基础的事情，没有任何技术含量，谁都可以做。

"我明明有大将之才，可大家总是不相信我，给我这样的小恩小惠，这样的机会还不如不要。"

不久，我看到他的 QQ 签名改成了"千里马常有，而伯乐难遇"。

千里之行，始于足下。眼前的事都不做，小事都做不好，却要别人相信他，给他机会。他证明了自己的能力，证明了自己值得信任吗？

没有。

03

他不愿奔跑，只想在原地等待伯乐。但是与其说他在等待，不如说他在挑选。他耿耿于怀想做"班委"，便认定选他做"班委"的人才是伯乐，认为参与学校组织的活动，不是千里马应该驰骋的地方。

他既是在挑选"伯乐"，也是在挑选"跑道"。

"伯乐"也有困惑。

有个担任公司人事领导的朋友和我聊过：有时明明觉得很优秀的人，却在公司发展得并不好，甚至在民意评选中也会得分垫底。他很困惑，不知是他眼光不准，还是哪个环节出了问题。

但是后来，他发现，问题出在人才本身。

这种人自认为是应该被公司重用的人才，看不上自己部门的领导，也不愿意去做那些不起眼的小事，甚至公司布置的任务他也不好好完成。

"我是做大事的。"

长此以往，领导不再重用他，同事也不愿意和他合作。他被孤立了。

他却认为这是别人没有眼光，是千里马没有遇到伯乐。

04
现在，我比较相信：付出，才有收获。

千里马之所以是千里马，是因为在见到伯乐之前真的跑过千里。你们要展示自己的能力，这样伯乐才能更快地发现你们，相信你们，给你们提供平台。

才能不是只有被价值估算了才有展现的必要。千里马的快乐在于奔跑本身，而不在于被发现、被认可。

不要把奔跑的希望寄托在"伯乐"身上。奔跑究竟是为了什么？千里马，这点你得想清楚。

但总之，不该是为了"伯乐"。

11　那个没见识的小学同学在瑞士读博士后

01

你吃过什么，见过什么，去过哪里，这些都只是经历，和见识无关。

一个学生进入大学以后就急切地想要去做兼职，原因当然和经济有关。同宿舍室友使用的物品他没有，同班同学谈论旅游的城市他没有去过，他不懂游戏、不懂饭圈，接不住各种梗，被大家嘲笑没见识。他想要融入整个集体，于是想弥补差异，接触别人告诉他的"爆款""名品""网红"，而这一切都需要金钱的支持。

那你们以为和别人合群，就证明你们有见识、够厉害吗？

我和几个小学同学一直保持着联系，大家经常在网上天南地北地聊天。

其中一个小学同学，总是被我们调侃"土""没见识"，因为我们说的话题他都不懂，经常在我们聊天的时候，他会问"某某（演员名）演过什么电视剧？""xswl是什么意思？"……他的好奇总是会成为我们大家谈话时快乐的润滑剂，可是我们没有人会真的认为他没见识。

他前几年在国内某双一流高校任教，后来有一天和我们说"生活平淡，没意思"就辞职了，之后考到瑞士某科研机构读博士后。那是全球选拔最严的科研机构，每年面向全世界招生，最终也只录取几十人。

他还是分不清牛排应该要几分熟，也分不清此椰子与彼椰子的区别，可是这就是没见识的标准吗？有一次我们问他到底在研究什么，他和我们简单地说了几个概念，我惊讶地发现我竟然连他打出来的汉字都看不懂，而这些在他看来是最最基本的"白痴名词"。

"算了，你们还是告诉我到底什么是'爱豆'吧。"他主动和我们开起玩笑，彼此调侃。

拥有的物质不能决定你的见识，顶多说明你"知道得多"。

别把拥有当见识。

02

如果不读万卷书，行万里路也只是个邮差。见识，不仅要见，还要识。

曾经和几个朋友一起去西藏旅游。网络上有各种攻略，各种打卡点，各类排行榜。布达拉宫和大昭寺、小昭寺更是必去的景点。

我们到布达拉宫门口时，看到有很多游客穿着当地的民族服装拍照。拍完照后，大家排队进入布达拉宫时被告知，进入布达拉宫后除规定地点不允许拍照。

于是有几个游客便开始催促队伍加快进度。

"反正也没什么可拍的了，赶紧出去，还要赶下一个景点呢！"

一路上他们不是低头用手机修照片，就是窃窃私语，后来被制止了几次，索性脱离了队伍扬长而去。"那个景点马上就要关门了！你们导游就会拖时间。"他们走前表示极其不满。

他们不愿意听导游讲解布达拉宫的历史，不愿了解其中所蕴含的宗教文化。他们来过这里，也仅仅是来过。他们的见识，就体现在朋友圈里发布的带着定位的照片上。

在参观完布达拉宫和大昭寺以后，我和朋友决定不去小昭寺了，虽然大家都说那里拍照更好看，可是我们的时间不充足，而我们还有更重要的计划。我们联系了一位当地的友人，到远离市区的村子里，和当地的藏民待了一天。朋友有一个文化记录的想法，这次是过来记笔记的。这一程，没有拍照，没有发朋友圈。

不去小昭寺，因为我们确实没有足够的文化底蕴，深知这些寺庙在我们眼里都是"大同小异"，于是我们也就做了取舍，去找我们认为更重要的"景点"。是的，我们确实也是见识不足。

所以，我不是想谴责之前离开的那些游客，因为在他们眼里，我们这样花了钱不进寺庙也不拍照的人，实在像个傻子。

有的人出去旅游只记得当地的美食，有的人摸清了所有免税店的位置，有的人因为在某个地点偶遇一个明星就觉得这一趟行程超值……

谁也没有资格说别人见识不够，只是我们的关注点不同罢了。你所识的未必是我所"见"的，仅此而已。

别把经历当见识。

03

曾经有某演员发表文章赞扬外国人素质如何高，如何有教养，并且阐释了所谓的贵族文化。这篇文章引来了全网怒骂。而最大的错误，在我看来，就是把自己的见闻当成见识，并且以此作为评价体系的唯一标准，甚至没有深入了解其中的文化以及很多细节的合理性，于是便有了很多显而易见的错误，被网友指出。

卖弄文化，最终却成了笑话。

其实他的身上有没有我们的影子呢？当我们拿着别人的见闻当成衡量自我、追求见识的标准时，我们便陷入了自己永远无法实现的虚幻目标中，因为谁也做不到让所有的"别人"满意并认可。

我们和博士后同学谈论思想，谈论文化，谈一些我们共同的话题，乐此不疲。而这些和物质、经历、时尚一点儿关系也没有。

在该学习的时候不要浪费最宝贵的时间，端盘子的经历体验过就可以，没吃过的东西吃过一次就明白是什么滋味，追求的时尚总有被淘汰的那一天，而这些"见识"都可以用金钱来购买。

但是金钱买不来知识。而知识才是弥补不同人群差异的最大助力。知识有助于提升你的视野，而视野，决定了你见识的高度。

而当你见识足够时，便更加深知自己的浅薄，于是不敢骄傲。因为这个世界实在广阔到无穷，我们只努力做好其中一点，便要用尽全力甚至耗费一生，所以，没有什么资本评价他人。

荣辱不惊，由己及人。

12 警惕"鸡汤文"带来的负面影响

01

"鸡汤文"本身没有错,其负面影响源于我们的认知偏差。

任何事物,都会过犹不及。

很多人谈论"鸡汤文化",可是却很少有人能说清楚"鸡汤文"的起源,以及"鸡汤文"为什么叫"鸡汤文",为什么不叫"鸭汤文""猪肝汤文""西红柿蛋汤文"……

为了弄清"鸡汤文",我特意查了资料,以下内容根据网络资料整理:

美国一名中学老师,因为欠债每天靠吃面条过日子。45 岁生日时,他用一张纸画了张一万美元的钞票盯着看。

他后来每次演说,说起这段经历,都感动万分。"感觉到上帝伸出手来,拍了一下我的肩膀。"然后,他便有了灵感。从那天开始,他决定开始做个励志书作家。书写好了,大约 100 个小故事,都是让人激发志气、有所作为、天天向上的。他想到每次生病时奶奶都会熬鸡汤给他喝,于是他将书取名为《心灵鸡汤》。

后来,他被 143 家出版社退稿,最后被一家正要破产的出版社看中。结果,《心灵鸡汤》出版第一年就狂销 800 万册。在《纽约时报》畅销书榜上,曾经有七本"鸡汤"并列,由此还登上了吉尼斯世界纪录。

这就是"鸡汤文"的起源,这个作者本身的经历也很"鸡汤"。

从失败中寻找希望,从希望中获得安慰,这本身是正能量。

02

那么"心灵鸡汤"的负面影响来自哪里呢?

情绪。沟通。

"心灵鸡汤"在什么时候最有效呢？一般是在我们遇到挫折的时候，这个时候我们总能从"心灵鸡汤"里面找到当下的"替代者"，或许他们和我们境遇类似，甚至处境更加悲惨。而"心灵鸡汤"的文章结局绝大部分是好的、圆满的，困境终究被打破，失落者终究获得了逆袭。

但是问题就在于，"心灵鸡汤"说中了你的困惑，给了你希望，却不告诉你解决方法。"心灵鸡汤"说自律很重要，但是却不说如何达成自律、怎样执行有效的自律、执行自律会遇到怎样的瓶颈，这些统统没有说。结果就是你不知道怎么做，或者怎样都做不好。这就像减肥的人依靠简单粗暴的节食方法，更容易失败，从而更加暴饮暴食，最后遇到更大的挫折，更加依赖"心灵鸡汤"。

有人转发"心灵鸡汤"，不是为了自我鼓励，而是为了表达，即向别人传递自己的想法。

但是想向谁表达为什么不直接说呢？

有人抱怨同学关系，有人抱怨自己的领导有问题，有人抱怨自己的伴侣冷暴力，于是在朋友圈转发这些相关的文章，配上意有所指又含糊不清的文案。那么这些问题有没有真正解决呢？没有，这只是用另一种不正确的沟通方式表达不满。

这是有效的沟通吗？不是。

所以"鸡汤文"的负面影响，就是我们将情绪和沟通都交给了鸡汤文。以为读了"鸡汤文"就可以解决一切，可实际上，什么问题也没有解决。

"鸡汤文"的正面影响是提供行为的动力，而负面影响则是提供精神的依赖。

03

要从"鸡汤文"中脱离出来，将视角转到个人的社会现实中。

很早以前，就有人发现了这一点，并且提了出来。

然而现在出现的"反鸡汤""黑鸡汤""毒鸡汤"……实际上还是走着"心灵鸡汤"的路线，包裹着"厚黑学"的内容，就是和"鸡汤"唱反调，也很简单。你说好人有好报，我偏举例说好人没好报。虽然是反驳，然而观众看得爽，觉得怼得好，更加真实，尤其当令人反感的"鸡汤文"在社交圈泛滥的时候，出现一篇反驳的文章，感觉是极其有力的反击，特别过瘾。

但是从一个极端走向另一个极端，实际上还是没有任何改变。

04

我们不是彻底反对"鸡汤"。在心情沉沦的时候，这些文字总是带着暖意，可以缓解我们的情绪。

但是我们必须警醒自己，不要过度沉迷"心灵鸡汤"。就像有段时间短视频很火，大家喜欢看，因为感觉快乐。之后很多人反对它，觉得太浪费时间，但是这段时间我也沉迷短视频，然后在一个国庆假期跟着视频学会了一支舞蹈。而我做这些没有影响我的其他计划与安排。这个时候，短视频就是我生活的调味剂。

什么是沉迷？就是把调味剂当主食啃。拒绝调味剂是没有意义的，因为总有替代品，我们不能拒绝全部，关键是要如何面对。

建议：

做好自己的规划。确定目标、要求，做长期及短期的规划，如果想不到太长远，至少把每天的时间安排做一个计划，专门辟出一个时间段来学习或者工作，总之从"鸡汤文"或者其他你认为无意义却上瘾的事件里脱离出来。

设立小目标。通过逐步的成就感来取代"鸡汤文"带来的愉悦感。

多学习新知识和新技能。如果你还没有目标或方向，那就去学习一项技能，可以使自己充实。

多运动。运动可以获得和"鸡汤文"阅读相同的情绪功效。

做不到怎么办？现在开始，站起来，去做哪怕一件事。

我们总说，听了很多的道理，还是过不好这一生。那么，我们自己的人生，究竟是由谁来控制呢？

终究，是我们自己。

13　不要把"我不知道"当口头禅

01

在我看来,一个人成熟的重要标志,就是应该明白,"我不知道"再也不能成为万金油了。

小A上班第一天迟到了十分钟,人事部门下达了一份警告,还扣了他一个月的奖金。他觉得很委屈,找到了领导说:"我才来,不知道迟到后果这么严重。"

领导告诉他:"我们一笔生意都是上百万元,容不得一点儿失误,而且公司规矩是早就规定好的,何况迟到本身就是不对的。你和我说不知道迟到的后果这么严重,我倒认为你是根本没有意识到你的错误。"

小A很聪明,做事能力也强,本来实习生里他是排名靠前的,只是因为这件事,最后在实习期结束后,还是被淘汰了。

上学的时候,"我不知道"被频繁地使用。

你说"我不知道这题怎么做",就会有人教你如何解题。

你说"我不知道这样做是错的",就很容易得到理解和原谅。

你说"我不知道自己该做什么",就有很多人给你出主意。

……

可进入社会,如果你还说"我不知道",却没有人会帮我们解决。

没有人有义务替我们成长。

02

无论是真的不知道,还是假装不知道,当我们习惯把"我不知道"作为口头禅,就已经认定了将此作为"非常管用"的理由,拒绝一切自己本应该知道的责任,长此以往,思想上也会实实在在地认可这一观念。

高铁霸座者、插队者、逃票者就是如此——"我不知道要排队/买票……"我们觉得他们是强词夺理，而实际上，他们中的很多人是真真切切地认为自己的理由是成立的。当然，现实会告诉他们，即使"我不知道"，也需要为自己的"无知"付出代价。

即使是真的"我不知道"，也是你应该尽快克服的障碍，而不是你无知的理由。

03

我曾经听一位老师说，总说"我不知道"的人，通常缺乏责任心，而且他们懒于寻找答案，往往放弃了自我成长的空间。

我的一个学生，工作不久，他的公司新成立了一个部门，他很想去，但是又害怕自己什么都不知道，会把事情弄砸。他问我该怎么办。我跟他说："别怕，尽快让自己什么都知道就可以了。"

为此，他付出了很多努力。为了弥补自己的"不知道"，他几乎是拼了命。为了核实一份资料，上网，进书店，去图书馆，向专家请教。一段时间以后，他终于可以坦然地说："我知道。"

而他也成了新部门的核心人员，成了重点培养对象。

"我不知道"与"我知道"之间的差距，有的时候只是一个"我"。

只要想，就可以让"不知道"成长为"知道"。

14　青年人的危机，在于没有"危机意识"

01

我知道现在很多青年人每天都生活在急迫中。但是我有必要指出，大部分年轻人心里充斥的是焦虑感，和危机意识无关。

什么是危机意识呢？我们可以理解为"危险与机会并存的时刻"，就是寻找机会，寻找属于自己、适合自己人生的多项选择，解决焦虑。

每天我的网络账号后台都有不少留言，寻求帮助。我总结了这些问题，发现它们都属于"关于一个鸡蛋的归属"问题——你只有一个鸡蛋，然后问我是该放在这个篮子里好，还是放在那个篮子里好。焦虑的主要原因，或者是篮子太多，无从选择，或者是只有鸡蛋，却找不到合适的篮子。

这是选择意识，不是危机意识。

我们要想想未来可能会面临这样的险境：篮子有，可是手里却没有鸡蛋。

02

我听说过很多有关"中年危机"的话题，基本情节就是到达某一个年龄层后遭遇公司辞退，或者被社会群体抛弃。这样的情形给处在同一或相似阶层的同龄人带来的震慑，会使他们终日忧心忡忡。

我就此询问过很多青年人的看法，他们简单总结为"无能"两个字。这两个字犀利且刻薄，但不全面。

危机确实是因为个人能力与需求存在差异而导致的淘汰，表面看是"无能"造成的。实际上，或许不是没有能力，而是没有随着时代而进步，面对新的机会，有心而无力。

之前有一个新闻让我印象深刻，说的是某科技公司大量减裁研发人员，同类型的八十余家企业立刻定向招聘。原来该公司当初招募研发人员，应聘条件极高，考核严格，因此，研发人员才会在被裁时，被多家公司期盼捡漏。

但现实如何呢？"他们的技术已经落伍了，即使通过了面试，在技术测试时也一样挂掉，和不会干没什么区别。"这是新闻中采访某企业负责招聘的工作人员的评价。

对于那些被减裁的研发人员，这就是危机，虽然被裁，但却还有八十余家企业给了他们二次选择的机会。可是能不能抓住这次机会，还是要看每个人。曾经他们是同龄人中的佼佼者，进入这家行业顶尖的公司，拥有最好的技术资源和配套设施。但是为什么后来公司需要裁员求发展？为什么佼佼者不再"优秀"？

把危机都归结为年龄原因，这很可怕，因为这种说法就像安慰剂。实际上，任何年龄，任何阶段，都会遭遇危机。

对比他们，再看看自己。关于这一点，在大学工作的我，还有身边许多学生以为考上大学就人生无虞、高枕无忧。所以不再进步，放弃成长。

没有危机意识，很危险。

03

说来说去，危机意识，就是时刻检测自己的短板，不断成长，增加自己的抗风险能力。

它包含三个方面：

一是心平气和地听完别人对自己的批评。

现在除了父母，真的没有谁敢直面别人进行批评了。对于批评者自身来说，风险太大，获利太小，实在没有必要。

现在很多人听批评，过于关注主观感受——"你让我不开心了""这是针对我""对我缺乏尊重"，从而忽视了客观情况——批评针对的是错误本身。我们应思考的是为什么批评，批评你的哪方面，批评是否指出了你的短板。

批评意味着指出你的错误和漏洞，帮助你进入成长渠道。

二是知道自己要什么。

别人都考研，所以我也要考研。别人都要入党，所以我也要写入党申请书。可很多人却根本无心考研，也没有入党的激情。这种人云亦云的盲从导致有人不仅要竞争鸡蛋，也要竞争篮子。但是这些人内心是抗拒的，动机不足，也缺乏动力。

知道自己要什么，可以更专注地去努力，做好取舍。

三是明白自己的权利和责任。

人生最终是自己的。你们有决定自己人生走向的权力。你们可以拒绝别人的意见，哪怕是父母的。老师以及你最信任的人，别人对你好，为你好，但不足以说明提到的建议一定能帮到你，这一点，还要你自己想清楚。但是也得明白，一旦你们做出了选择，就需要为此承担责任。

对了，错了，都得自己担着。

04

最后还有一个忠告：不要迷信权威和年龄。

这里的权威不仅是专家或偶像，也包括你们自己。很多事情大家只经历过一次，就认为有经验了，于是就形成了固化思维，很有可能形成了思维限制。

年龄更不代表话语权，有的人活到六七十岁，也可以思想很单纯，即使没有危机意识，也可以顺风顺水地过完一生。这样的情况有，但这需要运气。

我自己年龄也不算大，在很多人的眼里，我本身也是"不成熟"的代表。但是因为我的工作性质、生活经历，恰好多吃过一些亏，跌过一些跤，所以我给你们提的建议，不是因为我成功了，恰恰相反，是因为我失败了，失败了很多次。

但是我觉得自己还可以继续努力，可以接受失败。九十九次的失败对我而言，都不影响我开始新一次的尝试。

无论是青年的焦虑，还是中年的危机，其实，从宏观的角度来看，这些不过是我们人生中的小情节，小转折，不必太过敏感介怀。心态是危机中的重要变量。

危机或焦虑，在当下都是苦涩的，但这不是长久不变的，我们总会跨过当下，无论是主动还是被动。那个时候，再回头看，现在的危机或焦虑就像观察一杯见了底的咖啡，仔细咂摸一番，会体会到人生的滋味。

15　你有脆弱的权利

01

前段时间，有个学生打球的时候不注意，崴了脚。这是一个小问题。

校医院就在宿舍的旁边，我和他说了几次，让他去看一下。他发来表情包，说自己没问题。

而关节受伤原本最应该休息，后来他自己处理不当，很多事情坚持亲力亲为，拒绝了室友、同学的帮忙，这就造成了伤势的恶化。不得已，他只能请假在家休息几天了。

我给他发信息，询问他恢复得如何。他还是发了个大笑的表情包，和我说："放心吧，没事的。"

不管大家怎么评价现在的青年人，但从我的亲身经历来看，他们远远比大家想象的要坚强得多。

他们真的很少会分享自己的悲伤或脆弱，甚至将自己的负面情绪尽力地隐藏起来。

"我劝你不要轻易暴露情绪""戒掉情绪你才能获得成功"……

诸如此类的文章充斥网络，也影响了现在许多青年人——不向别人暴露自己的脆弱，即使遇到困难，也不向任何人求助，一定要自己扛，只要我不说，我就可以战胜困难，足够坚强。

02

很多人从小就被教育要尽善尽美，这样的期望，使得很多人埋头拼命学习。

而无论怎么努力，获得怎样的成绩，总会有一个"别人家的孩子"比你刻苦学、拼了命得到的成绩更好，懂得更多，荣誉高级得多。而在结果的推导下，似乎你的努力和付出都不值一提。

"你就考这点成绩，怎么好意思喊苦？"这大概是很多人小时候都听过的话，因为这样的言语暗示，我们很容易认为自己和别人的差距，自己所遭遇的失败和挫折等种种的不如意，都是因为自己做得不够好。

在这样的情况下，诉说失败、委屈和挫折当然也就等于投降和放弃。

很长一段时间，我也对此深信不疑。

小的时候，爸爸一个同事家的小孩就是所有人用来教育自己家孩子的"别人家的孩子"。从小学一年级到高考，他的成绩从来都是班里前三名，高考的时候，他差一点点成了高考状元。

他是在大家的期望和同龄人的羡慕中长大的。

然而，最近一次家里闲聊时谈论起他的近况。单从客观条件来说，他依然是那个优秀得闪闪发光的孩子——留在大城市，有房有车，有家庭有事业，去年还带着父母出国度假去了。

可是闪闪发光的背后，家里人又不无惋惜地摇摇头：可惜他年纪轻轻，就得了"重度抑郁症"，已经不能上班了，现在把工作辞了。他父母去年办了提前退休手续，搬去那座城市，帮他照顾孩子。

重度抑郁症，意味着他已经没有办法进行社会活动了。虽然我和他几乎没有过交流，但是只要稍微想一想，就能理解他所遭遇的压力，因为我在自己的学生中也看到了这样的影子。

他们被要求"完美"，所以，不敢有一丝丝的松懈。对于很多人而言，只有 100 分和 0 分的区别。要么，就是最好，要么，就意味着失败。

或许这样的要强在面对试卷时是一种鞭策，可是进入社会，哪有什么试卷会平平整整地摆在你面前呢？又有哪种竞争，是确定了每个人都拥有一样的条件的呢？

抑郁症，是现在的一种时代病症；很多年轻人，也许身体好好的，但是内心早已经千疮百孔了。

可是又有声音在指责年轻人："好端端的，就说自己得了抑郁症，什么嘛，不过是自己矫情。"

而我想说的是，这样的指责真的是带有偏见的，没有什么是突然发生的。只是没有到迫不得已时，大家都习惯了隐藏自己的软弱。

每个人都有脆弱的权利。

03

优秀不代表云淡风轻，不代表一帆风顺。

一时的低谷，不意味着永远的败局。

弱点，不是懦弱。

很多时候，我和学生聊一聊他们遇到的问题和困惑，学生会觉得聊完之后，"感觉想通了"。其实，你们人生遭遇的难题，难道真的可以我几句话就搞定吗？

解决问题的关键，不是你不再困惑，而是你们不再为此而难过，情绪得到宣泄。不是我真的厉害，而是你们本身就很棒。

我希望每个年轻人都能意识到，当自己处于糟糕的处境时，你的诉说，你的求助，不意味着否定自己，更不意味着"承认失败"。

假如你们遭遇困境，我相信你们的身边一定有朋友或亲人愿意第一时间陪伴你们。

假如你们遇到困惑，在糟糕的时候，可以沮丧、难过、哭泣，可以向别人倾诉。

不要为此而脸红。

人生漫长。

我们总要经历自己的脆弱时刻。

16　我们有无缘无故讨厌的自由

01

有个学生问我一个问题。

他说自己特别不喜欢他的一个同学,他认真地考虑过,发现对方没有什么值得自己讨厌的地方,甚至对方和自己也很少有交集。他认为自己不应该讨厌这个同学,于是主动和这个同学增加见面交流的机会。没想到,他心里的厌恶情绪越发严重。

他问我,该如何战胜这样的厌恶情绪。

我的回答是:"那就承认自己的不喜欢吧。"

为什么我们要改变自己的喜恶呢?讨厌或喜欢,都是每个人的自由感受呀。我们有权利不喜欢任何事情或任何人。

这是自由的意志。

那我们可以做什么呢?尊重这样的存在,不要因为你们的厌恶而影响你们的行为,成为你们实施伤害的理由。

不要因为自己的自由去干涉别人的行为,试图把自己"不喜欢的"改造成自己"喜欢的"。

02

小的时候,我总是被家长教导:要营养均衡,不可以挑食。所以即使不喜欢吃胡萝卜和青椒,我也会硬着头皮把这些塞进嘴里。

可是这么多年过去了,直到现在,我仍然不喜欢吃胡萝卜和青椒。由此,很多年我都认为自己不是"乖"小孩。直到有一天,我发现了一个秘密。

后来我在外面吃东西的机会多了,发现,家里的菜和外面的菜总有些不一样——家里的菜从来不放生姜。在那之前我似乎连生姜是什么都不知道。于是我就问我妈。

我妈嫌弃地说道："那味道我吃不来，所以就不放了。"

原来大人不挑食的原因，就在于他们只买自己喜欢吃的菜。

至于营养是否会失衡……其实一两样菜的减少，并不会影响营养均衡的。

很多同学都有尽善尽美的心理追求，这大概就是从小养成的心理习惯吧。

每个人都有自己毫无理由的喜恶。

我们可不可以扭转这样的心理呢？当然可以，最简单直接的就是用厌恶疗法，就是不断地接触你所不喜欢的，直到你习惯并接受这些。

这样做可能会成功，但也只是概率事件。

而另一个问题是，这样做是否有必要？我们在这些问题上耗费时间，就是为了把自己打造成为完美的状态吗？如果执着于此，也会有反效果。

逆反心理是人之天性。越是想，越是会有反效果。譬如失眠状态。

随遇而安，不仅是放过别人，也是放过自己。

03

我有个朋友在某公司担任中层领导，他就很不喜欢自己的一位下属。很多次私下和我吐槽。这个下属很多生活习惯他特别看不惯，而且不喜欢对方的长相。总而言之，他就是有无可遏止的厌恶情绪。对于这位同事，他也总是敬而远之。

前不久公司有一个推荐升职的机会。

我的这个朋友推荐了自己不喜欢的这个下属。因为——"他确实很能干呀，工作能力确实很棒，又符合要求，我为什么不推荐他呢。"

至于我朋友的喜恶——"我仅凭自己的喜恶就否定一个人，那我不就做了自己最讨厌的那个人了嘛。"

我不知道他的下属知不知道自己的领导不喜欢他，但是我想，他以后的工作一定会更加努力的。而从我朋友的身上，我也学会了重要的一课，不以自己的喜恶评价他人。

有的时候，我们一方面想要战胜自己的喜恶，想让自己更加完美，另一方面，在遇到问题的时候，我们却又忍不住用自己的喜恶当作自己的行为标准。

在我看来，比起战胜喜恶，更为重要和紧迫的，就是直面自己的喜恶。然后，明白这件重要的事——我们有无缘无故讨厌的自由。而这也只是我们自己的自由，与他人无关。

17　着急时，不着急，你就赢了

01

标题像是废话。但是请让我解释，我真的不是"标题党"。

曾经看过某段台词："在遇到不能抉择的问题时，抛硬币是最好的选择，并不是因为硬币能帮你决定什么，而是因为在硬币抛出的那一刻，答案便会出现在心里。"

人的心态也是一样的。

当我们着急的时候……我们为什么着急呢？

有人会为了超市的打折时限快要结束而着急，有人会为了等待一条信息回复而着急，有人会为了一个名牌包包即将售罄而着急，有人会因为丢了十块钱而着急。

这些着急，都是私人定制，并不相通。

而只有着急的时候，我们才知道自己在意的是什么。

以上这些话似乎很清楚明白了。

很可惜，有的时候我们甚至都不知道自己处于着急的状态。

见过这样的场景：男生和女生一起吃饭，女生想要回去写论文，男生也有其他的朋友相约。其实两个人都想早早结束这场约会，但是又都极力隐藏自己内心的着急。

其实这样的约会效果是糟糕的，只是他们自始至终都没有意识到自己内心的着急与焦虑。

如果在着急的时刻，保持醒悟，我们便能了解自己。而你们甚至不愿停下来花心思读懂自己，又如何要求别人理解你们？

而着急，也是可以分类的。

02

无能式的着急。

朋友请我看了一场电影,大致是关于飞机在行程中遭遇事故,最终化险为夷、平安降落的故事。电影很好看,故事情节细腻,人物性格也表现得很好,特别是在遇到危难时,有关人性的刻画很真实。

有这样一个情节让我印象深刻。飞机在空中遭遇险情,机舱内的乘客便因此慌张了。其中一名乘客冲出来,愤怒地要求见机长。这个乘客这时候无疑是着急的。他想要活命,害怕飞机不能安全着陆。

这个时候乘务长一句话就怼到了重点:"见了机长又怎样,飞机给您您会开吗?"

有所谓"急中生智",但有些东西不会就是不会,急也急不来。就像开飞机,就像做数学题,就像我们无能为力的事实。

这个时候的着急,就是"干着急",急得再狠,也于事无补。

就像我的一些学生在刚刚工作的时候才发现自己的一些技能缺失,够不着升职门槛,也无法处理专业的问题,这个时候真的着急。这样的着急其实和能力短板有关。给一个大学生做小学基础数学题,他会着急吗?或许也会着急吧,但不会慌乱得不知所措。

无能式的着急,并不是一个贬义的既定定义,而是一个可变更的状态,如果意识到这一点,做好提升,下一次就能从容应对,不紧不慢。

面对无能式的着急,"你行你上"是最狠的打击。而最好的回应,是我上就我上,我上也能行,如果我不行了,我就要保持冷静、不添乱。

03

成长式的着急。

我们往往能轻易识别"无能式的着急",也了解该如何弥补。最好的办法,就是快速成长,补齐能力的短板。

然而,在补齐能力短板的过程中,很多人往往又陷入了"成长式的着急"。

三天学会一门外语,七天美白,五天瘦身,十秒读完一本书,两个月走上人生巅峰。

这样的骗局屡屡得逞,原因就在于,大家对于成长这件事太过于着急。

有段时间,相声异常火爆,很多人都觉得说相声很简单,认为会说段子、嘴皮子伶俐些、会扮丑就可以做相声演员了。为此，有一知名相声演员特别说明了："我们这一行没有一夜成名，我七岁学评书，九岁学相声，到了如今四十多，也才刚刚有起色。"

有人曾经在网上提问："怎么学相声？"

"基本功学习训练：发声、气息、绕口令、贯口、单口小段……即使是一个发声练习，没有三五年，也未必能拿得下来，而这也只是基础，离门槛都还远得很。"

而很多人在人生的道路上急于求成，导致他们做每件事都马马虎虎，往往每项投入都换不来好的结果。

04

有些人在陷入无能式的着急时，将原因归结为他人；在面对成长式的着急时，只看结果，忽视过程。于是我看到许多同学匆匆忙忙地过完大学四年，又碌碌无为很多年，于是愈发焦急，最终不过是蹉跎了时光，耽误了自己。实在可惜。

而其中，最浓重的悲情在于：你们从没有放弃追求，却总是求而不得，心有不甘，却不知为何。

如果你们现在还陷在着急的状态里，不妨停下来，想一想自己为何而着急。"磨刀不误砍柴工"，你只有理清了源头，才能对症下药，换来好结局。

大家都着急的时候，那便是最好的时机，必须耐下性子，只有不着急，你才能赢得先机。

18　但，你真的只是短暂地努力了一下下

01

之前一档娱乐综艺里，一名艺人的表现引发了大家的讨论。

这名艺人参加了一个明星纪实节目，任务是骑行。而和他们一起的，是一位素人骑行者——72岁的老先生。5天，420公里，确实是一场不小的挑战。

可是这个任务，是在参加活动之前，大家就都了解并且认可的。

然而，在活动过程中，这名艺人总是以各种理由说明自己不适合参加骑行：生病了、早上起不来、环境太恶劣……最终，艺人提前退出了这场骑行活动。

当然，参加这次活动的另一名艺人也有过懒惰想放弃的时刻，比起素人骑行者，同样没有交上满分试卷。但是大家似乎都对前者更为不满。

为什么呢？因为这名艺人给大家的感受是：始终想要努力，但每次都只是短暂地努力了一下。

我们生活中或许也有这样的人吧：总是在各种场合表达努力的决心，表现出为目标付诸一切的拼搏。可是当机会真的出现了，但凡有一点点小困难，就会立刻打退堂鼓。或者不说别人，只说我们自己吧。是不是也是在别人的目光中摆出信心满满的架势，而在别人看不到的地方，就忍不住"躺平""摸鱼"。

我们清楚，努力总是会有收获的。

但，如果只是短暂地努力一下下，真的很难改变现状。

长期努力，我们更应当学会克服自己的惰性。

02

不要总给自己的不努力找借口。

想要出门的时候，我们会遇到各种问题，天气不好，鞋子不合脚，心情不好，计划不够完美……哪有什么完美的时机和状态呢？

和艺人一起参加节目的素人骑行者，72岁的老先生，12年单人单车走过全国33省市，香港、澳门特别行政区及世界四大洲的25个国家和地区，总行程近11万千米。

然而，在决定骑行前，他没怎么出过门，只是在河南省的一个农村生活。在他60岁的时候，他决定骑行，即使遭到了所有人的反对。

他甚至没有努力的理由。

但是他选择努力后，就没有放弃过。

努力，从踩下一次脚蹬子开始，在每一次踩下脚蹬子中坚持。

03

要清楚自己的不努力和他人无关。

学生问："为什么我的实习不能通过？为什么要针对我？你知道我这一个星期几乎没睡觉就为了完成这篇实习报告吗！"

实习公司提供了一份详尽的记录：一个月的实习期迟到1次，早退3次，旷工1次，请假12次，布置的工作任务没有完成。公司人力资源部门的评价是"和公司人员的人际关系较好，工作态度积极，但是工作纪律、工作能力差，PPT、word等基本办公软件不会使用，无法独立完成基本工作，实在不符合达标要求。对此，我们表示十分遗憾"。

这不是针对，只是陈述事实。

人们总说高情商有用，努力之外总想找捷径，可在标准一致的情况下，结果才能说明问题，结果不会骗人。

这个世界到底公平不公平呢？很多人说，出身、阶级、天赋……这些都有差异，所以这个世界是不公平的。但是，每个人的一天有且只有24小时，这一点对每个人来说都是公平的。

很多人渴求成功，其实和成功有关的道理，我们都明白。

真的去做，也并不是那么难。

当然，和做相比，放弃也同样容易。

但最终，结果不会陪我们演戏。

04

努力，任何时候都不晚。

"种一棵树最好的时机在十年前，其次是现在。"

中国的姜淑梅奶奶，60岁识字，75岁开始写作，截至2019年已经出版5本书。

出发晚了，走得慢了，都没有关系，只要不停歇，就是在向前。

我们没有天赋，不是富二代，没有好运气，不具备特长，没有姣好容颜，做不到特立独行，如果我们还不够努力，那样可就糟糕啦。

而很多人总以为，自己的失败与别人的成功，仅仅是兔子与乌龟的区别。

"只要我努力了，随时可以弯道超车！"

凭什么？

我们的努力，和别人无关，努力与否的结果，也只是自己买单。

19　人生抉择力

人生的选择，不是单选题。

01

我经常被很多学生提问：是否应该复读，工作还是考研，留在家乡还是出门闯闯，是否应该辞职……

其实可以感觉到大部分人对我的回答并不满意。因为他们最后还是会反复问我："所以，我到底该怎么选？"

我会非常明确地回复："我不知道。"

如果你们自己经历过的人生，那些上万天的过往都没有使你们得出答案，那么你们寄希望于我——一个对你一无所知的陌生人——就能给你们一个明确的答案，那我的答案，真的可信吗？

对于我而言，选择一个答案，是一件很轻松的事。毕竟，我不需要承担选择的后果。但是急于从别人那里得到答案的人，究竟是不会选，还是不想为自己可能通向失败的选择负责呢？

不要把有关人生的抉择交给别人，哪怕是你的父母。那个答案，只有你自己知道。

02

万一选错了怎么办？

"每一个选择，都不会是终极答案。"这是我在网上看到的一句话，或许可以回答你。

再说一个例子吧。

我一个朋友的老师，年轻的时候，选择了爱情，决然放弃了大城市稳定的工作，无视所有人的反对，来到了我们这座城市扎了根。后来，她结婚不到两年，男方有了新欢。那个年代离婚是挺震撼的事情，当时所有人都劝她，她还是选择了离婚。所有人都说她选错了，一定会后悔的。

她选择爱情是不是错了？她选择离婚是不是错了呢？

再说下去。

这位老师来到了这里，因为是少有的大学生，被安排在重点中学，后来很多活动也是她作为学校代表参加。于是她得到了快速发展的机会，后来出国交流，并在毫无语言基础时选择留在国外读了硕士和博士。她现在是一名博士生导师。而与之相比，她当初的同学们，也只是在大城市继续着稳定的工作，后来还因为工厂改制，早早地退休了。那个时候有人说，她的选择真的太明智了。

小城市的平台和机遇，一定比不上大城市吗？

至于婚姻，虽然她没有再婚，但这一定是失败的吗？有人说她没人要；后来，又有人觉得她不用为家长里短发愁；再后来，也有人觉得她这样一定会孤独终老；现在，又有人羡慕她活得潇洒，吃喝不愁。

她离开了大城市，但是她争取的爱情并没有得到，所以选错了？她因此有了快速发展，没有成为时代的落伍者，并有了更广阔的视野，所以选对了？

谁能确保一次的选择，只指向唯一的结果呢？至于结果的好坏，每个人的评价标准各不相同。当然，人生的体验，只有当事人自己才能评判。

一碗稻谷和一杯水到底该怎么选？

身处沙漠的时候，一杯水可以救命。兵荒马乱的时候，或许一碗稻谷就是一家人存活的希望。即使在平时，眼前的稻谷可以是一碗饭，也可以是一片农田，而一杯水可以洗东西，也可以喝。

所以很多人分享自己的选择，但是这些不是答案。因为人生的选择，根本没有标准答案。

03

那么人生的困惑来自哪里？

很多时候，困惑来自根本没弄清楚自己想要问什么。譬如有同学问自己是不是该转专业，后来我才意识到，他的问题不是转专业。他其实非常想转专业，也谋划好了自己的未来。他的困惑，是如何和父母沟通自己的想法。

还有犹豫。因为犹豫，你们可能最终错过了选择的时机。但那个时候，你们其实已经做出了选择，只不过选择了"放弃"。那么，你们的人生就是被动的，没有选择权。

当然，如果你们非需要一个答案的话，那我的建议就是：丢硬币。既然你认为"哪一个"都可以，那就不必在选择上浪费时间，随便选择一个。然后，调整心态接受结果。无论选择了哪一个，都坚持下去，执行你的选择，使选择成为正确的。

你们可以选择走一条光明的路，也可以选择走一条未知的路，并坚信因为你们的存在，这条路终究会充满光明。

20　退路思维

这一次，咱们探讨"退路思维"。

"他们总是针对我，再这样，我就退学，大不了做生意！"

"天天这样加班，老板还不讲道理，哪天逼急了，大不了不干了，辞职自己当老板！"

"就是就是，干什么也比受这个窝囊气好。"

"是啊，总不至于饿死的，再差也不会比现在更差了。"

01

什么是退路思维？就是在遇到问题解决问题的过程中，做好对于最坏结果的准备。

退路思维，是最坏打算，不是赌气手段。

很多人都幻想过这样的情节吧——在遇到不合拍的领导、老师、同学时，拍案而起，怒吼一声"我不干了！"然后转身离去，留下潇洒的背影。然后下一个场景，在咖啡馆的背景下，一首爵士乐在空气中弥漫，坐在吧台一角，看着店里人来人往，和善地劝前台员工不用太辛苦。然后看到玻璃窗外，那个曾经戳着你太阳穴的熟悉面孔，一脸窘然地观望着这家店，看到你，脸一红，匆匆离去。而你读懂了他眼里的羡慕，嘴角微微一笑，端起一杯咖啡，轻轻晃了晃，恩怨伴着满足，一饮而尽……

梦真美，但梦醒以后，记得，该干吗干吗。

有同学和我在网上聊天，说自己的学校如何差劲，老师如何不称职，同学如何不友好。然后他说自己想要退学，问我应该如何规划退学后的打算。

我立场坚定地告诉他："不要退学。"

"不然，你未来很长的一段时间里，要么是沉溺在后悔之中，要么是计划着如何返回校园，而那个时候，你的选择大概率会比你现在看不上的这所学校要更差劲。

不必和我提那些退学创业成功，学历低、成就大的人的例子。世界那么大，什么样的例子我都能举出来，比你举出来的更多。

但是那些真实的人物，他们的人生经历和投入是怎样的，你并不了解。如果你的身边有多于"一"个可接触的与你保持亲密关系的人是随便成功的，那我无话可说。

毕竟，隔着屏幕，我们可以删减很多真实情节。

朱元璋从要饭到成为开国皇帝，中间经历了怎样的过程，个人做了多少努力？他学会了读书写字，还有军事谋略，以至于他被后人评价为最勤奋的皇帝。

然而很多人只记得：乞丐，也能做皇帝。

02

没有哪条路是可以随便成功的。我反对大学毕业以后轻易地试错。

我看过好多刚毕业的同学，不参与考研，不参与校招，不考公务员，不走事业招聘，觉得自己还有很多机会，很多条路可以选。

然而越到最后，机会越来越少。最后随便找了一份工作，干了没多久又觉得压力太大，不如自由职业轻松，自己做老板，或者开个网红奶茶店，坐等收钱就好。可现实世界远比想象残酷。

首先，自由职业——我有个很好的朋友，是做自由职业的，但是他的辛苦和付出是常人所看不到的。这么说吧，如果他今天不找活干，今天就没饭吃。即使他生病，也不得不强撑着去工作，去"剥削"自己，而自由也就意味着没有人脉，客户更加不会客气，不会体谅你的辛苦。

其次，自己创业——还是老话，你们有什么技术可以创业赚钱？选择网红店铺加盟吗？

第一，网红奶茶店如果真的那么容易赚钱，这个时候要问问自己，老板嫌钱多吗？他不会自己开分店吗？就算运营精力不足，他没有亲戚朋友吗？为什么还要宣传让大家加盟？难道是做慈善？

另外，一年前的知名奶茶店，你记得的有多少？现在还有多少？

第二，供料是统一配发的，口味是限定的，所有的一切都是工业标准，你自己的竞争力在哪里？你的网红品牌，凭什么比得过别人的网红品牌？没有好地段，没有大品牌，就不具备竞争力。但是这些资源的获取，同样需要金钱投入。

于是你还没有赚钱，别人先赚了你的加盟费和房租费。

而等你一切准备妥当了，你仍然需要早起清洁、进货、准备、迎客、接单、制作、售后，生意不好，还要促销宣传，还得担心哪天这个品牌倒了，到时候连本都拿不回来……这样的创业仍然是辛苦的。面对顾客的责难，供销商提价，你怎么办？该受的罪，一样不会少。甚至你不得不花大价钱招员工，还要被嫌弃工作不稳定、压力大，你也成了员工嘴里的"××老板"。

别怪爹妈，别认为自己只有成功理念没有原始资金，所以才不能成功。前几年有新闻报道，某富二代拿着几亿元资金，顶着顶级流量IP，但其旗下公司仍倒闭、欠债、被执行。他的人脉和自身资源高于普通人很多倍，仍然衰败至此。

做生意就是上战场。

所以这就是我为什么劝很多同学有想法一定要在大学里尝试。

大学里的很多学生活动和社会比起来，确实像过家家。但你连这样的活动都没有体验过，也没有获得成功，那么社会上的每一次尝试，损耗的都是真金白银和真实的人生。大学四年可以当作一个完整的阶段，任何时候，都还有改变的希望。这也可能是进入社会以前最后一次读"说明书"的机会了。

03

说了那么多，到底什么是真正的"退路思维"？

那就是，当面对退无可退的境地时，你的身后，还有一条路。这条退路是什么？是你的能力，是你的价值，是你的作品，是你的实力，是你哪怕去了当下的饭碗，也不会因此万劫不复。这条退路可以保障你的人生继续持之以恒地走下去。

但前提是，你要把当下的路走好，甚至全力以赴。如果你想成功，为什么非得走你完全不了解的小路呢？你自己走的这条大路，就没有成功的可能吗？

很多人的最大思维误区就是，总认为自己拥有的是最差的，别人所拥有的是最好的，而这种蕴藏着无限机遇的"好"只有你看到了。

于是，对待本职工作敷衍了事，重心全部放在了"退路"上。

其实，如果你足够好，只要不是衰败行业，还是有各种机会和可能的。

实现梦想与成功的方式是向上攀爬，而不是不停地抉择道路。

我以前也和很多同学一样，觉得"安于现状"是个贬义词，是对人生的枷锁。但后来，我自己的人生经历，包括我的很多学生的成长经历，使我重新审视这个词。

现在,"安于现状"对我而言,是个中性词。我们如何定性这个词,在于个人能力。

当你具备跳脱现状能力的时候,安于现状就是消极的;当你不具备跳脱现状能力的时候,能够安于现状则是你当下最好的选择。

但是很多人,甚至连维持现状都做不到,更做不到安于现状,就想着脱离现状。这是非常危险的选择。

因为这个选择,很有可能指向一条向下的道路。

21　我错了，所以他们惩罚我

这一次，我们探讨对行为对错的认知。

01

现在网上经常会出现一些争议，在暴力事件中，一旦涉及亲密关系，在大家热议的同时，看似一边倒的舆论，还有着不同声音：

"为什么不打别人就打你？为什么你知道他是这样的人还接近他？"

这种声音代表了"受害者有罪论"，是对受害者的指责，指责他们在刚开始时不能清醒识辨、不够决绝，这种怒其不争的情绪反而化作语言暴力，又一次给受害者带来了伤害。

生活往往是一个大型的温水煮青蛙的过程，无论是细节还是习惯，都是在不断重复的过程中建立的生活秩序。我们知道了结果，再去看待过程，会认为过程的一切都像是一种显而易见的隐喻。旁观者接受的是被筛选过的信息，代入的是"上帝视角"。

体育赛场上清晰的边线是犯规与否的量尺。但是如果把边线放大一万倍、十万倍，然后再以一个蚂蚁的视角甚至以一个分子的视角面对这条线时，大家是看不清这清晰的界线在哪里的。身处其中，对与错未必可以如此清晰。

谁也不知道事情会发展到这个地步。

家庭暴力、校园霸凌……各类恶性事件的发生，往往隐藏着这样一个过程，而"热暴力"要被制止，旁观者的语言"冷暴力"也要警惕。

02

另外，我们不是"旁观者"，而是身处事件中的"当事人"时，也要保持冷静，客观看待自己的遭遇。

"当所有人都说我错了,我也不知道自己是不是真的做错了。"

有个学生曾经问我这样的问题。

这个问题的隐含义应该是这样的:"我应不应该怀疑自己?"

我的回答是:"不要怀疑自己。"

有些差异是源于不同,而并非"对错"。

豆腐脑或榨菜还是蜜糖只是饮食的口味习惯不同,本无关对错。

而生活中总会有这样的情况,原本大家只是因为不了解而产生误会,没有必要为了别人而改变自己的习惯。即使交朋友,也可以求同存异。

不要将"你我之间的不同"定义为"我的问题"。

03

"他们孤立我,我想可能是因为我做错了某件事。"

这个说法成立吗?

不成立。

别人认为我们做错了,为什么不当面和我们说清楚?而要用沉默、消极情绪等冷暴力的方式逼着我们去自我反思,然后我们就不断尝试改变,凭什么我们是那个迁就者?再或者,我们能确定我们认识的错误和对方所认为的错误是一致的吗?

或许我们给对方倒了一杯水,别人因为水不够热而认为我们做错了,而我们以为对方喜欢喝冰水。如果没有正确的表达,那么就是一个用情绪表达不满,另一个不断揣测对方情绪的内容。

对方没有用正确的表达方式,那是对方的问题。喝不到自己想喝的水,也是对方因自己错误的表达而收到的反馈。

所以,不要揣测别人的表达,除非对方明确告诉了我们。不要用别人的情绪来惩罚自己,我们没有必要为别人的不开心买单。

所谓"好脾气"的正确解释应该是"当我意识到自己做错的时候,我会立刻改正,不会恼羞成怒",而不是"无论谁认为我有问题,我都毫无原则地接受并改正"。

否则,我们会永远生活在愧疚的心态中,毕竟我们不可能让所有人都满意。

04

以上两点,怎么在实际中修正呢?

其实我们之前的种种反思，以及之后的种种行为，都是想要改变别人对我们的认识。但是假如我们不去改变呢？

我们会发现，别人不会因此对我们态度更差。

再接下来，学会不再接受这些信息，慢慢培养自己做一个不依靠团体来取暖的人。

我们需要明白，自己真的没有办法改变别人对自己的想法和做法。而反过来说，我们连自己都不能讨好，却要去讨好别人，而那些人根本不会和我们相处一辈子。

重要的是自己的感受。

在不伤害他人的前提下，我们有坚持自己"与众不同"的自由。

05

最后，对旁观者所谓的"可怜之人必有可恨之处"我们也要保持警惕，这样的言论很容易将受害者的遭遇合理化。我们要认识到，自己可以不发表意见，但是当我们有所表达，哪怕是再微弱的声音，都会对别人造成影响。

在不了解实情时，毫无由来地对恶意表示认同，说明我们失去了自我认知力和思考力。而从众心理或许就是我们将恶行合理化的遮羞布。

不要为了"友情""爱情"而去迁就任何我们不能认可和接受的表达方式，因为我们总有一天会接受不了。而当我们不再花费心思、精力去迁就对方的表达的时候，我们反而就成了那个变心的家伙。我们的不迁就，就真正成了我们的问题。而一旦接受了别人的方式，就需要做好坚持下去的准备。

最后，我们应该明白，自己每一次面对他人的态度和行为，其实都是对自己认知的表达。

不要因为自己没有站在聚光灯下，就放任自己的言行。我们永远不知道自己的未来会遭遇什么，也应该明白，每个人都必须为自己的言行负责。

22　实力第一名，被淘汰

能力出众和遵守规则，到底哪个更重要？

熟悉我的人，应该很清楚地知道我的立场——我会选遵守规则。当然，很多人会对此有异议，那么接下来，我就和你们说一个真实的故事，告诉你原因。希望你们明白，这也是大多数人的选择。

实力包含很多，能力、遵守规则都是实力的因素。

01

这是我的一个读者的故事。他和我一直有联系，差不多持续了两年。我写这些有关于他的文字的时候，获得了他的同意。

有一次他和我说，他的比赛表现很完美，但是未能成功晋级。

具体是这样的：他参加了一个汇报比赛，并获得了场上观众投票第一名。但是被推荐到复赛的，不是他，而是第二名。

他被淘汰的原因和我猜测的一样，是一个小细节问题：比赛通知里要求现场展示要用 PPT 软件，而他则坚持用了另一种展示软件。选用另一种展示软件的他汇报效果很好，展示播放也很流畅，当然，很明显能够看出来他用的不是 PPT 软件。

应该说，整体来看，表现最好的是他。

可是后来代表公司参赛的却是另一个人。这于他而言，和被淘汰没有什么区别。

既然通知里已经明确要求了使用 PPT 软件，为什么他还是坚持选择规定之外的软件呢？

会议室的电脑老旧，是客观情况。为了更好的汇报效果用别的展示软件，本身没有问题，但问题是如何使用。

这件事其实有很多种更好的处理方式。

02

在已经明确了规则后，仍然做出与规则不同的选择，这本身看上去就像挑衅的行为。

有些人会认为遵守规则是一种迂腐呆板的行为，明明有更好的选择，明明这样的选择会有更好的效果，为什么不可以用呢？

很简单，PPT 并非完美到无可挑剔的展示软件，毕竟优于 PPT 的软件太多了。如果没有做相关的要求，我相信，会有更多的人选择其他的展示方式。

那么为什么还要做这样的规定呢？因为 PPT 是如今一个普适性强的选择，而且这仅仅是展示方式，依然是为内容服务，除非规则说明"形式不限"，但规则里已经限定了形式，那么参加比赛的选手，应该还是要以 PPT 展示软件为主。当然，我们不是来讨论哪种软件好用的，而是讨论规则到底是不是可以被能力所逾越。

显然，在参赛是否公平的基础上，我的读者才是那个违反规则、破坏公平的人。

另外，比赛的目的是想选拔选手赢得之后的比赛。之后的比赛，可能还是采取相同的规则，甚至对细节有更加细致的要求。选择一个没有办法确保百分百遵守规则甚至会自由发挥的人，对于团队的管理者而言，这样的选择并不明智。

再说，既然选手已经足够优秀，能力足够出众，为什么不能和人家在同样的起点上展示自己呢？

这个读者的问题，我已经和他说了很多次了。是的，即使是网友，我也能感受到他总喜欢突破规则的个性。

我之前敢于"猜测"，是因为他的"个性"已经成为习惯，类似的事情他也做过不止一次。结果是大家都不太愿意和他合作，因为他是"按部就班"中的"不稳定因素"。

明明具备可信的能力，但总是在不恰当的地方展示，总让人感觉个性超越了能力。

03

汇报比赛时，可以在展示软件上退让，那么超时 10 秒又为什么不可以？

那稍稍跑题也应该被接受，再接下来呢？

一提到规则，很多同学总是和我讨论，规则有没有意义。

即使我坚定地维护"遵守规则是必要的"，但我也不会否认，很多规则可能没有什么意义，甚至有些是落后的。

举个简单的例子——篮球比赛中带球走步，这个违例大家都知道，但是为什么要有这个规则呢？按照自己的理解，抱着球跑全场也不会有任何影响，不是吗？那制定的规则又有什么存在的必要呢？很多比赛的规则是基于公平性和观赏性而制定的。

规则是用来规范人类的行为活动的。换言之，是大家约定好了的。那既然约定好了，为什么不去遵守呢？细究下去，人类活动的规则99%和意义无关。

规则，核心的目的只是维护公平。

04

开始我说了，这件事有更好的处理方式。具体指哪些呢？

譬如，确定规则，提前和评委沟通，询问可不可以使用PPT以外的软件，确定自己的选择是否违规。

譬如，打磨技术，在大家面对同样的电脑困局的时候，处于相同起点，但自己的汇报依旧流畅。

譬如，想办法直接解决电脑播放的问题，修整系统，而这保证了PPT参赛效果的同时，也足够展现能力。

……

办法有很多种，和规则对抗，不是唯一的解决办法。

很多同学进入社会后面临的最大的认知困局，就是总是急于否定那些不符合自己习惯的标准。否定规则，质疑要求，怀疑"裁判"。

而其中隐藏着一个显而易见的问题：我们打破了公平，对于别人而言，是否公平呢？我们又凭什么是那个独一无二，需要所有规则为我们让步的人呢？

什么是实力？保持对于规则的敬畏心，应该是其中一项。

23　什么是善良

01

我认为,教育的实质是正心术。

"术"就是各种技能,最低标准就是谋生的手段,中层标准就是完成目标(钱、权、名)的方式,最高标准就是理想信念的达成。现在很多人只讲求学"术",而忘了"心"法,其实这个才是核心的,并且贯穿着"术"的各个阶段。这心,就是善良。

心术不正,终有隐患,难成大器,恐有灾殃。

对于他人来说,心不善,就是实打实的伤害。心不善,谋生手段即便杀人越货都是合理的,完成目标即便贪污作假都是合理的,心不善的人也就更加达不成理想信念,因为心里只有自己,只满足自己就好,哪里会有他人和奉献呢。

所以我们要劝善。

心不善对自己有伤害吗?很多人不服气,认为善良的人总会吃亏,善良的人获得不了实打实的利益。这个就要从格局思维来入手了。

02

举个例子就明白了。

曾国藩的家训很多人都有耳闻,也因着遵循这家训,传言曾家自曾国藩开始一百多年里,家族里没有出现过一个"败家子"。这便是家训的厉害,因为家训都是劝人向善的。这便是光宗耀祖的好结果,也庇荫了后人,毕竟龙生九子,也不能说曾家每个后人都是聪明的吧,但是因着这善族的名气,每个人都发展得不错,没有落魄。

"那是曾国藩,我就是个普通人啊!"

没错。很多人看到身边一些事情气到牙痒,又似乎无计可施,这时候便会怀疑善良。公道自在人心，人心不能审判事件、改变现状，但是会改变未来。"得道多助，失道寡助"，有些人人设崩塌时，有种"墙倒众人推"的感觉，那便是人心选择。这也就是为什么很多人做了坏事要掩盖。

人心所向，向的是善。

所以，这便是善的意义。

03

什么是善良？

这件事细讨论，就要上升到思想层面了。

课上有个学生问我："兔子吃你种的胡萝卜，这时狼来了，你有枪，你是帮兔子打死狼，还是遵循自然规律？这时候如何体现善良？"

如果只以"术"论，等狼抓了兔子，再把狼打死，这样既保住了萝卜田，也有了狼皮大衣。

还有没有其他选择呢？我的选择是向天鸣枪，赶走兔子和狼，保住胡萝卜。

兔子吃胡萝卜，狼吃兔子，都是自然规律。有人说帮兔子打狼，狼又做错了什么，要损失口粮？而你又做错了什么，要损失口粮？也有大善，如以身饲虎，这是个人的选择，也是善良的表现，但是这样的善良代价太大，我们可以要求自己，不可以要求别人。

当然，科技进步也给我们提供了更多选择，以后我们可以研制人造肉，让狼不必吃兔子。开发胡萝卜高产技术，让兔子和你都可以敞开吃。

而最重要的是，善良是自己的选择，我们可以告诉别人自己的选择，但不能替别人做选择。

04

曾经也有学生问过我："放下屠刀，立地成佛，好人成佛却要经历九九八十一难，那么一直善良的必要性又是什么呢？"

这个文题我真的思考了很长时间，差不多有好几年。

后来我明白了，屠刀并不是指的字面意思上的锋利铁片，而是一种执念。大家去问问监狱里的坏人，每个人都能解释给你听他为什么要做坏事，会告诉大家一个他认为非常完美的理由"我不得不这么做"。这就是屠刀了。他不认为自己不善良，他没有认识到自己是错的。而这个时候，认识到自己做错了，就是放下屠刀。

就像电影台词说的那样：成见是一座大山。改变执念，是一件很艰难的事。

有的时候真正的恶，是曲解善意。譬如我之前举了曾国藩的例子，很多人可能立刻会告诉我其实文字的内容含着怎样的权术手段。就像有段时间特别流行的"厚黑学"，包括现在一些内容动不动做"细思极恐的另类解读"，曲解各种正面人物或者正常行为，然后教人安心作恶。

这才是恶的最大问题，它带着善意的面孔，使你对善良不再信任。

善良是一种选择，是个人自己的决定。但是既然选择了，就请坚持下去且坦然面对。

当然，不是说善良就意味着软弱。善良，也需要强大。因为只有强大了，才可能震慑恶，才可以让更多的善良坚定存在。

24 把握机会的关键——"应急思考力"

01

我给大学生上课。课上我提了一个问题让大家讨论。问题不难，和专业无关，就是谈一谈自己的看法。没有人举手主动发言。后来我采用随机点名的方式，点到的同学站起来，一脸茫然，一句话也说不出来。

后来我又安排了上台现场抽题的一分钟演讲环节。上台的学生大部分也是窘迫的状态，一言不发，一分钟显得格外漫长且尴尬。也有学生上台以后，直接读手机搜来的内容。

当然，也有胆子大的主动发言，在台上侃侃而谈的，这些学生里有学习好的，也有的可能连书都没有带，课也没有怎么听，上台以后连题目也没有弄清楚，但是他就敢说、敢张嘴。当然，他说的可能还离题千里。

但是不得不说，这样的同学毕业以后获取的发展机会会更多，这是我自己工作几年来的观察所得，或许不够全面，但是这引发了我的思考。

有同学谈到这些人会不满、会委屈——"不谈论勤奋或聪明，但至少，我比他会得多，懂得多，知识储备多，想法也比他的好，凭什么机会给他不给我呢？"

是啊，有的同学会得多，懂得多，知识储备多，想法也比较好，那为什么机会来的时候，他们却抓不住呢？

02

什么是机会？

机会其实并不是从天而降、无法识别的。

那些让你们觉得紧张害怕，甚至痛苦，但是又不愿意或不敢放弃的，就叫机会。

考试、上课发言、比赛、汇报……这些都是机会。机会其实是有备而来的，机会的出现，就是为了挑选。

我完全知道，大家在课堂外、在私下，可以畅所欲言，思想的火花闪耀夜空，有你们在根本没有尴尬，你们就是全场最佳梗王。但是在公开、重要场合也需要有展示自我的能力。

在机会来临的时候，紧张激动，大脑一片空白，丧失思考力，平日最简单的问题此刻都是无解。如果这是介绍方案时客户的提问，或者是活动过程中突发的状况，那么众目睽睽之下，表现出来的就是没有一点儿解决问题能力的模样。当然，我们可以说"是场合的原因"，但现实中如果我们做不到，那么，这个"场合"就不会给我们机会了。

诸葛亮之所以厉害，是因为其临危却不乱，急中可生智。诸葛亮未必是绝顶聪明的人物，但是很多人做不到临危不乱、急中生智，即使想出了万全的方法，也不过是"事后诸葛亮"。

03
识别自己是否想要锻炼这种能力。

大家可以在错过机会以后自嘲地说"我要维护自己的偶像包袱"，也可以认为自己"不应该在大庭广众之下过于张扬"。但是，大家需要明确自己的内心是不是存在失落感，如果有一丝失落或沮丧，至少从情绪解读来说，大家应该明白，自己是期待得到这项能力的。

我指出"应急思考力"这一点，然后告诉大家简单而直接的锻炼方法——不断地去练习，从课堂上的一分钟脱稿演讲，到全校的无台本辩论。社会上那些标价成千上万的"自信心"课程，让大家在公交车上演讲，也不过如此。

当然，需不需要这项能力，还取决于我们自己。并非所有的工作都需要这样的能力。但是想要拥有这项能力就必须打破认知壁垒，不断去锻炼。

25 警惕"权威影响力"

01

我希望你们不要盲目信任"权威"。

现在网上有很多人发表自己的观点和对某一事件的看法，评论里会有这样的声音："发表者是专家，所以，他说的一定是对的。"

或者——"这个人没有那个人名气大，所以，他说的肯定是错的。"

脱离了内容，而只是讨论发表者的权威，这是一种思维惰性，是错误的。

在心理学上，这样的思维称为"光环效应"（晕轮效应），是指认知者对于某个人的某种特征形成好或坏的印象后，就会产生以偏概全的认知偏误，倾向于据此推论某个人其他方面的特征。

因为是主编，所以，人们相信他的学术评价一定是客观公正的。

因为是博导、教授，所以，人们相信他个人一定是品德高尚、情感单纯的。

我们了解到"光环效应"后，就应该理性看待那些权威身份所代表的，只是局限于某一领域范围内具有的专业能力。即便如此，权威也不代表对于相关领域的一切观点百分之百正确。而在专业领域之外，权威也可能只是个和你我一样普通的"门外汉"。所以，不能盲从权威。另外在专业和品德方面，大众在面对"权威"时更需要客观、理性，要认识到"权威"只是对某领域专业水平的评价，而不是道德品质的判断。所以，我们不要迷信权威。

曾经电视广告里有人专门扮演"世代名医""权威人士""技术顾问""国际专家"，他们穿着似乎很专业的行头，对着屏幕念台词，推销手中的产品。这样的做法，就是树立一个权威身份，以此获得大众的信任。大众不是因为相信产品好而购买，而是相信电视里的专家说这个产品好而消费，这就是一种对权威的盲从。

权威的影响力是巨大的，当大部分人信任权威时，就会产生"从众"心理，那时，作为个体的我们，即使心存怀疑也很难拥有清晰的判断力。我们不仅要否定权威，甚至要面对大众。

有人会问："是我错了吗？"

那么，我现在告诉大家，咱们每个人都可能无意间陷入"权威影响力"中。到那时，我们既不要急于否定自己而盲从他人，也不必完全拒绝任何建议，而是要学会"就事论事"。客观总结所有的意见，结合自身的实际情况，分析建议的可行性，毕竟，即使真正的专业权威或许也无法了解我们每个人的具体状况，譬如资源条件、能力范围。最了解自己的人，终归是自己。在不断学习训练的过程中，慢慢地学会为自己规划，分析建议，做出选择。有一天，我们能理性分析他人的建议，而不迷信某个人，我们就会成为自己生活的"权威"，也就能真正摆脱"权威影响力"。

02

我们也要警惕自己陷入"权威"诱惑中。

我在上网时，还发现了很有意思的事，很多人的标签介绍里，"高校"一栏填的是知名高校。

每个人都期望被认可、被信任，给自己套上"权威"光环，无疑是最便捷的做法，但这又涉及欺骗。

当然，还有人本身就是"权威"，在不知不觉中，已经在向外界散播"权威影响力"。

举个例子，在和别人的讨论中，当我们的言论不是讨论事件，而是"我是某某学校毕业的，所以我说的都是对的"，或是"我是老师，你们必须听我的"，又或是"我做了多年的领导，你这样做肯定不对"……

以上这些，大家可能已经在潜意识里认为自己是"权威"。当心，这可能会让我们走向"自大偏执"的道路。权威的自信，也来自他人的信任、认可。大家认为前文提到的是很可笑的事情，正是因为当事者打心底里认为自己"没做错"。

陷于权威，大家也会失去基本的判断力。

哥白尼的"日心说"以及太阳系的形成假说，打破了权威，后来又成了新的权威，又被打破……学术的存在，本来就是不断怀疑、不断论证、怀着疑问尝试且不断否定的过程。

所谓权威，绝不是故步自封。而即使我们在某一方面有所建树，也必须明白,这只是代表过去行为的结果。我们的任何身份,都不足以成为我们作为正确"代表"的理由。

保持清醒,不要迷信权威,也不要陷于权威。

26　别迷信"情商",没用!

01

我有个学生在一家企业工作,刚去的时候,他们那一批新员工全部被安排到一线仓库工作,而且分布在全国各地,工作内容大致就是在仓库处理货物的储存、清查、按要求配送。除了安保员和快递员,他们几乎和公司其他同事没有任何接触,仅有的联系方式是电话或者电子邮件。

这份工作很少需要处理人际关系。

只有年底公司聚会的时候,他才能稍微认识一些人。可是因为不熟悉,大家也只是和他简单聊两句,大部分还是部门内部的人聚在一起聊天。他在这样的场合显得有些格格不入。

两年下来,他无数次问我,该如何和领导沟通调离岗位。在学校期间,他是比较积极活泼的,同学都喜欢他,每次要完成什么学习任务,他都能找到同学帮忙,大家也乐于帮助他,任课老师也喜欢他。他似乎有种能力,让每个人都喜欢他,很多人提起他,都说他"嘴甜"、情商高。

但即便如此,他的学习成绩每次也只是徘徊在及格线上。我找他谈过几次,希望他把这份精力放在学习上,毕竟以后的竞争环境是未知的。

他每次总是表决心、说好话。但也只是如此,成绩没有任何提高。

毕业后,他考研、考公成绩都不理想,应聘了很多公司,但涉及专业他的考核总不过关。

他也拜托一些老师、同学、朋友帮他换工作,大家也都愿意帮他。可介绍的工作要么有资格门槛,要么他通不过笔试。也有老师建议他继续考学读研。可这对他而言,似乎更加困难。于是他被"困"在这小小的仓库中,灰心丧气。当然,他还是嘴甜,会偷懒让同事替工,会让领导对他的迟到早退网开一面,但也仅此而已。

"干这样的工作,永远没有出头之日啊!"

然而半年左右,他们这一批新员工里,有两个人被提拔了。

一个人做了一个线上程序,减少了发货过程中的一道登记程序,提高了效率。另一个人在工作期间进行了详细的流程记录,然后据此做了一份改进计划书。这份计划书被逐级上报后,最终获得总部的认可,被认为可行性很高。

这一次,他的高情商没有任何用武之地。

有同学可能会说我是"编故事""为教育编情节",可这就是事实。或许是他的领导恰恰不喜欢这样的行事作风,也或许是刚毕业的他在别人眼里还不够"高情商",平时偷点懒不算事,可涉及利益,那可是谁也不会让的。甚至,他平时的散漫可能已经是别人握在手里的把柄了。

02

近几年来,大家都在推崇"高情商"。高情商固然好,可以让自己和他人都感觉到舒服,促进人际关系的和谐。但也仅此而已。

我们都夸赞某男艺人的情商高,可是情商高的他也说了:"你弱的时候,坏人最多。"然后以自己的真实经历举例。在他不够强大的时候,他的高情商对他有帮助吗?

或许你要说了,正是因为高情商,所以大家才愿意给他提供帮助,推荐他拍了更多的戏。高情商给他带来更多的机会。

这就是重点。

高情商不只是为了让别人觉得你好,而且是为了让别人给你提供展示实力的机会。

但是假如你没有实力,即使情商再高,也得不到提升的可能。高情商的核心是什么,不是为了让别人舒服,而是为了让自己成长。

在一部很火的美剧里,主角就是智商超群但情商极其低下的人,他做了很多情商极低、非常"得罪人"的事情。可他的身边还是有许多的朋友,大家还是愿意帮助他。

而这样的情节大家都认可,也信服,因为即使在现实生活中,大家也会这样对待他。

毕竟,情商是可以通过学习快速得到提升的,但与之相比,其他能力的提升,却需要一个长久的过程。

03

高情商也并非人人喜欢。

某一火锅品牌，以火锅界的"高情商服务"著称，但也有人对他们的高情商服务表示难以接受。

"我不想被他们这样热情服务，只是想安安静静吃个火锅。"

同样，还有一些商家，他们宾至如归的服务，并没有得到所有人的满意，甚至有的人一旦看到服务员靠近，就会立刻躲得远远的。

被众人称赞高情商的演员，也一定有处理不好的人际关系，也有不满意他的观众。哪个明星没有"黑粉"呢？最终，评价他们的标准还是业务能力：歌星唱的歌好不好听，演员的演技好不好，主持人的主持功底如何。

这些都是硬实力。

当然也有靠情商一路驰骋的，但是这样的人，哪怕是明星，在陷入低谷时，没有一部能拿得出手的作品时，没有让人可信赖的实力时，他也很难获得再一次的帮助。

04

"高情商"的火锅店，终究是靠味道和质量赢取消费者。

演员的情商再高，工作重点仍然是打磨演技，努力为观众呈现好作品。

作为普通人的我们，更加应该明白，高情商只是我们的外包装，但也仅仅如此。

高情商的包装之下，能让我们走得更远的，是我们的个人能力。

27　不瞒你说，我每天都做着失业准备

有技傍身是最好的保险。

01

我是事业单位编制，又是老师，怎么说都是稳定的工作。

但是其实我这个人内心悲观，总认为很多事情都要做最糟糕的打算。

我大学学的是体育，大学期间拼命考资格证：健美操、体育舞蹈、手球裁判、乒乓球裁判……那时我想，万一毕业以后找不到工作，到健身房代课、去找个培训班做教练能赚点钱也好。

学生活动汇报需要做PPT，刚开始的时候我什么也不会，连PPT的图标是什么都搞不懂。但我完成了，还要求自己必须做到最好。

这样做的原因仅仅是因为那年放假，我听了一个远房亲戚说起自己邻居摔断腿然后就被辞退的事，害怕有一天我也会遭遇这样的情况。

后来我们学院的主要活动汇报PPT的制作我都包下来了。

得不来什么好处，但有收获，我掌握了这项技能。后来我总是参与网上专业PPT交流群讨论，也分享自己的作品，于是网上有店家找到我。店家负责接单，分配给我单子，按页算钱，从一页5元到一页300元，我都接过。客户通过正规网购渠道打款给老板，我们再按比例分成。这就是我曾经的兼职经历。

研究生阶段，包括后来工作期间曾经遇到一段经济危机，我就是靠着这项技能挺了过来。没有开口找人借过钱是我的骄傲。

那个时候在宿舍熬夜一边改论文，一边完成实习工作的文件，还要准备报考大学辅导员，还要抽空接单做PPT。室友为我抱不平，说老板啥都不做却光拿钱，让我找老板谈加钱。

我没有这么做。

老板能开网店做运营自然有他的本事，我做 PPT 水平够高自然会有人指定我，但我做不到不可替代，老板今天可以找我，明天可以找别人。

什么时候我的水平厉害到老板害怕我不做了，那我自然有资本谈判。

可现在我还做不到不可替代。这就是我总担心自己失业的原因。

02

我很早之前就写过一篇文章，劝家长理性对待孩子选大学专业，千万不要把眼前的"热门专业"看得太重。

很多行业一时火热，但也可能正是风口的原因，风口退去，留下的就是一片狼藉。

铁饭碗从来不铁，钢铁厂没有撑过三代人；BP 机接线员现在已经销声匿迹；饮水机搬运工曾是专门的职业；换煤气罐的取代了卖蜂窝煤的，天然气则直接入户，踢走了"中间商"。

我给学生准备职业生涯规划课的时候，查资料备课，备一次课心态就崩一次。

网上到处是成功的案例，让人感觉成功轻而易举，可我怎么觉得我看到的都是失败呢？

演讲与口才，这是"人人都会"的技能，可同样是老师，有些老师就能把课讲好，让学生都考一百分，有的老师就不行，总是垫底。

从职业的角度来说，一是可能不热爱这份工作，所以做不到全身心投入，二是可能不擅长，水平不够。

所以，我也做过这样的梦，站在台上哑口无言，然后被开除了。

惊醒后，我赶紧给做人力资源管理的朋友打电话，问问现在什么职业吃香，有哪些要求。

03

为什么说这个？

我们很多人总是会被现状所"困"，受现状所"限"。

有些同学在校期间，所学专业一时"冷门"，学生便没有学习兴趣，想着赶紧换专业，找出路。所学专业突然"火爆"，便得以自在，不再进步。等到毕业时，为了找到稳定的工作拼了命地努力，等到好不容易"上岸"了，便又彻底懈怠了。每一年总有人分析当年的热门行业，可再过几年，这些热门行业已经热度不再，但行业的人才缺口总是有的，不过从基础需求提高到专业需求。我们总是受眼下的环境所限，追求"当前最热门最稳定"的工作，想要做出一劳永逸的最佳选择，但是这样的好事我真的遇不到。

很多同学认为现在当老师就是"最稳定""最快活"的职业，不理解我为什么还要各种"折腾"，因为我害怕，我需要不断进步来积累底气。

假如有一天，没有那么多学生，不需要那么多学校，不需要那么多老师，我们同样会成为被考核、被淘汰的对象。居安思危或许可以成为促使大家行动起来的动力。

我们会被"意料之外"淘汰，也会被"大势所趋"淘汰。

04

会不会担心学太多，结果却用不上？

我大学学的健美操，因为缺乏肌肉练习，总感觉自己动作慢半拍，可我的健康让我面对工作后的各种压力，稍稍有些底气。

我学的PPT技术，在工作逐渐忙碌起来之后，也很久没有再用了，可是我后来自学其他软件的时候，才发现学PPT时打下的基础帮了我多大的忙。

没有什么一直有用的技能，也没有什么"无用"的技能，那些经验会成为我们进步的底气。

但我确实看到的是，很多人在为自己挑选"最有用"的技能方面浪费了大量时间。

去看书，去学习，去提升技能，去做任何认为应该做的事。

多学习，多积累，多做些准备，总是好的。

28　他人的期望，是一种微妙的暴力

01

后台有一个朋友向我求助：她有一个表弟，平时两人关系很好。后来她去外地上大学，这次因家里装修，他们住在表弟家。这段时间，她发现表弟有很多不好的习惯，又发现家长都很宠表弟，所以她特别担心把表弟宠坏了。出于关心，她向舅舅舅妈表达了自己的担忧，甚至列了一张详细的表格，列举了表弟身上的诸多毛病，并且给出了相应的对策。

但是舅舅舅妈认为他们没有做错什么，也觉得表弟这样挺好。

她希望我能给她提供帮助，让表弟的家人明白，他们的家教方式是错误的，她很希望自己的表弟能够有好的发展。

看到这样的求助，我觉得当前的问题不在她表弟身上，而在她自己身上。

我有些不客气地问道："你不觉得自己像喜欢对别人家孩子指指点点的烦人亲戚吗？"

她的期望是好的，可是她有什么权力去干涉他人的生活选择呢？

02

我上小学时，有一个同学，他有轻微的小儿麻痹症后遗症，走起路来腿脚会一高一低的。但是人长得很好看，也很聪明。

他的同桌是个热心肠的人，看到他这样，就觉得很可惜，然后同桌想要用自己的方式为他提供帮助。

同桌的初衷是希望同学能够"像一个正常人一样"。

可是同桌的方式不太友好。当然，在那个年纪，也想不到多么科学的手段。同桌学着电视上的情节，硬用棍子绑住他的腿，拉着他跑步。即使他拒绝，同桌也坚持认为：他一定是害羞，不好意思，其实他一定是想做好的。

有一天，他正在下楼的时候，同桌从后面跑过来，一把拉住他，想刺激他的"本能反应"来创造奇迹。

结果我这个同学从楼梯上摔了下去，骨折。之后他便留级了。

出于美好的期望，却换来了糟糕的结果。有的时候我们只是站在自己的立场上，希望事情按照我们的想法发展。

但是事与愿违，我们不仅要尊重他人的意愿，也需要考虑自己的计划是否可行。

03

约翰·威尔伍德是美国的临床心理学家，执业心理治疗师。他曾经表达过这样的观点：如果你指望别人永远与你步调一致，你就会陷自己于沮丧、失望和痛苦中，因为每个人都有自己的节奏和感觉，我们连自己每个时刻要什么、内在发生了什么事都弄不清楚，而且心意不断改变。

期望常是一种微妙的暴力，因为这是要求别人顺从我们的意志。

我不知道求助的朋友的表弟是不是真的那么糟糕，或许只是朋友在用自己的标准判断表弟。表弟也许想成为一名篮球健将，并且得到了家长的支持，求助的朋友却偏偏认为考上名校才是好的发展。标准不一样，自然看法会不同。

即使表弟真的很糟糕，表弟的父母也真的很糊涂，那么他们没有认为自己是错的，别人为什么要求他们改变自己的观点呢？

反过来说，你又是否能转变观点，认为你的表弟没错呢？由己及人地想一下，你在别人眼里，又意味着完美吗？如果别人要求你改变自己的现状，你可以做到全盘接受吗？

我们可以换一种方式去表达爱意。在表弟需要的时候，提供升学的信息、课本和书籍，帮他做分析，帮他排解困扰。

我们可以用很多种方式为我们所牵挂的人提供帮助，祝福他们。

但是不要做过度的期望，这样的期望，不过是在用我们自己的喜恶去要求他人。

29　所谓"独特"，不必刻意追求

01

在和朋友或者学生聊天时，我有的时候会被评价为"独特"，或者别的什么词，特立独行、很酷、坚持原则、观点奇特，诸如此类。

有些学生私下和我聊天，表示很羡慕我。

"我总是觉得自己是一个随大流的人，完全没有自己的想法和风格。感觉我的人生太平淡无聊，实在没有意思。"

随大流的人，平淡的人生，无聊的生活，是一件没有意思的事吗？

那么，我又真的是一个独特的人吗？

什么是独特？

几百年前，提出地球是个球的家伙，被当成魔鬼烧死。

真正的独特，往往是不会被当下大部分人所接受的。

02

无论你觉得我的言论多么新颖有趣，其实我所表达的，还是这个时代背景下的主流观点。

以某位女作家为例。如今，我们看她的文章，会觉得她表达的爱情观不正，价值观扭曲，似乎总是在宣扬"为爱情舍弃家庭"，会发现"你失去的只是一条腿，她失去的却是爱情"这样的台词逻辑可怕。但是几十年以前，她的走红，是因为认同她的人多。实际上她也是曾经那个时代流量的产物。那个时候谈推广、营销、带节奏的人很少，最终她是被普通大众所选择的价值观代表。

大众选择她，是因为当时很多人进入婚姻还是"父母之命，媒妁之言"，所以那个时候爱情与自由是很多人内心所渴望的，而选择一个不爱的人相伴到老是很多人所要面对的现实。那么读者就会站在她的立场上认定，原配都是恶毒的。

现在她的很多作品被批判，是因为现代的婚姻大部分是自由结合，无论有没有被催婚的压力，我们个体都有拒绝的权利。那么在这种情况下，当我们进入婚姻，是双方自愿选择了被约束，而此时，第三者作为破坏规则的人，才会显得非常可恶。实际上，就是大家的立场不同。

其实，包括此刻看到的任何一个你觉得观点很犀利的人，他们（或者说我们）一点儿也不独特，只是把很多人内心想要说的话给表达出来了，仅此而已。

03

我作为一个俗人，既知道自己做不到独特，也不希望自己独特。

但是我也有自觉，有一天，我们的观点、思想，也会被评价为落伍。这也没什么不好，这代表了更新潮的思想的产生，代表思想是没有停步的。

所谓的专家、学者，不也是在不断提出自己的新观点，来否定前者的"旧"观点吗？

学习的过程，可以让我更加全面地了解前人的思想和观点。随着时代的变化、社会的发展，我们终究会按照社会的现状，总结规律，并且根据自己感受到的不合理，提出自己的看法。

而这些看法，就是属于我们的观点。或许我们也可以称之为"独特"。

"独特"，并不是通过模仿而来的，即使模仿，也不过是用酒瓶装汽水，只是看上去"像那么回事儿"。

但是所谓思想观点，不过是我们个人得出的结论，用以作为我们人生的指导，并且遵循真实的想法改变我们的人生。

而所谓"独特"，不必刻意追求。

我们是千万普通人中的一个。

但，我们每个人又都是独一无二的，也都拥有只属于自己的人生。

30　请不要信仰"厚黑学"

01

学生总是和我争辩，说我太单纯，而社会太黑暗，劝我应该多掌握一些"厚黑学"，了解行业的潜规则。

我，一个有三十多年人生经历的人，虽然在学校工作，但是说单纯，那可能也不至于吧。当然，学校的工作氛围确实是我所喜欢的，因为人与人之间相处相对简单。

很多学生在校期间，确实很单纯，虽然作为老师的我强调提醒了很多遍，但大家看待问题还是很简单，也因此，大学生一直以来是诈骗分子的首选对象。

可是这些单纯的学生一旦进入社会，就立刻裹上了层层的铁甲。所以实习生往往就做了一些很莽撞的事，无意间成了背锅侠。

有些年轻人最大的误区就在于，一进入社会就不再相信实力，而是急于寻找潜规则和套路。

02

有学生问："公司里有些坏人为什么那么嚣张？"

公司里被学生认定的"坏人"，往往占据着有生杀大权的决定性岗位。这些人的"坏"老板真的不知道吗？

但是，有些坏人是公司生态环境中不可或缺的一环。公司的运营，总会有些"厌恶性工作"需要有人去做。譬如，一个干了很多年的老员工犯了大错，必须承担责任，老板去当恶人吗？如果这个员工平时人缘不错，大家都来求情，怎么办？但是假如这事由一个全公司都讨厌的"坏人"来完成，则很少会有人去求情，因为他在大家心目中很坏，觉得求情没用。

老板不只是为了博个好名声，当然好名声可以获得员工的认可和忠诚，还有工作效率的需要。这么残酷的事，很多人做不到。

另外，也是为了留条后路。老板自己开除的员工万一掌握了什么高精技术，还想请他回来，甚至，员工自己当了老板，成为潜在的竞争对手，这个时候，老板说："我都不知道某某当初把你给开除了。想当年你帮公司……"前员工或许就感动了，于是建立了合作关系。然后为了帮他解气，老板再用一封解雇信立刻让坏人离职。老板自始至终没损失。

这种厌恶性工作，好人做不了。因为这种工作的工作价值就是承担公司的负面情绪，做各类得罪人的事，当然其职业风险是还要面临领导为平息众怒使其工作前途终结而不得善终的后果。所以这类人往往有高收入，但也面临高风险。

03

看，我和你们能说这些，不是我经历过，只是我个人的猜测。而猜测的依据只是我和很多同学聊过的人与事。我的学生"替"我走出校园，"替"我认识世界。

所以，我在校园里，也可以观察这些、了解这些，也才会和你们说，希望同学们能客观看待进入社会后的竞争，实力还是第一位的，不要去搞什么办公室政治，也别寄希望于潜规则和捷径。

"厚黑学"可能会教你们如何站队，如何自保，如何甩锅，但是如果你们痴迷其中，而不提升自己的技能和实力，那么你们在公司就只是一个"庸才"，提供不了任何有用的价值。即使"厚黑学"也会告诉你们：没有利用价值的人，会被轻松替代。

我总是担心学生，怕你们年轻莽撞，怕你们想法偏激，但最怕你们误读现实。以为社会黑暗，甚至无心帮别人做了坏人却不自知。

我对于很多刚进入社会的同学的告诫是奥地利作家茨威格的《断头王后》中的一句话："那时的她还太年轻，不知道命运馈赠的礼物，早已暗中标好了价格。"

你们付出什么，就会得到什么。

31 "想当然"的思维陷阱会让自己陷入困境

01

我们每个人都会面对这样的情境：

一个人的举动，在我们看来并不高明，甚至可以称得上"愚蠢"。于是我们会自然而然地认定对方不如自己，或者认定对方的做法是错误的。如果对方恰好处于低谷，便会盲目自信，认定"他做得不够好"，从而产生"如果是我，一定比他做得要好"诸如此类的想法。

这样的想法，连我自己有时也无法避免。

从心理学来说，这是一种思维定式。我们习惯了用自己长久以来形成的经验和知识储备得出解决方案。就像孩子学走路，他们没有相关的经验和知识，所以必须通过"学习"掌握这一技能。

但是一个成年人学习溜冰，或许没有接触过，但是在观察他人的行为时，会基于自己的思维定式而忽视"学习"，产生主观上"我也会，甚至比他还要好"的认知。

这未必是一种自负，而是一种普遍的心理认知。

我们需要认识到这一点，并且防止自己因此陷入困境。

02

我们看到孩子在学校被同学欺负，甚至鼻青脸肿地回到家，向家人求助。这时我们"想当然"：这种事情都不能处理好吗？如果是我，我肯定会……

我们得知校园里某学生遭遇了网络诈骗，除了把自己的全部信息都告知了对方，还损失了金钱。这时我们"想当然"：这个人好傻呀，要是我，肯定不会把自己的信息告诉对方，也不会损失那么多钱……

我们得知有人初入职场被领导训斥，甚至被指责和自己完全不相干的错误，也只是默默忍受。这时我们"想当然"：真是窝囊，要是我，肯定和他们据理力争，捍卫自己的权利……

这样的"想当然"其实很多，也几乎每时每刻都在发生。

这样的惯性思维不仅仅局限于生活中的与人相处，甚至在看待一些社会事件时也会有。

惯性思维未必是坏事，因为这代表一种经验认知。在我们个人的行为过程中，经验可以帮助我们最快地给出行动方案。但是长久依赖惯性思维，并且以自己的行为经验要求别人，就会陷入对于他人和自我都会产生负面影响的思维陷阱。

03

"想当然"会让人变得盲目，人们习惯以惯性思维对待问题，就会逐步脱离实际。譬如看别人溜冰、打球、打拳击的观众可以侃侃而谈，但是真的让他们上场，他们确实就能立刻意识到自己的问题——我知道，不代表我可以。

还有一种"想当然"是忽略了"差异性"，譬如站在老师的角度解决学生之间的霸凌问题似乎是轻而易举的，实际上是因为老师"权威"，对比学生，是角色的不对等。再如旁观者不需要任何利益考量，劝一个人辞职远离"坏领导"，或者直接当面怒怼也是不需要任何专业技能就可以做到的。

只是这样做是真正解决问题吗？老师制止了学生之间当下的霸凌行为，但是没有解决矛盾根源，这样的霸凌行为还会以更隐蔽更残酷的方式出现。怒怼或辞职一时爽快，而"坏领导"依然在这个位置。这些做法看似解气，不过是自己做出了退让。

很多事件中，当事人还有很多问题要考虑。学生要考虑同学和自己长期生活的处境，而且他人对于自己的评价对于年轻人来说是重要的价值认同，轻而易举地辞去工作也会让自己陷入经济危机，并且可能从此以后在这一行业都会受到影响……

如此种种都是当事人要考虑，并且因此犹豫再三的，但这些又往往是"想当然"所没有考虑到的。所以我们说，对人对事，不要想当然地下定论、提建议。

04

"想当然"不是道德绑架，而是由于无法感同身受产生的认知盲区。

短期来看，这种思维似乎只是让人逐渐傲慢，无法去善待人；长远来看，这种思维逻辑也会影响自己。

譬如一个人在马路上，旁边有大卡车，他会"想当然"地认为司机一定能看到自己并且避让，然而他不知道卡车存在视角盲区，并因此发生交通事故。

所以，我们在遇到问题的时候，要意识到自己的思维陷阱，多听取他人的意见，也尽可能地理解他人的行为；或许我们会有不同的看法，但是我们可以提供自己的行为选项；但也要明白——

我们给出的只是建议，而不是对方必须接受的唯一选项。

32　最贵的品牌是你自己

01

有段时间，好多人羡慕"网红"，特别是看到当时很多新闻描述每场直播能获得巨额收益，似乎"只是对着屏幕动动嘴"即可。于是，很多人羡慕、追捧、模仿，自己也想做"网红"。

很多人的内心都想做"网红"。但也有更多人在疑惑：为什么那么多人在网上拍视频卖东西，偏偏有人可以靠直播商品火了，有人却不行。即使有些知名明星，同样是拍视频卖东西，收益却不如"网红"，为什么呢？

02

其实这个时代确实给了普通人更多的机会，每个人都可以展示自己的价值。但如何增加自己的价值呢？

不是蹭热度、流量，套用他人的光环……这些都是饮鸩止渴的做法，而是真诚、自信、勇敢做自己。在这个人人树立"人设"的时代，你应当认识到"自己"才是值得经营的品牌、最贵的品牌。当然，这是一个有噱头的说法。我想说的是，只要你对待自己认真、用心经营自己，那么无论是做网络主播，还是其他任何事，都可以做好。

03

为什么有些商店的产品比别家的要贵，但是大家仍然坚持买这家的产品？

大到买包认正品，小到水果看新鲜，"我相信这个人不会卖假货，质量不会差"，获得信任才是品牌背后的价值。

这无论是对于商品，还是对于个人而言，都是最重要的价值。

所谓"人设"崩塌，不就是自己的诚信破产吗？

有人说网络主播善于用夸张的推荐语言吸引大家的注意，但其实要论推销语言的魅力，曾经电视购物里的主持人，谁也不逊于网络主播，但是我们几乎都排斥电视购物，无非就是因为我们的内心有这样的判断认知：电视购物不可靠。即使电视台再权威，曝光度再高，但大家谈到"电视购物"也总是充满了不信任。

不是主持人的错，而是这条路没有了可信度。

而新媒体给了个人品牌机会，魅力也在于此，你可以决定自己的品牌。我们相信某个主播，我们信任的是他不会欺骗，相信他的专业、可靠。说来说去，我们说的依然是诚信，永不过时。

04

我希望你们明白诚信的可贵。

一个人值得信赖，这才是个人品牌的最大价值。

即使不是卖货，在人际关系中，个人品牌同样拥有巨大价值。而这种价值也不仅仅是金钱。

你如果总是承诺别人却做不到，你在同事口中就是个"吹牛大王"，你的同学不相信你说的话……这样的代价，是你的需求想要得到满足将举步维艰。

树立品牌可能是一个漫长的过程，摧毁却可能是极快的。

假如你们发现某主播曾经售卖假货，或者为"三无"产品代言，你们还会信任他吗？假如我已经到了教授级别，你们发现我的论文是抄的，学术成果是假的，你们还会信任我吗？假如你们千辛万苦通过了选拔获得了一份工作，别人却抛出了你们考试作弊的证明，工作单位还会信任你们吗？

珍惜自己的羽毛，并不仅仅是曝光在屏幕上的网红、明星需要的，我们每个人都有自己的品牌，也都有需要维护的人设、口碑呀。

33　知名品牌破产，有些人说是因为"质量好"

01

看到一个学生分享了一篇文章，文章大致内容是，某知名品牌鞋厂之所以破产，就是因为产品质量太好。

因为产品质量好，所以人们买过一双，就不会再买了，一双鞋就可以穿一辈子，鞋厂也就没有了利润，最终才走向了倒闭……

逻辑严谨吗？

如果一双鞋真的质量好到可以穿一辈子，以致鞋厂没饭吃，那不应该不仅自己没饭吃，还应该抢了全国乃至全世界的鞋厂的饭碗，让他们都没饭吃呀。这个时候不是应该兼并更多的鞋厂，成为行业领先者吗？为什么反而倒闭了呢？

而一家鞋厂倒闭，其他的鞋厂依然存在，甚至发展得更好，所以大家都愿意花钱买罪受？这真的是质量提升导致的自断后路吗？

不，鞋厂倒闭的实质在于没有技术创新，以至于在轻便、舒适的对比中逐渐失去竞争力，对手可以用更高的科技手段提供更便宜却质量相当的鞋子；在外观设计上没有进步，逐步失去了年轻的消费群体；在销售领域故步自封不接受新渠道的宣传方式，渐渐失去了自己的品牌影响力……

以上种种才是一家企业倒闭的原因。产品质量好，只是实力的一方面，怎么可以用一个点而否定全部呢？

我为什么要把这件事拿出来说呢？因为我看到那篇文章的阅读量非常高，说明很多人认可这样的观点。更为重要的是，我的学生，学习过经济、管理课程，竟然相信这样的言论。

那这些同学以后毕业工作了，或者创业了，他所践行的商业理念会是什么样呢？

02

其实有相同命运的企业还有很多，提起"柯达"相机，很多"00后"学生都表示没听过，但这个品牌也曾风靡全球。

柯达的诞生和如今的退出都是一样的原因。1888年柯达傻瓜照相机取代了硕大的箱式照相机，成为家家户户都可以拥有的"摄影师"。而如今，柯达照相机的落幕则是因为智能手机加入照相机功能，使得照相成了最简单也毫无损耗的一件事。

柯达照相机的成功在于创新，同样被创新所取代。

这是时代发展的必然结果。

但是，退出历史舞台是企业发展唯一的结局吗？

曾经听过这样一个故事。有一个做电风扇的家族企业到了新一代领导者手里时已经出现颓势，领导者急需改革，但是该企业定下了一条规矩：只允许做电风扇。违反这一规定会遭到企业内部其他员工的集体反对。

怎么办呢？新任领导者想了很久，想出了解决的办法，既遵守了规则又做到了创新——

仍然做电风扇，但是没说电风扇只允许有冷风，不是吗？那就做热电风扇，静音电风扇，无扇电风扇……

改革使一家濒临破产的企业又焕发了新的生机。

当然，因为这个故事没有可靠的来源，所以，我不确定是不是真的有这么一家企业。但是本质却没有脱离现实。

创新不一定是全盘否定。创新的本质是扬长避短，提升竞争力。

我们的历史也揭示了这样的真相：只执着于自己拥有的优势，而不进步、不学习、不接触新鲜事物，终究只能是自己淘汰了自己。

03

企业的成长最重要的还是要靠真诚和质量。

我们分析一家企业的历史，应该用理性的眼光去看待。

当然，分析一个事物时，我们往往会带有主观预判。香港TVB拍过一部电视剧，这部电视剧的几次播放都正好赶上了当地股市的动荡，于是人们就以剧中的主角名称将这一现象定为"丁蟹效应"。

那么一部爆米花电视剧与当地经济的发展真的有必然的联系吗？如果你相

信有，别人也很难说服你们。但是其中巧合的成分应该更多。

　　但是对于相信电视剧可以影响当地经济的人而言，以后他们对于经济的判断，是取决于对市场的研究呢，还是对电视台剧目播放的研究呢？

　　作为大学生，作为将来的领域从业者，无论是看待别人的观点，还是对某件事进行分析，还是应当有自己的思考，要站在更高的层面更全面地看待事件。

34　接受自己的软弱，才是坚强的开始

01

很多鸡汤故事都在向你描述：软弱就会被人欺负。"你弱时，坏人最多。"可是，怎样才是不软弱呢？

我曾经有一个学生，他有点儿胖，上体育课的时候，四百米他跑不下来，后来勉强走下来，花了五分多钟。课下，体育老师把他单独留下来，和他说了几句话，大意是你这样的身体状态不太好，需要减肥。老师又说，如果需要，愿意对他进行针对性的计划指导。很多同学都喜欢这个老师，这个老师的性格也很好。他后来也和我说，他这么做只是关心学生，并没有其他的意思。

可是这个同学非常不高兴，他认为老师在嘲笑他的身材。这之后，他就不再去上体育课了。眼看就旷课两次了，同学们劝了很多次他都不听，后来体育老师告诉了我。

我到宿舍找到他，和他聊了很久。

他并不是不知道自己的身体状况，他也不满意自己的现状，知道这样对健康无益，他想改变，但是又怕自己做不到。可正因为这样，他更怕别人说他不行，即使别人的初衷是帮助他。

现实生活中，我们从旁观者的角度也能看到很多这样的人。

通俗一点儿说就是"问题不少，脾气不小"。他们未必不知道自己的问题，可是他们害怕自己解决不了问题还要经历挫败感，也就索性不去面对问题。

他们拒绝帮助，拒绝面对自己的问题，拒绝接受真正的自己。这样的"硬气"，暴露的恰恰是内心的软弱。

02

当然，软弱并不是"个体的专属"，也未必是"心理表现"，也可能是每个

人都必经的一种状态。

毕竟没有谁的人生十全十美，我们所有人都会遭遇生老病死以及身边的人情世故。在这个过程中，由于遭遇一些突发状况，陷入长时间的情绪低谷期，这样的情况我们每个人都可能遇到过。

2008年的汶川地震，对于亲历者而言更是刻骨铭心。很多幸存者虽然拥有了生存下去的机会，但是他们的内心时时刻刻在经受煎熬。

"感觉被称为幸运的我们，对不起那些死去的人。"

有的人很长一段时间不敢进入室内，睡觉都是在家门口，而且衣服也不脱。

有的人听到书掉在地上的声音，都会吓得跑出屋子。

有的人总是惦记着自己和逝去亲人的最后一次对话是拌嘴，于是久久不能原谅自己。

有的人认为自己活下去是一种罪恶。

从心理学来说，这些都是"创伤后应激障碍"。

这样的伤痛是从外部无法表现出来的，甚至很多人自己也会因害怕被称为"软弱"而表现出不在乎、无所谓的态度，甚至调侃自己的遭遇。

每个笑容的背后，都可能是深夜的哭泣。

03

现在，有些人会正视自己的软弱，表达自己的软弱。

然而，正视自己的软弱，也可能会被别人所打压。

"大家都经历了，为什么别人都没事，就你矫情。"

这话听上去很有道理，但实际上毫无逻辑。每个人自出生就有高矮胖瘦等区别，即使每天吃着同样的饭菜、呼吸着同样的空气，也有人会生病有人不会。人与人本来就是千差万别的。但是在别人遭遇困境时，旁观者的忽视甚至打压，本质也是抗拒接受"软弱"的表现。

这些人的意识深处仍然是对自己软弱状态的不接受："我都可以隐藏自己的软弱，凭什么他却可以大方地表达自己的软弱！"

于是那些暴露软弱的人再一次被那些害怕暴露软弱的人打压。

04

当然，并不是说软弱是好事。但软弱这个词本来就不该有好坏的差异，它只是对一种状态的描述。

我们只有意识到自己的状态，才会更好地成长，不断进步，达到我们自己所渴望的"强大"状态。

只有接受"软弱"的现在，才是真正坚强的开始。

我不是很赞同"你弱时，坏人最多"这句话。因为如果我们认可这句话，就意味着，当我们看到别人身处困境、成为弱者的时候，我们就有了作恶的光明正大的理由。

那什么是真正的强大呢？就是我们经历"软弱"之后，仍能再次强大，我们只有知道了身处"软弱"时的滋味，才能真正体会到身处弱势的人们的痛苦，进而给他们提供帮助。

我们应正视"软弱"，正视痛苦，当然不必感谢它们，但是我们可以感谢自己，走过那段岁月，得到了成长。

35　能成为朋友很好，但不必成为你的全部

01

在大学做辅导员，哪种关系的矛盾处理得最多？

朋友。

大家因为住在同一个宿舍，觉得这样的缘分特别难得，所以刚进校的时候，宿舍几个人做任何事都在一起，形影不离。可是这样的友情在我看来有时却是个不定时炸弹。

开学第一节课，我就和同学们说：不要把交朋友当作大学的首要目标。我也不希望你们和宿舍同学关系太好，你们要是一开始期待太高，有什么矛盾也不好意思沟通，后面你们一定会憋出大问题大矛盾，一旦爆发就再难弥合了。

到了那时，搁一块儿再待一秒都无法忍受，立刻就要搬宿舍。这种情况不分男女，都是如此。

住过集体宿舍的朋友看到这儿都该点头了。没办法，你们刚开始特别期待友情，每个人都希望挖掘自己和对方更多的默契点。

"你喜欢的明星和我喜欢的是同一个人，能处。"

"你用的洗发水和我用的是同一款，能处。"

"你脱鞋子不解鞋带这点和我一样，能处。"

"你玩游戏选的角色和我的一模一样，能处！"

"妈呀！我们是不是失散多年的兄弟姐妹啊！"

急切地寻找彼此的相同点，强化彼此的情感联系，拼凑共同话题。我们强烈需要一个同类，获得彼此的认同。

而在这样的过程中，其实很多人刻意隐藏了自己的真实选择，模糊了自己往日的原则，为了"友情"而妥协。可是这样妥协来的友情，真的能长久、能牢固吗？

02

我也有朋友。但这些朋友也是"分类"的。

我吃饭有饭友，旅游有"驴友"。我还被一个朋友拉进一个群里，是专门抢炸鸡块优惠券的。谈起炸鸡块，我们那个群能聊得热火朝天，群里的人都没有见过面，可是一点儿也不妨碍我们在线上因为共同的话题成为朋友，也不影响我们在现实生活中继续做彼此的陌生人。

我的朋友和朋友之间相互认识，但是他们之间一般都不是朋友。因为彼此的性格都有差异。

但是我并不会因此强行撮合两人。当然，我也不会因为两个人能成为朋友就产生异样的心理。

很多人努力地想撮合身边的朋友，使他们相互认识成为朋友，又在朋友相互有了友情之后，心生嫉妒，纠结于谁和谁先成为朋友，谁和谁的友情更深一层。结果朋友之间的情谊也因比较而生出嫌隙，难以维持，实在可惜。

友情是陪伴，不是绑架。我们不能时时刻刻陪伴朋友，为什么反过来要求对方的心里要把我们排在第一位呢？即使对方真的把我们排在"第一"的位置，对我们而言，难道不是压力吗？我们必须时刻准备尽朋友的义务，那么我们还有自己的人生吗？还是说，我们成了他人的服从者？

03

当友情崩盘的时候，该怎么办？

接受，祝福。不要抱怨和追究。

隐藏真实自我而塑造相同点的友情总会有崩盘的时候。毕竟我们自己也在不断改变。

有一天，我们可能也会不喜欢曾经的自己。小的时候喜欢的零食长大后不喜欢了，小的时候讨厌的蔬菜长大后开始爱吃了，以前看不上的穿衣风格现在成了挚爱，以前觉得特别有意思的节目、故事现在觉得也就那样……我们每个人都会改变。

这就是成长的过程，也是正常的心理变化。

那么当情谊变淡时，不必强求，也不必细分"谁对谁错"，毕竟不是"友情合同"约定了彼此关系，需要担负责任，何况友情的内核本来就是"分享"，而不是"唯一"。

长大以后，我们经历了挫折与坚强，我们经历了压力与疗伤，我们遇到了不同的人，有了不同的兴趣，有了不同的人生计划……这些都是很正常的事。

　　我们也和父母吵过架，然后和好的时候，我们也会生自己的气，觉得做得不够完美。做朋友，有矛盾与分歧，这很正常。

　　不要惧怕矛盾。

　　如果有一天矛盾和分歧足够大，大到没有办法调解，没有办法相互理解的时候，分开未必是一件坏事。

　　我们这一生会遇到很多的人，他们会成为我们旅途中的同行者，陪我们经历一些事。有人会中途离开，因为他们还有自己的人生，但也会有新的同行者加入。

　　我们会失去友情，也会拥有新的友情。当然，最后，我们都要独自走完自己的人生。

　　那么当朋友离开时，请祝福，我们彼此都要独自启程，不知道在下一个路口，我们是否还会见面。

36　我们不必热衷撕下别人的面具

01

有人问我，我现在的状态是不是装的。

我没明白他的意思。他进一步做出了解释："你看你现在做了辅导员以后总是满口的道理，感觉很佛系，为人处世看上去也很冷静，可是我看你的面相，总觉得你是一个刻薄的人，是一个不好惹的人，这样的性格不像你。所以，我觉得你是装的，你是戴着面具在生活。"

我能怎么回答呢？

"我要是装的，那你说这话显然是对我的冒犯，我应该恼羞成怒，揍你一顿。但我没有这么做，你说我是真实的，还是在假装克制呢？"

不如换一个更有意思的问题。

无论我是真实的，还是假装的，那么对于你而言，我所表现出来的不就是你所看到的真实吗？论迹不论心，论心无完人。

即使我是装的，如果我能装一辈子，在所有人面前一直装下去，一直戴着这样的面具，对待学生，对待朋友，对待家人，对待素不相识的你们，不好吗？

02

我小的时候，还真学过说脏话。那时候也没有好坏观念，只是感觉很"酷"。

后来从什么时候开始不说的呢？因为我做了运动员，在训练队里，教练定下规矩：在球场上，不允许说脏话。如果谁说脏话，教练会特别不客气地给我们一些深刻的教训。第一个说脏话的，跑一圈田径场；第二个说脏话的，跑四圈田径场；当天如果还有第三个说脏话的人，整个训练队去田径场跑十圈。

教练给我们每个人戴上了尊重体育、尊重他人的面具。

就是从那个时候开始，我再也没有说过一句脏话。

当然，并不是说，因为我不说脏话，所以我就是一个好人。

我想说的是，所谓的"面具"，所谓的"虚伪"，未必不是一种真实，而这样的真实可以通过练习达到。我们每个人内心都有自己想要做却不会去做的事。

"我当时气得想要砸掉手里的碗！"可是他没有砸，那一刻他戴上的就是"克制"的面具。

"我真的恨不得揍他一顿！"可是他没有揍，那一刻他戴上的就是"友善"的面具。

健身达人们不也是戴着"健康"的面具吗？难道在他们看来，顿顿大鱼大肉不香吗？

那些考上心仪大学的朋友也戴着"自律"的面具，如果听从自我，跟随真实感受，那被窝里不舒服吗？

夫妻之间不也需要戴上彼此忠诚的面具吗？毕竟真实世界里，也会遇到那些难以克制的诱惑，真的不会心动吗？只不过有人选择了"专一"的面具。

至于面具下真实的想法，对于旁观者而言，真的重要吗？

03

自媒体刚兴起的时候，出了一部比较火的动画片，动画片的内容是用很生动的情节讲述一些道理，制作方是某寺院。大家很好奇，这些人不是出家人吗？不是脱离了尘世吗？为什么还会做动画片？

这些制作者确实是实打实的出家人，而他们制作动画的初衷是宣扬有关善的理念。然后很多人就有了想法，说这些人其实还是想出名。

生活中，我们身边也会有这样的情况，大家猜测，那些看上去形象很好的人，一定是虚伪的，因为他们不该是这样的。

其实我不太追究一个人的真实想法，因为一个人所表现出来的，不管是不是真实的自己，至少是他希望成为的样子。

那么他可能是在表演，也可能是在练习。

如果他是在练习成为一个这样的人，即使他眼下可能确实达不到理想的状态，但是如果他勤加练习，终究也能成为这样的人。

如果他只是为了表演，那我还是相信，没有什么表演是可以不露馅儿的，总有一天，他会表现出真实的自己。

毕竟人设崩塌的新闻，我们也见过不少了。

当然，如果他真的一辈子都在隐藏真实的自己，戴一辈子的面具，那对于别人而言，这就是真实，而接受不了自己的那个痛苦的人，也是他自己。

04

所以，戴面具并没有问题。

因为面具就是我们想要选择的面对这个世界的自己。每个人选择的面具各不相同，有些人可能不聪明但会选择"学霸"的面具背地里偷偷用功，而有些人会选择"不在乎学业"的面具，虽然聪明却不努力。

我们不必过于关注如何撕下别人的面具，去探听他们真实的想法，而应该关注他们的行为与他们为了戴上面具所付出的行动上的代价是否等值。

我们更应该做好监督，监督那些会在背后偷偷撕下别人面具的人。

我们也可以选择喜欢的面具，学会做这样的人。

37　如果你想做真实的自己，就不要沉迷于让别人理解你

01

什么是真实的自己呢？

我的一个毕业了几年的学生和我说自己想要去某个城市闯一闯，辞职信都写好了，但是他很纠结，不知道该如何和身边的人沟通。

我问他沟通是希望得到什么样的结果呢？

"希望他们能理解我、支持我。"

"那如果他们不能理解你，不接受你的想法，怎么办？"

学生想了一下摇摇头，说："这个问题其实我没有想过，我来找你，就是希望老师你能帮我，告诉我该如何获得他们的支持和理解。"

如果大家也有这样的困扰，不如从现在开始接受一个道理：我们做的很多事是为我们自己做的，是为了满足自己。从这个角度来说，我们是自私的，那我们就不该有理由让别人无私地包容我们的自私。

想做就想好去做的代价，包括不被理解。

02

将心比心地去想，我们自己能不能理解其他人的一些选择和想法呢？

曾经，有个朋友在后台给我留言，他说很喜欢我的文章，然后说自己的理想是成为一名出家人，去修行，而且他正准备付诸实践，给我留言的目的就是表示一下感谢。

我不常看留言，等看到的时候，非常惊讶，立刻回复他，可是错过了系统设置的回复时间。后来我也不知道他怎么样了，很好奇。这件事一直在我心里。直到一年后，一个疑似他的头像和名称的人给我评论。我立刻问他，那个之前准备修行的人是不是他。

我说得很隐晦。而在我小心组织语言的那一刻，我突然意识到，其实不能理解也不认可对方的选择。

后来他和我说，就是他，而且，他已经在某个寺院开始了自己新的人生；他没有遇到挫折，也没有经历打击。这个选择是他思考很久并且认为值得追求的。

大家想到的是不是这个人在现实生活中一定很苦，或者为了逃避人生，是吗？可至少从他的文字以及他的谈吐里，我能感受到的只是一个阳光积极，和你我一样的普通人。我们后来又聊了几次，关于我写的文章，交流其中的观点，他也会发表情包，说一些网络梗。我问他，身边人对他的选择是什么态度。他发了个捂嘴笑的表情包，问：你理解我的选择吗？

我的回复是：说实话，还是不太能理解，但是尊重和支持你的选择，毕竟我也只是个网友。

作为旁观者，我们尊重认可他的选择，但假如，这个人是我们的亲人、朋友呢？我们能做到什么程度？

03

有的朋友说，孩子和家长的选择是一致的，只是大家选择的路径不同。

子女和家长的目标同样是"希望家庭幸福，孩子事业成功，人生越来越好"。但是，父母眼中的成功可能就是一份稳定的公职，再加上离家人近，方便照顾，然后早早结婚生子，过着稳定的生活。

可是子女眼中的成功或许就如开头的那个学生一样，想要去新的城市发展，去尝试，去拼搏，成就自己的人生价值。

做子女的能认可家长的成功标准吗？未必呀。即使家长给子女铺好路搭好桥，还是有很多人觉得每天过得很痛苦。

反过来也一样，即使我们真的选择了某条路，并且成功了，高薪高职有房有车，可是在父母眼里，我们还是不如邻居家那个体制内的孩子稳定成功。不是吗？

记得曾经看过一个访谈节目，采访的是一个刚拿了国际大奖的演员，那个在我们眼里熠熠生辉的"大明星"，聊到家庭时满脸落寞。他说自己的父母始终不认可他当演员，直到去世前还劝他改行，不要去做"戏子"。很多人眼里的"成功人士"，自始至终没有得到家人的理解与支持，他说这是他人生最遗憾的事。

所谓的和解，所谓的合家欢，在现实生活中，可能很难发生。

即使我们获得了自己认可的成功，这样的成功也未必是他人认可的。

04

所以……

没有所以。想做，就去做。也请明白，做，也只是为了自己而做。

为什么很多人一直执着于让家人、让身边人理解支持呢？

恕我直言，大家的内心还是怕担责任，害怕为自己的选择负责，因此希望得到大家的支持。那么如果之后失败了，会不会产生这样的自我辩解想法：

"我当初去做这件事的时候，身边人没一个劝我的，都是他们的问题。"

如果大家不是有这样的需求，就不要强求他人理解，因为没有人比我们自己更理解我们，我们觉得可以，就去做吧。不要在说服别人支持我们这件事上耗费精力，不管我们能不能得到真心的理解和支持。毕竟，别人能给予我们的除了精神支持，还能提供什么帮助吗？如果不能，就不要再浪费时间了。

成也好败也好，自己的选择，自己做。

自己的事，自己担着。

38 "学习好"只是能力之一，不是全部

01

有个朋友向我表达了自己极度的苦闷：

他从小到大学习优异，出类拔萃，是班里的尖子生，上了很好的大学，学了很好的专业，每年能考班级前三名，年年都拿奖学金。然而，这样一个确实称得上"优秀"的学生，进入社会以后，没能继续获得成功。他以为工作影响了自己的能力，所以索性辞职去创业，可是这时候的他遭遇接二连三的失败。三年里，一点儿起色也没有，这让他接受不了。

"为什么班上不如我的同学都开豪车了，而我却连温饱问题都解决不了？我明明各方面都很优秀啊！"

这位朋友各方面都很优秀吗？

并不是。

学习好能代表一个人的全部能力吗？并非如此。如果大家认为学习好就一定拥有金钱或者成功，那大家将会永远陷入痛苦中。

02

从古时有科举考试开始，细数历朝历代，那些能被叫出名来的"大家"，那些有丰功伟绩的成功人士，每一个都是状元吗？

再反过来说，年年都有状元郎，这些状元郎的后续发展又是怎样的呢？

学习好坏，不一定决定个人的成就高低。

而且仅仅是从学习的角度而言，爱因斯坦会赚钱吗？数学家个个文学修养深厚吗？学习成绩平常的我们就没有一样拿得出手的技能了吗？

学习好，不代表完美。

再说，把赚钱当成成功的唯一标准，眼界就很狭隘。

那些为我们的健康身体和富足生活努力付出的专家学者，他们的收入连一些明星的一场活动出场费都不到，这些人就是不成功吗？

如果把生活当成专业一样拆分，和学习一样需要完成很多科目，而"学习好"仅仅说明其中一个科目好，虽然可能是主要科目，可又能怎样呢？高考的时候，如果只是数学好，其他单项科目 150 分的卷子 50 分都达不到，整体成绩不到 300 分，还是不够录取分数线呀，是不是？

如果大家连这个问题都想不明白，在思维上就已经陷入了僵局。

03

那学习就不重要了吗？

当然不是。其实在通往致富的道路上，学习好已经代表你手里的牌很好了。大家的成绩为大家赢得了一个让人信赖的学位证书，为大家获取了更有说服力的入场券，这已经是凭学习好获得的优待了。

但是总不至于我们把获得的学历往牌桌上一扔，就等着别人给我们送钱吧？

大家信赖学历，信任学习好的人，归根结底，是因为相信他们的学习能力优秀，他们积累的知识丰富。因为能掌握这些知识，所以学习优秀。

可别人为什么需要学习好的你呢？是需要你的知识。

知识干吗用的呢？解决问题的呀。

我说我是诸葛亮的亲传弟子，拿着诸葛亮专用公章认证，然后大家问我这个仗怎么打我不会，那个局该怎么破我也不会，那别人要我们干吗？"纸上谈兵"的赵括，终究是经不起实战的。

就算自己创业也是同样的结局。其实现在很多人一听说创业者是某个高学历人士，心里就会打怵。总觉得这个人会不会眼高手低，纸上谈兵呢？

"北大卖猪肉硕士"当初创业失败，被很多人耻笑，如今人家也是成功创业的著名品牌老板。

这就是"学习好"面对的问题：大家的期望值高。

这也是"学习好"个人的问题：很多人迷信自己学习好，就理应样样好，结果稍遇到点问题，就是"命运待我不公"。

命运管的事可太多了，人家可没时间搭理我们啊。

04

成功的标准有很多方面，赚钱只是其中一个方面。一个人的能力高低，也是需要多方评价的。

学习好，在一定程度上是为自己拔高了人生的起点，但是接下来的路该如何走，还需要虚心学习了解，认真规划。而最为重要的是，任何目标的达成，都需要一个极其漫长的过程，没有什么在短时间之内可以达成的目标。

隔行如隔山。

任何成功都不是理所应当的。

39　别把自己当成"工具人"

01

工具是什么，型号标准没有特殊性，可随时替代。工具人也是一样，看上去活很多，任务很重，大家都习惯性用这个人。领导给他布置工作，小组作业大家也只等他一个人完成，所有活都让他来做，但是他真的那么重要吗？其实大家会发现，他的位置随时可以被替代。他成了工具人，做了很多工作，但不是别人离不开他，相反他会担心被取代。

有个同学和我说起自己的委屈，隔着屏幕看文字，我都感受到他大致是流着眼泪打字的：

老师给他们班布置了工作，然后所有任务众望所归地交给了他。而他不只有这份工作要做，还有他们网课分的小组作业，组员也都交给了他，而他们宿舍的同学还找他要作业，而他们的那科任课老师要求特别严格，不允许抄袭，不然算0分。

室友为什么自己不写呢？

因为室友在备考一门资格考试，实在没时间，所以就来求他了。

他问我："老师，你说我这样能得到锻炼吧？我的付出应该会有回报吧？"

他希望我肯定他的付出，安抚他的情绪，可是我先回复他的是：

"大家都会成长，但你不会，你只是他们的工具。"

我们有些时候做了工具人，而不自知。这是一件很可怕的事。

02

这个同学的处境是怎样的呢？

他的室友在考证，他的小组成员在偷懒，他的班级其他同学都有自己的计划，然而其他人本应该自己完成的那部分工作，全都交给了这个同学来做，并且习以为常。

那么完成这些事，他自己得到了什么？既得不到大家的认可，因为大家认为这是他应该甚至乐于做的事；又得不到应有的锻炼，毕竟超出自己能力范围的工作很难做好，无法得到高质量成果；甚至还要承担风险，万一老师发现其他人抄袭他的作业，无论他能不能说清楚，都不能掩盖他提供作业给别人的事实，真要给 0 分，到时候他也没话说。

是不是有点儿惨？沉溺于"工具人"状态，他的工作永远做不完，而这些工作消耗的是他自我提升的空间。

这样的同学，即使到了工作单位，也同样如此。很多不在自己职责范围内的工作都一力承担下来，大家也都用他用顺手了。后面，不管什么样的工作，甚至不是工作上的事都会找到他。

大家不再把这些人当成和自己平等的"同事""同学"，而只是当成一个用起来顺手的"工具人"。

而仅仅用"我这是锻炼能力"这样的话来安慰自己，没有说服力。锻炼能力是为了自己的成长，而不是为了给更多人当"工具"。更何况，他帮别人做了作业，别人的成绩会给他加上吗？别人考的证书上，有他的名字吗？

但是，如果他做得不好，他要陪着一起承担，甚至，他要一力背锅。

到时候，他的这份"热心"也会被定义成"多余"——

"谁让你做了？他让你做你就做？你做又没做好，就会打肿脸充胖子……"这话不陌生吧？

"工具人"之所以成为"工具人"，就是因为大家认为他什么都能做。

如果有同学意识到这是自己当下的处境，我希望你们能够有所认识，学会调整。

该拒绝时就拒绝。

03

很多人说：是领导、是老师、是别人把我当成了工具人，我没办法拒绝。

我不否认有这样的情况。我也见过很多这样的人，甚至我们自己也会面对这样的人。

可是大家不要忘了，成为"工具人"的前提是你们给予了别人"使用"你们的权力。于是你们慢慢成了团队的"工具人"。再然后，你们就隐藏了自己的想法去满足他人。你们的同学不是你们的领导，同样把你们当成"工具人"，明天他可能就成了其他人的领导，他下属也全部都会成为"工具人"吗？未必。

你们习惯了"工具人"的角色，进入社会后，也会不自觉代入。

而对此不满的你们始终没有给出反馈，大家不知道你们对这一角色的抗拒。

如果只是期待"别人""对方""他们"靠自觉意识到你们的抗拒，且不说别人会不会如你们所愿，你们为什么不能直接表达，而是让别人"看你们的脸色""猜你们的心思"呢？

这件事不涉及对错，你们的表达也只是陈述。而如果你们不表达，小组的同学又怎么知道你们在小组作业之外还承担了班级任务、其他工作呢？

而你们在我这里的抱怨，在别人看来，可能会成为：他从来没有和我说过他不愿意干。他如果不愿意，我们不会勉强的。我们以为他很喜欢啊，谁知道他会这么想呢。

这反而容易造成更深的矛盾。

这也是我作为老师，不干涉同学们交流的原因。我的学生也会遇到这样的问题，我会和他们分析，然后鼓励他们和大家交涉。我能帮一次，帮不了第二次，也只能在学校帮，出了校门，同样爱莫能助。

04

当然，敢于拒绝，还有一个非常重要的前提——我们需要有一项核心竞争力，就是我们的本职工作需要做得非常好。我们需要有别人不可替代的部分，来换取拒绝别人的那部分。

成为"工具人"能不能有所成长？

问自己一个问题：当公司需要一个出色的团队，需要一个能战斗的精英队伍时，你认为，干着最多活的你，有没有资格成为其中一员？

最后，我也希望大家不要把自己的事交给别人做。

毕竟，你们的事对于别人来说，并不是需要认真对待的工作。他们的目标只是完成。

你们自己都不努力，凭什么指望别人为你的成果添色加彩呢？

我想做自媒体，就自己写文章。我想拍短视频，就自己构思、剪辑、摄录。我虽然做辅导员也有热心帮忙的学生干部，但是我只要求他们完成自己的工作，为班级，为同学，不是他们职责范围内的，我不会要求他们做。

我也有自己的目标，可这是我的目标，就该我自己完成。

别让别人为你们的欲望买单。

也别让自己成了满足别人欲望的工具。

40 长大后活成什么模样是自己选的

01

我有一个朋友，有段时间突然火了，写了好多年的公众号一下引来了很多人关注，几天之内增加的关注量抵得上她几年来累计的关注量了。而这些关注她的人，都来自她的另一个网络账号。不到一个月，她有了几十万的关注量，有了这么多志同道合的朋友。

在这些平台里，她可以说自己想说的话，分享自己的想法，她很开心。她终于活成了自己喜欢的模样。

可是活成自己喜欢的模样，也是需要付出代价的。

她想要成为一名老师，因为大学期间专业不同，她在课外花费了很多时间，考了很多证书，而这些证书大部分对于她成为老师的目标是没有用的。她考的十个证里，大概只有一个证和她的教师职业目标挂钩。

但是为了拿到那一个证，她必须先考前面九个证。

因为她的体育生身份，找工作的时候，她投了五十份简历，回应她的只有八所学校，而同意她参加考试的，只有两所学校。

进了学校以后，她想成为一名最优秀的老师。没错，她看上去有些"张扬"，从不掩饰自己的目标。

02

故事进行到这里，她进入了"现实"关卡，面对大家所认识的"真实"。她和很多人一样，开始经历现实的"骨感"。

命运的暴击对于每一个人都是公平的，谁也没有被优待。何况她确实有很多不足，而她又总是显得过于自信。也因此，她感受到了很多毫无缘由的苛责。

当然，用"实力反击"这句话，我们每个人都在说，但做到，却很难。

她也一直在做，在很努力地提升自己的实力，想要有一天，向别人证明自己的能力。

有一次，她写了一篇论文，找到一位前辈请教。前辈接过论文，没有看，而是对她说：

"你啊，很努力！但你只是一个学体育的，能力有限。要知道自己的水平，写文字不是你的强项，好好去上课，和学生搞好关系，工作上别出错，你的日子会好过很多。"前辈确实是诚恳地为她着想才说了那番话。

不管前辈是真心劝慰，还是无心打压，我的这个朋友，当时很难过。难过了一段时间，她想开了。

我们想活成什么样，不该是别人眼里的样子，而是自己想要成为的样子。

03

说了这么一大堆，很多朋友可能也猜到，我说的这个朋友是谁了。

没错，是我自己。

你们现在看到了我做出的成绩，也希望你们知道，在这背后，我所付出和放弃的那些——

我放弃了大多数老师的晋升渠道。

我相信你们一定听过这样的说法："大学当老师，职称决定工资，论文决定职称。"我想说，这确实是一部分现实。当然，我不认为这个规则有什么问题。

只是在这样的规则下，我确实没有办法搞定一篇可以上核心期刊的高质量论文，我喜欢写文字，可真的没有耐心做科研。于是我保持每个工作日持续性输出原创内容，用了十年，也只写出过两篇阅读量"10万+"的网文。我在线上线下和两千多名学生谈过心。有一个学生说，我改变了他的人生，他决定不退学了，继续念。那一刻，我觉得我的成就感简直爆棚了！

我更像是个"不安分因子"，只折腾自己喜欢做的事。2013年"新媒体"还只是一个概念词，从那时到现在我搞砸过一个公众号，甚至花钱开通过一些没多久就完全免费的服务项目，只是为了弄懂其中的操作模式。

有同学刚进入社会时，只想做些"收益快"的事，于是也好奇我做的事"赚不赚钱"。抱歉，我以多年的经验告诉大家，任何一个行业"来钱"都不容易，新媒体也一样。我至今砸进去的钱很多，挣到的钱，连百分之一都不到，但我做了自己喜欢的事，已经收获了快乐，和别人用金钱换来的快乐是一样的呀。我已经有了面包，为什么还要去纠结换面包的钱呢。

04

当你们不喜欢现在的自己时，你们应该做的是改变，而不是感慨。

我之前的一个学生，毕业几年后，和我说，她不喜欢现在的自己，觉得现在的自己和她当初厌恶的那种人一样，干的工作没有价值，每天的生活一成不变，大家也不在乎她的存在。

她和我聊完以后花了两年学习了一门新技术——插花，这是她喜欢的，为了喜欢的插花，她可以晚上加班完成工作回家继续练习熬夜到 3 点，她说高考那会儿都没能撑到 12 点，还以为自己根本不能熬夜。

原来是不够喜欢。

她后来攒够钱辞职开了花店。这是她一直喜欢也想要做的事。

创业当然很难，不是仅凭"喜欢"就足够了。有段时间花店生意很差，几个月都没有一笔生意，可即便如此，她也开开心心的，甚至去送快递送外卖，竭力地贴补花店，不是为了赚钱，而是为了之后可以继续做她喜欢做的事。

其实没有人逼着我们走一条我们不喜欢走的路，任何路终究都是自己选的。

有朋友和我聊天，说父母帮自己选的路不喜欢。我说："那辞职吧，选自己想要的路。"他说出许多迫不得已的理由来，甩锅这件事是唯一不用教就可以做得很好的事。

我们选择了一条路，就应该想好，必然要放弃一些东西。只是，我们放弃的是不是我们能接受的，当我们接受了，就不要后悔，去纠结那条没选的路。

当然，有一大，我们或许真的身不由己。

那么就希望，那一天可以迟些到来，而在那一天到来之前的每一天，我们都能活成自己喜欢的模样。

41　不要拿自己的大好前途开玩笑

01

网上看到开聚会的一则新闻，说的是一位房东发帖，控诉自己辛苦装修的民宿，被几个入住一天的年轻人弄得一团糟，还破坏了屋内家具，涉及大额经济赔偿（可能达到立案标准了），而这几个年轻人不仅拒绝与房东沟通，拉黑了所有联系方式，还在网上的评价体系中给予了差评。听说这几个年轻人还是大学生。

网上有房东提供的现场视频，可以说，现场真的可以被称为"可怕"。如果这是几个朋友在我家造成的局面，我一定会认为，这几个朋友是对我有深仇大恨，过来拆家的。

帖子下面的评论里，很多人明确表达态度：

"严肃处理，建议报警。"

"不要姑息这样的行为，该怎么办就怎么办！"

当然，也有这样的声音：

"几个孩子的破坏力能有多大，房东既然做生意，就该有个做生意的气量。"

"他们几个还在上学，老板这样曝光，是想毁掉几个年轻人的一生吗？"

我的态度是：按照程序，严肃处理。

如果老板是为了炒作，这样的行为是不可以被姑息的，"年轻人"不应该成为被抹黑的群体。如果这是真事，仅仅因为自己是"年轻人"，就可以肆无忌惮，无视别人的劳动成果肆意进行破坏，这样的行为也不该被姑息。

02

尽管房东做的是"生意"，但是不代表他的劳动可以被人无视。

不尊重别人的劳动成果，轻视他人的服务，衣服到处乱扔，吃完东西却把碗放进浴缸里，把蛋糕抹在墙上，把毛巾当抹布一样放在地上踩，就算是"花钱买服务"，也不代表有权力破坏呀。

何况，花钱买服务只是包含使用的花费，并不包括破坏之后需要更换的毛巾、碗筷，修复墙面所造成的开销。既然房东本来就是做生意的，那房东就更不该承担赔本的买卖呀。

当然，这件事到最后，可能也就是经济赔偿。

那也要赔啊。而拒绝沟通，拒绝赔偿，最后被曝光，还是需要面对，现在还可能要承担法律责任。一次朋友间的聚会，却要搭上自己的名誉和"大好前途"，连这笔账都算不清楚，这样的学生也不会有"大好前途"，一点儿也不可惜。

03
这就是现在一些年轻人特别危险的一个观念：

我还年轻，我的人生还没有开始。所以，所有的人，都应该负责培养我、教育我，而不可以惩罚我，对于自己需要承担的责任、义务认识不清。

很多人把自己的人生割裂成很多段，并且认为每一段之间互无联系。

"我是学生，我不知道这样做是错的，原谅我吧，下次不会了。"

把"我不知道""我还年轻"当成挡箭牌，是一种很危险的心理。无论你们知不知道，你们犯的错误已经实实在在地伤害到了他人的利益，那别人为什么要用自己的损失来贴补你们的成长。毕竟父母如何宠爱你们是他们的自由，但你们不能要求所有的人都像父母一样包容你们。这样的自私不会因为你们成长进入另一个阶段而消失。

我们的人生始终都掌握在自己的手里，从出生开始就是如此。只不过，很长一段时间，我们没有可以承担错误的能力。小时候的我们做错了事，需要监护人负责；而当我们长大了，做错了事，就需要自己承担了。

小到违反校纪校规，需要接受处分影响学业，大到违法乱纪，那就要承担法律责任了。

04
2017年，英国牛津大学的一名24岁学生，在毒品和酒精的刺激下，刺伤了他人。然而，考虑到该学生"极具天赋和能力"，为避免对该学生将来的医生职业生涯造成影响，法院最终宣判此人无罪。

这一事件在当时引发了激烈的社会讨论，这是对无辜受害者极大的伤害。

这就是典型的"当我足够优秀，我就可以漠视规则和法律"的真实案例。想一想，这件事的深层逻辑就是"弱肉强食"的阶级思想，一个伤人者，因为足够优秀，并且想要成为医生，所以被免除惩罚。那么，这名"优秀"的医学生在成为医生之后，在面对病人时能做到一视同仁吗？

有的同学确实很年轻，考虑问题还不够成熟，对于"他人价值"的判断，是没有界限的。你们的远大前程，只是针对你们个人而言。那就更应当认识到，违反规则，伤害他人，也会损害自己的利益。

对于人类群体而言，规则有助于我们每个人自由地实现自己的人生目标，无论大小。破坏规则，无论自己是否"有意"，都要付出代价。

个人的"大好前途"，也只掌握在自己手里。

与其怪别人破坏了自己的大好前途，不如尊重规则。不要拿自己的"大好前途"开玩笑。

这是需要认真对待的。

42　遇到事，跳出来，再看

01

有个同学和我聊起他的近况，他说觉得自己陷入了绝境，已经没有未来，看不到希望了。

大学第一学期的考试他作弊被发现了，这是他人生中的第一次考试作弊。因为他太想考好了，为保研做准备，或许因为"经验不足"，考试的过程中，他被逮了个正着。然后他情急之下，指出了身边还有几个同学在作弊，然而，可能是他看错了，或者其他几位同学可能隐藏得比较好没有被找到作弊的证据。

总而言之，"我现在有处分，肯定不能被保研了，我和同学之间的关系也彻底弄僵了。之前我只顾着学习，本来和同学就没有很多交流，因为那次事件，大家对我的态度更加冷淡了。这段时间，没有一个同学和我联系，我在群里说话的时候也没有一个人回应我，我被所有人排斥了。我学业完蛋了，生活也完蛋了，我已经没有未来了！"

他的处境确实很糟糕，他身边的同学对他的评价更不用说了。而作弊这件事，确实违反了规则，处分也无法改变了。

那他就陷入死局了吗？

我告诉他：

从事件中跳出来，再来看看如何处理。

02

有一次，朋友带我去她家附近的公园欣赏花海景观。

她首先带我来到了一片花园，在那里我看到遍地都是花朵。花很漂亮，可是我却不觉得这里和别的公园有什么不同，甚至在我看来，这里有些杂乱无章，不是一排一排有序排列，而是这里一片那里一片，道路在其中也是歪七扭八的，实在不美。

朋友没有停步，告诉我，这是花海的中心，但不是赏花的好去处。

于是我跟着她继续走，爬上了旁边一座平平无奇的小山头。就这么爬了半个小时，爬到山顶上，朋友回过身，指着山脚下，说："看，这就是花海。"

就这一转身的景色，实在是太震撼了。我的视野里，整个山脚下，俨然是一幅画，用花种出来的"油画"。原来的杂乱无章，站远了看，才发现原来是秩序井然的色彩分布。

虽然我之前心里已经有了预判，然而当我身处在花海之中的时候，从我所处的角度，实在是没有办法欣赏到整个画面。

在面对事件的时候也一样，这就是为什么"旁观者清"。

当局者迷，不是因为他们是笨蛋；旁观者清，也不是因为他们更聪明。只不过因为我们身处的环境位置不同，看待事物的角度也不同，以全景视角看待，我们就能掌握更全面的信息。

世界上再复杂的迷宫，当大家站得足够高，看到了迷宫的全貌时，也就知道走出迷宫的路线了。

03

我给这个同学的分析建议是：

首先，处分的结果是没有办法改变的。但是只要今后做得足够好，就可以创造撤销处分的条件。改变不了过去，就去创造未来。和同学的关系已经恶化，这个时候，无论做什么，都很难在短期内改变他人对自己的看法。这个时候，一味改变自己迎合他人，自己不会开心，也难以取悦他人。那么，只能接受。

何况，这个同学之前没有把处理好同学关系当成自己的目标之一，实在不必在这个时候强加这一目标。

他的困境不是在于身处绝境，而是在于没有新的目标。不能保研，就考研呗。保研是为了学业晋升，而晋升的路线，并不只有一条。提供路线，就可以解决他的困境。

而至于他的现状，我给出的建议是在他没有办法更好地面对同学的时候，就做好自己。我也告诉他换个角度看待问题，换个处境，身份对换之后，这个学生自己能轻易原谅这种事吗？

04

在很多事件中，我们都会遇到迷局。不妨和他人沟通，从他人的旁观者视角了解事件的全景在别人眼里是什么状态。

自己要"跳出来看事件"，尽力抛弃个人情绪和主观色彩，理性分析这件事的客观现状，将自己置于"观众"的位置。这个时候，大家再看待自己的事件，会发现很多自己无法面对的焦虑或许不值一提。

锻炼旁观者视角的认知，有助于我们更加理性地看待自己身边的事件和问题。这样的认知不断使用、锻炼、强化，最终就会形成我们的思维观念。

毕竟，不是所有的困境都可以找到合适的"观众"帮大家描述全景，大家必须学会遇到问题时，从中跳出来，站到更高层面再去看。

43　不要执着于"完美受害人"

01

之前一篇文章里，我谈到给一个学生提供的建议。他因为考试作弊被抓，又现场指责其他同学作弊，一系列甩锅操作，以至于班上同学都孤立了他。

对于他的问题，我给出了我的建议。

之前我也和其他同学聊过这件事，有一些同学提出了抗议。他们说，那样的局面是他自己造成的，造成那样的处境也是"活该"，我不该帮他。

说句实话，求助我的学生话语中的态度和对事件的描述，也让我感到不舒服，有傲慢，有对真实情况的隐瞒和避重就轻，甚至有意引导我相信是别人对他无端的伤害。简单来说，就是"作弊我是被迫的，应该被原谅。而老师没有体谅我，是他们的问题；同学们都排挤我，是他们的问题，是他们欺负我……"

其实这并不是个例。我遇到过很多同学，他们的语言文字内容，无论再怎么修饰，旁观者也能很明显地看出来，他们并不是无辜的完美受害者：

有把同学回家的车票藏起来"开善意的玩笑"，后来被全班孤立的同学。

有一下子喜欢上四五个女生，都"付出了真心"却"莫名其妙地成了大家嘴里的渣男"的同学。

有因为老师批评，偷偷到办公室往老师的杯子里吐口水，被监控拍到当成"小偷"的同学。

……

这些故事随便拿出一个来，都很难获得大多数人的"同情"。

我以前也会想，该如何处理这些事，是不是该任由他们"咎由自取"。后来接触的学生多了，经历的事情多了，并没有改变看法觉得他们做的事是对的，也没有改变自己的感受评价，只是更理性客观地思考两个问题：

犯了错的人是否值得帮？

我们是不是只能接受完美受害人？

02

关于犯了错的人是否值得帮这个话题……

其实这就是一个伪命题。如果没有犯错，也就不需要帮。

如果犯了错，当事人却认为自己没有错，同样也不需要帮忙。

如果犯了错，当事人也认识到自己错了，但是认为自己的处境没有问题，同样不必帮。

当一个人求助时，即使他是一个十恶不赦的坏人，也至少说明他已经有了想要改变的意识。

无论他之前是不是做错了，他的改变不就是纠正错误的过程吗？他想要改，而我们却拒绝帮他，如果他不改变错误，影响的只是更多的"他人"，这对于我们来说，并没有什么好处。

指责一个人的坏，和帮一个人变好，哪一个意义更大？

当然，这也是我作为教师的工作职责，并不是要求每一个人都"必须""应该"去帮助他人改正。

很多人在面对问题时，是想要逃跑，还是想要解决问题？逃跑，是为了躲避承担责任；解决问题，是面对问题，想要改变。

03

我们看到很多新闻事件，有些称不上犯罪，只能停留在舆论评价环节。这个环节里，我们每个人都有发言权。但在这个过程中，我们对于犯错者的指责却和对"受害者"的指责相当，受害者的不够完美，会成为我们质疑的原因。

"你为什么会成为被抢劫的那个，还不是因为你大晚上要出门。"

"你就是因为贪便宜，所以才会被骗啊。"

……

有些源于偏见，有些源于自身的行为，但不管怎么说，我们对于当事人"一个巴掌拍不响"的观点，都是拿着"放大镜"去观察论证的。

我们可以很轻松地评价这个同学是如何陷入这样的处境的，大家一定会说是他自身存在的缺陷造成如今的处境。当一件事已成定局，每个人都可以倒推猜测，评价他做错了什么。

可是，对于他而言，他已经认识到了，他需要的是改变，需要的是继续生活下去。他该怎么办？

04

我们每个人在生活中都可能会遇到困境。这个时候，如何走出困境才是最为重要的。

我认为不要过于苛责一个人是因为什么犯错了，而是当他决定改正时，身边是否有足够多的力量帮助他选择正确的路。

其实我没资源没有能力提供什么实质的帮助，只是给予一些建议，最终当事人要自己选择是否接受，以及该如何行动。

我只是一名老师，不是万能的军师，而即使是顶级军师诸葛亮，也会遇到扶不起的"阿斗"。听过我建议的人有很多，他们几乎每个人都做出了自己的选择。

有的以暴制暴，有的脱胎换骨，有的浪子回头，有的令人唏嘘……

一个人的结局，最终是他自己行为的结果。

44　不要简单地理解"善与恶"

01

对于同学们来说，从小到大听到的故事，都是善恶有报，善与恶的界限都是分明的。甚至电视剧里，善与恶的角色都是明确的。

然而，慢慢长大以后，很多人经过了一些事件的历练，经历了挫折、打击，这个时候，很多人对于善与恶的界限又模糊了。似乎坏人并没有得到应有的报应，好人也没有完美结局。

"老师，你说这个世界真的有善恶吗？"

有同学发来这样的困惑。

善与恶的话题实在太沉重，真正探讨这个问题，会涉及哲学，话题太过庞杂。那么，我试着通过几个简单的例子来说明这个问题。

02

杀人肯定是不对的，是犯罪，是恶。

但是警察为了制止银行抢劫，击毙罪犯时，所有人都会为他们鼓掌，称赞他们是"善"的代表。

你们知道吗？在真正的心脏复苏中，胸口按压环节是对胸腔的极大破坏，甚至极易造成肋骨骨折。可是这样的破坏力，却是为了挽救整体的生命。

是恶意，还是善意，既要看动机，又要看目的。

如果只关注行为，只看到局部，我们很难评价善恶。

作为旁观者，我们在评价之前，先要确定自己是不是客观公正，是不是看到了事件的全貌。

03

作为旁观者，有的时候，我们没有评价的权力。因为我们看到的原本就和善恶无关，就像面对兔子和狼。

兔子做错了什么吗？没有，它们不该牺牲。

狼想要吃兔子是因为它们不善良吗？不是，但狼也不该饿肚子。

大自然有法则。我们的评价，无论善恶，都不会改变它们的关系。有人同情兔子，当然看到那么可爱的动物，看到一条生命遭遇无妄之灾，消失、毁灭，谁都会心痛。

可再深究下去，青草、胡萝卜……植物就没有生命吗？我们凭什么不该同情它们？而假如它们也有思维意识，对于它们来说，狼的出现，是不是一种善意？

人类也有过一些自以为很善良的行为，却导致恶意的结果：将毒蛇带到野外放生，无辜伤害了他人的生命；将整片草原的狼群赶尽杀绝，结果兔群泛滥，造成草原植被严重破坏，更多的生物因此而死亡。

有的时候我们表达善良，却造成了恶果。

04

将善与恶的话题放到我们的社会中，我们就更难界定善与恶的区别。

譬如一个人为了给家人治病去盗窃，去抢劫，去杀人放火……他被抓起来，我们可以理解他的出发点是善的，但是我们能因此认可他的行为吗？如果我们同意这样的做法，不就是同意这个人为了维护个体的善意，而去对更多的无辜者行恶吗？

这就是建立规则的必要性。认知规则和行为规则等规则的制定来自我们大多数人的共同决定。

认知规则之下，我们评价所面对的事件，这个时候也就有了善恶之分。但是成长就是学会用不同的视角看待事件，从"兔子"的角度，从"狼"的角度。

而在成人社会里，我们不仅要做出评价选择，还要做出行为选择，是救兔子还是救狼，或者袖手旁观。

05

这一篇文章没有结论，只是和大家说明我主观且局限的个人看法。

人类行为动机是复杂的，某一具体行为对于特定人是善的，但对其他人可能就是恶的。小善可能是"自私"，大善则可能是"无情"，很难有两全其美的选择。

我们可以说这个世界没有对错之分，那就要看我们站在什么样的立场，处于什么角度来看待问题、评价事件了。

当然，无论我们做出怎样的选择，无论是大善还是小善，都要明白，我们因此需要面对什么，并且做好因此而付出代价的准备。

而我所认为的最基本的善良，就是尊重"人与人之间的平等"，没有谁理所当然地应该成为"兔子"被伤害，也没有谁天经地义地应该成为"狼"被驱赶。

45　成功学？我有失败学，学不学？

01

有学生和我聊天时，问我：如何能像你这样成功？

我哑然失笑：我怎么觉得你在骂我？

网上总有这样的例子：坚持，认真，不放弃，就会成功。

嗯，我长期践行前三点，始终没有第四步。我的前半生，就是大写的"干啥啥不行，吃饭第一名"。

2013年微信刚开放公众号时，需要企业认证才可以开通。我学着注册公司然而失败，花钱挂靠别人的企业终于开了公众号，但也留下了隐患，最后好不容易稍稍有了起色，我又不得已放弃那个号，重新注册。之后又坚持写了十年公众号，却始终在这一领域没有收获。

我之前是一名运动员，我的运动生涯从3岁开始。我几乎每天都会运动，可是至今也没有练出八块腹肌、人鱼线，跑不快跳不高。

我上学时，老师对我唯一的评价就是认真，除了认真，我没有别的特长。老师要求背一篇课文，别人顶多读十遍就记住了，我读了三十遍抄了二十遍，还是记不下来。

你们对成功的标准是什么？我算成功吗？我现在在大学工作，我每年体检都是良好，办公室的其他人都感冒了我也一点儿事没有，我每顿能吃三碗米饭……你们看这算成功吗？

02

很多同学热衷学习"成功学"。

教授成功学的有两种人。一种是自己没有成功，但是通过想象的知识教授别人成功，赚了大钱，名利双收；另一种是自己获得了成功，然后去向别人传授自己过往的经验。

但其实无论哪一种，都不具备过多的参考价值。

听过一个故事：第二次世界大战时，美国轰炸机经常空袭德国，很多轰炸机中了弹没有回来，设计师被要求在容易被命中的地方加更厚的装甲。经过仔细测量、计算受伤后返回的轰炸机各部位的弹孔数量和位置，设计师得出了结论。

而另一位设计师却提出反对意见：要在飞机头部加强防护。人们愣了，因为观察受伤后返回的飞机发现，头部一般很少中弹，或是根本不会被命中。

这位设计师解释说："我这么做原因很简单，头部中弹的飞机，根本就飞不回来。所以，大家看不到头部满是弹孔带伤返航的轰炸机。"

这就是幸存者偏差。

成功人士之所以成功，有很大一种可能是他们真的足够幸运，幸运到根本没经历致命的打击。

那么没成功的人士的成功学为什么不靠谱儿呢？

因为他们是把成功学当成一门生意，赚的就是成功学的信徒们的信仰，只要学费交得足够多就好，让你们相信你们一定能成功。如果有人提出质疑：我都是按你的要求完成的，为什么还是没能成功呢？

"大师"就会说：心诚则灵，不是我不灵，而是你心不诚。

03

个人的经验其实没有太多参考价值。毕竟一个失败/成功的案例，偶然的成分实在太多了。做过实验的同学和做过问卷调查的同学都知道，数据要足够多，基数要足够大，样本要达到一定数量，才能发现规律。

大数据告诉我们，成功者里读书人多，那么当我们说读书是成功的捷径时，更多人却想找到不读书而能成功的捷径。这种行为就很令人迷惑了。

你们能看到这里，说明对成功已经相当渴望了。那么我就给出我的建议，这建议是我基于本人多年来失败的教训总结出来的——

不怕失败，不断尝试。

失败不可怕，坚持错误的方向才可怕。所以，你们可以坚持，可以努力，但是一定要多读书，多反思，经常回头看看走过的路，然后不断修正今后的道路。

另外，还有一个很重要的小问题：你们对于自己成功的定义是什么？有明确的标准和认知吗？如果连终点在哪里都没有确定，那可是一件糟糕的事。

46　学会善待你的野心

01

我说的"野心"不是一个贬义词。

我们有个习惯：隐藏自己的"野心"。

仿佛被人说"你是一个很有野心的人"时，大家都会急于否认。表达自己人畜无害的状态，是每个人习惯做的。但这样做真的好吗？

我有个学生，有段时间情绪不太好找我聊天：工作中连续三年提拔经理，都没有轮到他。

他在学校表现很好，做事很积极主动，而且作为班干部，能很好地完成上级的任务，同时同学们都很喜欢他，听他的，也服他。像他这样的人，能力不错，性格又好，毕业后找的工作也很好。当然，也得领导的器重。

每一次大家都说他最有可能被提拔，领导也认可，奖金什么的都没亏待过他，他为人谨慎也谦虚，就是不知道哪里出了问题提拔时总轮不到他。造成这种局面的可能性因素很多，但是不可否认和他的野心存在一定关系。

他毕业的时候，几个老师都挺伤感，毕竟这么优秀的学生，已经用习惯了。后面的学生还要重新培养，就算培养，也不一定能培养得那么好。有这样一个人才，办事周到，而且省力，用惯了就想一直用，这是惰性。

那么换位思考，如果你们是领导，有个这样的下属，不为"员工"考虑，只为"自己"考虑的情况下，是不是很希望他能长久地为自己工作？当然，这个想法很自私，我们不该这么做。那么，这个时候，一个合理化的借口，譬如他的谦虚，就可能成为他人的台阶。

02

"我还年轻，当领导这事我没想过，还有很多前辈比我厉害，我还要学习。"

但凡表达了类似的观点，就会有两个结果：

第一，"没事，我们都很认可你，你好好干，在工作中进步！"

第二，"你看他自己都说不行，你们就别难为他了，我作为领导再好好培养他。"

……

器重他、照顾他，但是也坚决不放手。表面看，他得到了照顾，但这也是他掩盖自己野心的结果。他说他"不要进步"，那人家就成全他。人家做错什么了吗？没有，是他表达拒绝了，又有什么理由指责对方呢？

最近流行所谓的"话术"，看似是自己想简单了，没领悟别人的意图。但这难道不是一种过分且过度的解读吗？没有这种想法人家也能"读"出这种想法来，现实中确实有这样的人，那我们就要想到万一和这样的人打交道怎么办？不能婉转，不然无论你们说什么，别人都能解读成他想要的答案。在这种局面下，更应该把自己的目标直观地呈现出来。

如果你们想要，就需要学会适当地直接表达自己的目标。这样，想帮你们的人也知道该怎么入手。如果你们没有这方面的野心，也要尽快撇清楚。我这个学生其实没想往上走，他是因为弄不清楚为什么他始终落选。我给他分析完，建议他如果不想，以后就不要参加竞选，哪怕是别人推荐，也不要表露出对这类话题感兴趣。因为即使他没有野心，但他不表态放弃，他的能力在那些有野心的人眼里就是一种威胁。何必给自己埋雷呢。

03

很多人看到这里，心里一定憋着一肚子话想要反驳我：

"枪打出头鸟，你暴露自己的真实想法，不就是被人拿住把柄，被人坑了嘛！"

没错，暴露野心，等同于上战场，等同于宣战。但是……你们不暴露，就以为别人看不出你们的真实想法吗？嘴里说着"我不想做第一名"，然后跑得比谁都快。为了怕别人知道你们想要第一名，都比赛了，还在假装慢悠悠地跑……最终坑的还是你们自己。

有些时候，不敢暴露野心的另一个原因就是太怕输。我说出去了，可是我没有做到，那岂不是很糟糕，成了别人的笑柄？

这个问题，我解答不了。我只知道假如我因为在乎别人的看法而隐藏真实的自己，就是在用自己的人生为别人买单。

有的时候，暴露野心，给自己一个破釜沉舟的机会，或许，能更专注于如何到达终点。

最后一句话：暴露野心是一方面，而实现野心需要足够的实力来支持。

47　如果我是你的朋友，不会给你意见，但会陪你跳坑

01

作为老师，在面对自己班级的同学的时候我当然要给予一些指导，同学的前方一百米有摊水，我看到了都要以百米冲刺的速度飞过去，拦住他们：前方危险！务必小心！

毕竟自己带的是大学生。大学生的很多困难、问题，早已不是象牙塔专属，为前程纠结于找工作，考虑竞争，成年人的烦恼对还在校园的孩子们也并没有温柔相待。正如"幸福的人儿总是相似的，不幸的人儿各有各的不幸"，同学们的苦恼也是如此。所谓的校园青春，不过就是在"这个隐蔽角落""那个犄角旮旯"留下了"考试不及格""爸妈不爱我""同桌占我位子""老师给我挂科了"以外的崭新苦痛——因为大多解决不了，为了心里好过点，大家统一称之为"成长的烦恼"。

作为辅导员，我总能以相对客观的立场给同学们分析问题，也会给出意见，提供很多建议，并且乐此不疲。关心学生、照顾学生，给学生提供帮助，这些都是我在工作岗位上应该担负的责任。

02

但是在工作之外，我并不会轻易地主动地给别人意见，包括我的朋友。我认为能成为朋友的基础就在于我们的认知水平、行为习惯……千万种不同里总有那么些相同点。也因此，我们是平等的。

将心比心地说，如果我的朋友对我做的每件事进行评头论足，我会认为他没有平等地对待我；如果我的朋友对我做的每个决定都自作主张地给出所谓的"建议"，我会认为这是对我的否定。

即使他们来问我意见，我也会先听他们的想法。然后有百分之八十的可能

性,我会肯定他们的想法。

说真的,就算是正在看这本书的朋友,你们在提出一个问题的时候,也并不是一道没有答案的数学题,除了"解"就一个字都写不出来。你们都是带着选项来的:我是该选 A,还是该选 B。

而往往,当你们向别人提问时,并不是不知道答案,而只是你们认为正确的答案和你们想要选的答案不一致。男朋友对你不好,你应该离开他,你知道应该离开他,但是你不想选这个答案。这个时候你问一个陌生人,陌生人不用担心和你的感情及友谊。而这个时候,任何人的建议包括门口小卖部大叔的建议都可以很理性。

因为很多问题本来就不是如何解决,而是如何面对。

03

"那你明明知道朋友做错了也不提醒他吗?"

我们不该以自己的判断去投射别人的想法。举一个简单的例子:一个高中生问考 400 分好,还是考 700 分好,这个问题有答案吗?这个问题无论是问任何人,答案都是一致的。

但是当高中生提出下一个问题:"我报哪个大学好,哪个专业好?"这个时候的答案,就并不是旁观者高高在上的"绝对正确"建议,而是要看他付出的努力换来的成绩可以匹配哪个学校。此外,还要看他的兴趣,对未来的期待和目标。

每个人的正确答案都不相同。

所以,不要给朋友提意见了,你们的答案并没有那么重要,何况很多问题的答案,你们自己都未必能做到,也就是所谓的"说别人头头是道,到自己两眼一瞪"。不过如此。

那么交朋友的意义是什么?朋友的前方一百米有摊水,我看到了同样会以百米冲刺的速度飞过去,然后我们手拉手,欢快地在这摊水里蹦跳打滚。

朋友是彼此陪伴、共同成长。

48　学历究竟能决定什么?

01

前几天，和几个大学同学见面聊天。一个同学说了这么一件事。

他有一个队友，从小一起练球，两人水平实力差不多，是搭档，住得近，又在同一个学校上学，感情自然好。后来到了高考的时候，他们都准备参加体育特长生考试。他们要练专项技能，提升体能应对专业考核，又要攻读文化课，那段时间的压力真的很大。于是他的队友退缩了，想着差不离考一个专科学校早点出来工作。

"课堂上的那些知识，又不是我课下就学不了，上大学我觉得也没什么用。还不如早点出来工作。"

自此，两个人的人生路线就完全不同了。同学大学还没毕业，队友已经工作了；他读了研究生，队友已经换了三份工作。他们虽然一直有联系，但是后来话题越来越少了。毕竟，他忧虑导师和专业的选择，队友考虑如何和老板提出加工资要求，都是不相通的，只能各说各的。

他们有段时间没有联系了。前段时间都在家闲待着，在网上遇见，就聊了几句，结果后来队友知道他在一所中学当体育老师而且评上了一级教师，而队友从去年夏天开始一直失业到现在，于是愤愤地说道："你现在能过得好，还不就是有一个文凭吗？要是我有这文凭，肯定比你好。现在社会真垃圾，就用文凭卡死人！"

我这同学说完问我们："你说，我是不是真的只是因为学历才有今天的生活，所以我只是幸运呢？"

是不是没有这一纸学历，我就什么也不是了？

02

我和他说了我一个学生的故事。

我刚入职做辅导员的第一年，带专升本的学生。我之前完全没有接触过专升本的学生，对专科学生的印象不太好。没错，那个时候的我，带有先入为主的偏见，带了"专科的学生肯定不行"的主观意识。

其中有个学生，老师反馈说他总是扰乱课堂秩序。后来我了解了一下，就是他总是举手向老师提问已经讲过的问题。后来我找他谈话，他说："老师，我不是故意的，我真的不会。小的时候发烧，医生说我烧坏脑子了，所以我反应总是比别人要慢一点儿。"

后来接触下来，我发现他其实很认真，也确实不聪明。但是人很好，也礼貌，和老师沟通完，老师再也没说什么了，偶尔还会留下来专门给他讲解。他后来考研，考了两次都没考上。第二次通过了笔试，但是复试没过，我知道了安慰他，他呵呵笑道："没事，我确实不适合学习，早点出来工作也好。"

他现在在一家企业工作，任部门经理，结婚生子，有车有房，偶尔在朋友圈晒幸福，我也会点赞。虽然没有达到逆袭的程度。但对于一个普通人来说，这样已经足够了吧？

我曾经认为学历真的很重要，后来我发现自己错了。我做辅导员期间，至少带过六百个专升本学生。我可以肯定地说，我带过的专升本的每一个学生，是每一个，他们都很认真，目标都非常明确，无论是就业还是考研，他们都是早早准备。我压根儿就不需要费劲管理。

我意识到他们是一群"不会放弃"的人，也是对自己人生有着明确规划的人。

其实和人生中不可知的困境以及偶然的打击相比，专升本的学生从一开始就知道自己会面对"第一学历打击"，无论他们升到硕士还是升到博士，他们的第一学历都注定会成为他们的简历硬伤。

可是即便如此，他们也没有放弃。我的专升本学生现在绝大部分实现了自己当初在校期间的目标。有一个学生现在已经成了某科技公司的合伙人考察对象；还有一个学生正在读博，导师想要把他留下来任教并且让他继续参加课题研究。前段时间他和我联系，问我们学校的待遇水平如何。

他虽然是我的学生，我比他早工作那么多年，但是他现在如果做了我的同事，工资待遇一定比我高。

03

学历真的能带来绝对分层吗？能一刀切地把"笨蛋"和"聪明"人分开，给成功者和失败者贴上注定的标签吗？

那些在同一个教室里的同学，通过几次大考，貌似获得了人生的"阶层"区分。有的上了名牌大学，然后一路高歌猛进，从此实现了阶层跨越。有的考试失利，一蹶不振，于是只能勉强上一个学，至于什么学历不重要，重要的，是相信了"自己配不上成功"。

学历的魔力真的那么大吗？显然，并没有。名牌大学里因为玩物丧志而旷课被开除的学生也不在少数。

那些第一学历很低，后来一路深造甚至成了行业专家的人才也有很多。

2018 年，网上有一篇报道引起很多人的关注，说的是一个姑娘出生在农村，家境困难，家里不支持她读书，她初中辍学过，高考连二本分数线都达不到，后来就出来打工，学过理发做过工厂妹。她既没有富爸妈，没有好时运，没有好皮囊，也没有贵人相助，甚至没有足够眼界支撑的野心。

但她就是这么通过自学，自考，一步步往前走……目的只是希望能比当下的生活好一点儿。最终她成为纽约知名企业的程序员。

网络兴起，也让我们看到许多"逆袭"故事。学历于他们而言只是过程的证明，不是终点的勋章。

04

我倒不是想强调学习的好处否定学历价值。那些创业成功实现财富自由的人士，他们未必有高学历，当然他们大部分都没有放弃学习，但这些不是必然因素。像开头我同学那个队友，他的想法也没有问题，说实话，知识并不神秘，我们完全可以自学。

我想说的是对人生不放弃的态度。

带了那么多年的学生，在我任职的这所并不拔尖儿的大学里，我见过很多学生。他们中有的聪明，有的迟钝，但是他们的人生轨迹并没有完全和自己的智力能力相一致。

大家将学历当成唯一通行证，但学历不是捷径，只是一种经历，而很多人总是带着投资心态，总想着这个选择是不是划得来。

学历不能衡量一个人的智力、能力，也不能决定一个人的人生。它只不过是通过一场场考试，磨砺人的意志力、面对压力的坚持和面对未知的自信。

　　是的，相信自己能做到，这点非常重要。为什么会认为自己配不上想要的任意一种生活呢？并不是谁对我们关上了门，我们就没有"资格"了，而是我们很多人早就放弃了和别人一同竞争。

　　我的同学和他的队友，并不是当初的高考决定了他们彼此的命运，而是在那之后，人生每一天的无数次选择中，决定了他们的人生。

　　我们的人生，都是自己选择的。

49　何必假装"不认真"

01

前几天我在办公室和另外几位老师聊天。他们正好在改我们班同学的作业，有个老师说道："哎，你看你们班某某每次写作业都是这样跟鬼画符一样，现在网课作业用手机拍，就更难认出来了。"另两位老师听到了，也点头表示赞同。

可是这个同学曾经和我聊过天，他有一些自己想要完成的目标，也在为此努力，现在也偶尔给我分享他的一些作品，那上面都是字迹工整的。怎么会这样呢？

后来我翻看了一下他的空间动态，不是半夜更新网游的战绩，就是在说自己每天吃的炸鸡可乐。总而言之，他的动态，给人一种不认真、玩世不恭的感觉。而我又恰恰知道，他不是这个样子。

我给他打电话，问他为什么这么做。他支支吾吾了一会儿，说道："我不想让大家觉得我很认真，我怕大家会笑话我。我要是这么认真还比不过别人，那不就更尴尬了嘛。所以，我就想偷偷努力。"

有多少人和这个学生一样，会表现出漫不经心的姿态，而刻意隐藏自己"认真刻苦"的一面。

02

偷偷努力，是不炫耀，而不是去假装。

我们看过这样的梗：学霸总是和别人说自己没有学习，可每次都是考高分。实际上，他们都是在半夜偷偷地认真学习。

当然，真正的学霸是什么样子，似乎还没有统一的定义。但是，作为辅导员的我，也见过"天资聪颖"的孩子，对于他们来说，学习似乎很容易。再艰涩难懂的课文，通读几遍就可以理解复述，甚至给出自己的见解；再复杂高深的题目，只需给一点儿提示，甚至其他同学题目还没弄清楚，他们就可以举一反三。对于这些学生来说，学习真的是一件"轻松"的事，相较于自己身边的同龄人，他们好像总是轻而易举就能遥遥领先。我有一个邻居就是这样的，从小他就聪明，三岁能读报纸，六岁上学，他在课堂上读一遍课文下课就可以到老师面前去背诵。而我晚上回家熬夜到十一点，一笔一画地抄三遍，第二天还是要一边抹眼泪，一边磕磕巴巴地背诵。这就是现实。我这个邻居真的不用假装，他真的不看书，每次成绩就能"秒杀"班级里的大部分同学。

而大部分同学，即使很认真很努力，或许也比不上他的成绩。可是谁愿意承认自己笨呢？于是就假想一定是对方在背后偷偷努力。

这样想会让自己好过点当然没有问题。可是因此自己就去模仿"想象中的学霸"，并且为此花费大量时间、精力来回避身边人，只能在很有限的时间里学习，尤其是在大学校园这种集体生活环境下进行，就是一件很糟糕的事情了。我们拼尽全力都比不过别人了，还想着偷摸用力？

高考的时候，试卷会管你是平时认真还是偷偷认真吗？显然不会。

即使从功利一点儿的角度来说，你在给你打分给你填评语的老师或给你发工资的领导面前表现不认真，会获得什么？夸你有性格？夸你演得好？

03

有的时候自己全力以赴，却以失败告终，会被人嘲笑，所以掩饰努力也是因为不想面对他人的评价。但是，无论你做什么事，都不会让所有人满意。

你要一直活在别人的嘴里吗？

以前学三级跳，动作很难。冲刺，在规定位置起跳，跨三步，跃起，入坑。但是掌握不好姿势就很难跳进坑里。而刚学这个动作的时候，大家总是显得手脚不协调，特别不好看。要是再"啪唧"一下跳在坑外，更是尴尬。而田径场又是露天的，旁边人来人往，总会有人停下来看一会儿，有的时候还会指指点点。

所以，虽然教练让我们一定要课下多练习，但我总是不好意思去做，要么做得蹑手蹑脚，想尽量让自己的姿态优美一点儿，可是这样真的会更加难堪。有一次，教练喊我演示，我鼓足勇气在心里预演了一万遍，最后却因为动作不到位，摔了一个狗吃屎。那时候我觉得自己难堪得不行。

教练生气地问："你怎么会跳成这个样子？很怕别人笑话你？所以你因为怕被人笑话，就一辈子不进步吗？那你还出门干吗？你走路会有人嫌你姿势丑，你吃饭会有人嫌你饭量大，你就算什么都不做都会有人嫌你碍眼，那你就一辈子躲在被窝里别出来了！"

是啊，这是我的人生，和别人无关。

04

我们有自己的目标，或许别人不能理解。可是我们不需要别人理解。

不必假装"不认真"，因为你们是否认真，对于别人没有任何影响，你们还记得小学那个偷偷学习的同学吗？就算你们记得，他的人生也和你们完全无关。而现在，你们表现出的"不认真"影响的却是你们自己的实际生活。

工作后，你们表现出的"不认真"则是领导、客户对你们的评价。当你们的假装成为习惯，那句"随便""都行""无所谓"就会成为你们下意识的语言行为而展示给他人。你们背后即使再认真，又有什么意义？

认真地对待每一件事是一种人生态度。

当然，如果你们还是担心会因此被人笑话，我可以分享一句话给你们：

我们总会听到很多声音，或许，是因为我们还不够认真不够努力。只要我们跑得够快够远，那些声音就追不上我们。

50　小成功你看不上，大成功你轮不上

01

这是几年前的一件事。

有一天，我在班级群里公布了一个活动任务，宣传了一下，希望同学们根据自己的情况报名参加，发挥自己的特长，获得锻炼。

任务发布没多久，就有同学找到我："老师，这个活动能加分吗？这个活动是校级的吗？参加这个活动之后可以再晋升参加更大规模的活动吗？这个活动……"

得到了一系列否定回答之后。学生认定这个活动没什么层次，"含金量"不足，然后给我提了个建议："老师，下次布置活动，你最好把级别和活动加分这些重要的细节说清楚，这样我们也好挑选活动。"

我哑然失笑："你们才大一，大型活动你们驾驭不了，只能从小型活动开始锻炼啊。"

学生哈哈大笑："这点自信我还是有的。实话和你说，这种不上档次的活动我还真看不上，一点儿含金量都没有，谁也不淘汰，参加就有奖，那种鼓励奖谁会看得上哦。有这个时间我去刷剧、考证都比这实用。"

嗯，好吧。这段对话到此为止了。然后这个学生整个大一期间都没有参加活动，原因都是相同的：活动规模不够，层次不足，档次不高，参加没有意思。

到了大二的时候，有一天，学生兴高采烈地找到我，希望我能推荐他参加一个校级活动，因为他收集到的信息说，通过参加这类活动可以继续晋升到省赛、区赛、国赛。学生有兴趣，我肯定是支持的，何况也没有什么限制条件，他确实可以参加。于是我也就签了辅导员意见。他心满意足地走了。

过了快一个月，有一天我想起了这件事，就问他活动进展情况。他很沮丧：没能入围。

他愤愤不平地和我说，是比赛有内幕。

我让他把参赛作品拿给我看了一下。然后，我和他说，正好现在学校也有一个类似的活动，既然作品都准备好了，就在学校也报名参加一下吧。

他不置可否，我就帮他提交了作品。结果，他获得了鼓励奖。嗯，你们懂的，参加就有奖。我去领的奖状，同时还要来了其他的参赛作品。二等奖里有两个是大一同学的作品。

当看到学弟学妹的作品时，他抿着嘴，什么也没有说。那种肉眼可见的水平差距，是无法被遮挡的。

02

这个学生前几天在网上找我聊天，又聊起这件事。他说自己专门给那张鼓励奖的奖状找了个镜框，挂了起来。他现在在一家国企工作，虽然职位普通，但未来可期嘛。

那次比赛之后，他开始认真地对待每一次活动，每一场比赛，每一个可以得到锻炼的活动机会都全力以赴。而越是参加这些活动，他越能意识到一个重要的问题：他的水平根本不足以支撑他的自信心。他自嘲地和我说："原来我谁也看不上，没想到结果是我谁也打不过。"

他定义曾经的自己"过于狂妄"。

大学四年，他大四的时候获得了一次校级二等奖，这是他大学期间获得的最好成绩。他拿到奖项的时候有点儿失望，和我说："你看我拼尽全力，也没有获得什么好成绩，看来我确实配不上成功啊。"

我拍拍他的肩膀："你已经做得很好了，不必妄自菲薄。你的实力虽然离第一可能还有差距，但是得到了锻炼，你会看到回报的。"

那个时候，正好是大四实习阶段。有一家公司呼声很高，同学们都希望可以进这家公司实习。后来，这家公司接收了差不多一半的同学，不仅有我们班的，还有其他班的。实习结束的时候，反馈的三个优秀实习生里就有他的名字。

这可不是我这个辅导员可以左右的结果，这是他们实实在在靠自己争取来的。

虽然他身边也有很多同学比他聪明，比他厉害，但是他们都有一个还未经改正的问题：眼高手低。

小任务看不上，总是想要完成大活动，然后一鸣惊人，可以让主管印象深刻。但是在主管眼里，大部分的同学都在躲活偷懒，做事马虎，而这个同学的踏实认真反而格外地突出。那之后，有一个小的任务，他就作为为数不多的被选中的实习生参与了其中。

他也确实配合得很好。

而他的同学里，后来也有的或通过个人关系，或拜托主管，勉强挤进其他团队。然而，他们连最最基本的文案排版都不会，在团队里的存在完全没有意义，后来身份反而越加尴尬。

没有经过历练，你们甚至不知道自己的不足在哪里。

03

我现在和班上的同学说起他的故事，还是有很多同学认为这是我杜撰出来的人，瞎编出来的事。甚至，就算相信是真人真事，他们也觉得这个故事不够生动，结果不够逆袭，故事的主人公没有获得巨大的成功，这些都不足以让他们有所触动。他们还是相信，小比赛、小任务不值得他们出手，他们都在期待一个一鸣惊人的大机会……

那么，所谓的大机会到底是什么？我们依靠什么来一鸣惊人呢？有什么是只有你具备而别人不具备的特长吗？对于普通人来说，机会也并不是闪闪发光的。就算举办奥运会，既要有体育精英在赛场上突破人类极限，也要有会务组搬运道具、打印文件，甚至扶着一个灯架子，这样的事就算再看不上，也得有人做。哪里有什么"非我不可"存在呢？但却有人在这些"小"岗位上做到极致，干到最好。

我们看到过很多新闻：快递员靠送快递开了自己的公司；搓澡工干了三十年，靠对经验的认真总结，不仅成了全国最赚钱的搓澡工还收徒开班。各行各业干到极致，都会获得认可。这是一个必然的结果。

现实生活中，我看到很多同学具备获得巨大成功的一切能力：聪明、有魄力、有勇气、有耐心、有知识……然而，他们却没有一颗从小事做起的心。

积少成多，是对于能力的积累，更是结果的叠加。

不然，只能是小成功看不上，大成功轮不上。

51　刷分人生——只看见芝麻，却丢了西瓜

01

　　大学里的利益，无非就是奖学金。比赛成绩、活动奖励，也是影响评奖结果的重要因素。

　　我的一个学生，他可以称得上刷分高手。

　　每次评奖学金的时候，他总是能拿出一大包奖状证书和活动证明。对于哪个比赛容易获奖，哪个比赛的加分项多，哪个比赛可以对应综合测评的哪个板块，他比谁都清楚。虽然每次考试成绩不是最高，但是他的比赛证书的加分选项放一块儿，最后综合测评的结果却可以达到碾压水平。

　　每次他都能获评奖学金。后来有一次，我看了一下他的成绩经历，他很多比赛都是重复的，比赛的作品也是把用过的作品再修改一下，有的甚至都没有更改。于是我找到他，想推荐他参加一个比较有难度的比赛项目，希望他可以试着历练一下。

　　他拒绝了。因为他觉得这样的比赛周期太长，难度太高，不容易获得比赛成果。有这样的工夫，他可以完成四五项比赛了。

　　我和他聊了一下。他认为在学校，奖学金就是最好的利益，是必须获得的。虽然我告诉他，这些只是眼下利益，但是他却表示不理解。

　　你身边是不是也有这样的同学，特别厉害，不是学习厉害，而是获得比赛证书的能力很厉害：这个志愿者证明，那个组织参与人证书，某校外社团的比赛成绩……

　　但是你说他们真的是热爱活动吗？好像班上有什么活动，他们又不愿意参加，只有面对有学分的活动，他们的参与热情才会立刻高涨。

02

上一篇文章说有的时候我们眼高手低，看不上小比赛、小任务、小成功。可是我还想说，有些同学陷入另一个极端，就是为了眼前的一地芝麻，忘却了心里的目标，也错过了获得更大机会的可能。

很多同学，大一的时候在学校参加比赛，非常积极，这是好事。大家知道自己的爱好，锻炼了自己的能力，获得了很好的锻炼效果，这本身也是活动举办的初衷。

但是很多同学却沉迷于此，以为自己找到了特别隐蔽的隐藏关卡，得了天大的便宜，因为他们熟悉了一些比赛，了解了其中的比赛套路后，比赛成绩的取得是轻而易举的。

他们会沉迷在这样的小利益小成就之中，但是能获得什么样的大成就吗？谈不上。我见过那么多同学，目前的经验里，没有。因为他们的精力和他们的目标，都只是局限在眼前的小芝麻里。

03

到毕业的时候，你们会发现，在学校里拼了命撕破脸争得的奖学金，四年加一块儿还不如两个月的工资高。

奖学金的用途本来就是奖励，是一种正向促进的机制，不是生财之道。

而我们很多人却因此沉迷在这样的小成就、小利益中，自以为找到了小窍门，轻松刷来奖学金。但是耗费的却是别人埋头考证、考研，提升自我技能的时间。

我的另一个学生，大学四年只参加了一项比赛，前两年连入围都达不到，但她不骄不躁，跟着老师一点儿一点儿打磨自己的作品。最终，到了大四的时候，她作为队长，带领队伍一步步晋升，和国际两百个高校同台竞技，获得了国际二等奖，也是我们学校目前最好的成绩。

她大学四年就只有这么一张奖状，可是这一张奖状为她带来的利益却远远超越了其他同学的大学四年。当然，这张证书并不足以决定她的人生，她去年还是遭遇了考研失利，但是经过历练的她心态倒也不错，后来一直在努力。

我这里没有什么逆袭鸡汤，也没有"一招鲜吃遍天"的技能介绍，但仅仅从功利的角度而言，也希望大家明白，小芝麻好捡，但也该想清楚，自己要的究竟是什么。

52　最后留下的，是始终在线的人

01

我的一个学生现在在某公司做人力资源管理，公司不算大，但是效益还不错，公司氛围也挺好。他隔段时间就会和我聊天，聊得多了，我发现有些问题，是作为老师容易忽视的。

譬如，作为老师，我们始终在向同学们强调能力、技术和个人实力。我们一再让学生关注这些具体因素，也认为，只要拥有了这些，就可以获得很好的竞争力。

但是仅仅这些就足够了吗？我的学生和我说了一件事。他们公司每年都会招聘新人。这些新人什么样的情况都有，顶着名牌大学的头衔进来的、顶着熟人介绍光环进来的、靠着靓丽外表进来的，也有靠着绝对的高分实力考进来的。

那么，两三年后，你认为，这里面什么样的人会比较突出呢？

答案是：和任何标签无关，甚至也不因为实力，而是那个始终在线的人。

一个公司的发展不能靠关系无中生有，不能靠学历堆砌，不能靠长相突破规则。最后的最后，公司业绩的好坏才是效益的来源，也是大家的工资来源。

"当需要完成工作的时候，我们需要的是能够真实和我们在一起提供价值的人。这个时候，我们最害怕的，是那些不稳定因素的存在。喊你时你关机，工作时你撂挑子，需要你配合的时候你突然心情不好不高兴就不干了，然后毁了我们整个团队的辛苦，这样的人会被所有人拉进黑名单。"

02

"每个公司都有随心所欲撂挑子的员工，而且有很多。"

说实话，我听到这样的话，还是蛮吃惊的。

前几天有同学推荐我看了一期综艺节目，其中一位艺人说自己在工作中如果遇到不开心的事情，就会立刻放弃工作，而去调整心情。

节目中的这段话在网上引发了许多人的讨论，有人说这是真性情，有人说这是不负责。

然后同学问我："老师，我觉得这样的做法还是有很多人认可啊，按照自己的想法来活，也没有什么不好。"

我想，同学的想法对了一半。按照自己的想法生活没有错，但是在一个集体里，个人的行为如果影响了大部分人的行为，甚至因为某个人而导致集体的价值被否定，这样的性情虽然是真性情，但也是真的不负责，说得更直接点，就是自私。

但是自私的人会面对什么呢？

很多人说这个艺人始终保持这样的状态，似乎没有遇到什么挫折，还是享有很多的资源。这么一看，即使自私，也会被认可。

咱们必须承认，有些人看上去似乎非常走运，总是顺风顺水，即使弄砸了很多事情，还是会被人宽容。可你们看到的只是眼前，只是某个被你们关注的时间段，那后续呢？长远来看呢？

就拿演艺圈这个似乎并不以实力说话的圈子来说，那些长久出现在我们眼前的艺人、演员，谁是靠着"随心所欲"而始终站在一线行列呢？娱乐圈崇尚"绯闻热度"，可靠着绯闻持续至今的艺人又有几个？

即使是靠着绯闻流量支持的娱乐圈，最终树立的还是实力演员这样的敬业榜样。除了极其幸运的个例，更多的"明星"还是遵循普通人的人生轨迹：按劳得酬。

03

有同学认为"随叫随到、随时在线"是一种被压迫的很"low"的表现。

但是假如你们是公司的职员，你们希望同事、合作伙伴是什么样的人？

我的学生曾经收到两份简历：一份来自一名普通大学的应届毕业生，另一份则写满了在多家公司供职的经历以及他个人作品所获奖项。

他把简历交给了领导，领导问他的意见。他肯定地选了获奖达人。然而领导笑着摇了摇头，说道："最终你应该会留下另一个新人。"

学生不明所以，还是通知两人入职。第一天入职时，达人用了半小时搞定了新人一上午都没搞定的任务。学生当时更坚定了自己的选择，看到那个新人，认定领导选择新人是因为他的背后有什么猫腻，也对他无法遏制地生出了一丝反感。

然而，一个月后，他就理解了领导的意思。

在客户来开会洽谈时，作为项目的构思人员，达人迟到了三十分钟，只是为了等排队很久的一家早餐。因为达人和客户的沟通弄错了时间，导致项目时间提前了一周，大家不得不集体加班。达人耸耸肩，说道："加班不属于我的分内之事"，便离开了。

虽然新人也没有做出什么特别突出的成绩，可他随时在线、十分靠谱儿，最后他赢得了我这个学生的认可。

"如果不是不靠谱儿，他那么厉害的业务能力，还不早就升职加薪了？谁不需要人才、想要留住人才呢？可是需要人才，是为了提高工作的效率。如果人才不靠谱儿，不仅影响工作效率，对其纵容还会破坏团队的团结。所以，除非不可取代，不然没有人会愿意无底线地宽容他人的随心所欲。"领导早就看出简历上那些没有写出来的内容。

04

当我们想要任性时，就要认真想一想，谁又是不可取代的呢？"不靠谱儿"真的不是一个好评价。

我们只看到有些人随心所欲，但也需要知道他们是在用什么资本做交换。无论是青春、美貌、能力，还是家室、背景……终有资源殆尽的那一天。到那个时候，又将是一幅什么景象呢？

花团锦簇的时候花在眼前惹人羡慕，那么大家可记得，曾经又有多少鲜花在眼前盛开呢？

53　收藏学习方法，就是自我麻痹

01

好多同学总是问，老师，有什么好的学习方法介绍？我说没有，他们不信。觉得我肯定是藏着掖着。

且不说，我算不上什么学习王者。就算我真的有什么厉害的学习方法，这个方法大概也只适合我，而不一定适合别人。

之前有段时间很流行达·芬奇作息方法。就是一个未经证实的传言（因为我始终没找到源头），说达·芬奇很厉害，有 11 个职业，在各个领域都有所建树……原因就是他几乎不睡觉，他每天就睡 2 小时。于是，很多人以为找到了什么宝藏法则，疯狂模仿。

模仿的结果就是，有没有省下睡眠时间咱不知道，但是眼睛下的乌青那是清清楚楚。有的人没睡到自然醒，还有起床气，如果他和达·芬奇住一屋，两人肯定会打架。每个人的情况、特质都不一样。同样的水果有的人喜欢吃，有的人吃了会过敏。

每个人都有适合自己的方式，没有哪一种是万能的。

更早之前，还有人说，达·芬奇的聪明源自他的左撇子。左撇子更聪明这样的说法，在我上小学的时候一度风靡过，当时不少家长硬是让孩子改用左手写字。我们再去看看重点大学的同学们、高考状元们，又有多少个左撇子呢？

沉迷学习方法的本质心态就是拒绝付出，不相信劳有所得这个"笨"办法，坚信自己的失败只是因为没有找到对的方法。

02

有同学问过我："你可以一天写一篇文章，发布公众号，还可以拍三个视频，剪辑，发布，而且你要工作，要和同学们谈心，你那么厉害，有什么诀窍吗？"

没有。

我的第一篇公众号文章1200字，写文章、编辑、排版、预览、发布，从早上8点半到晚上7点，中午饭都没吃。那篇文章现在看来，水平极差。阅读量——2。

我现在写一篇公众号文章2000字，到发布，快则1小时，慢则2小时。时间长短取决于话题需不需要查找资料。熟能生巧，这就是我唯一的方法。但是即使我更快了，也只是提升了速度。我还需要提升文章质量，还有很长的一段路要走。这并不是我的终点，更不值得被推崇。

其实，我也会羡慕，羡慕一个月涨粉百万的人，三个月写出十几篇"10万+"的人。为什么我做不到呢？他们是不是真的有什么法则呢？我也好奇，我也想了解背后的故事。

可是我不会因此放弃现在的努力。我不知道他们的方法适不适合我，如果他们真的就是轻轻松松地成功了，那么我费老鼻子劲都没能追上他们，我现在要是放弃了，那不是和他们差得更远了吗？

03

看到好多同学，手机里存了各种学习方法，收藏了很多提分技巧，可是从来不练习，甚至在收藏过之后，就再也没有看过。

之前很流行"记忆宫殿"，还有各类笔记、学习方法，很多同学为此网购了一大堆笔记本，并且发朋友圈，信心满满地许愿，说自己要获得怎样的成就。可是过了两周，笔记本连封皮都没有拆，就放在桌上的角落，落满了灰尘。

为什么不用这些学习方法呢？因为熟悉一套学习方法本身就是一种学习。譬如"记忆宫殿"，其中原理就是在脑子里构建一个宫殿般的建筑物或者就是自己熟悉的房间，并且想象自己把某个知识点物化然后放入某个储物空间——"左手卫生间，第一个抽屉"诸如此类。具体还有更多相关联的细节。

发现没？这样的记忆方法本身就需要先锻炼自己记住一个房屋，并熟悉、细化它的细节，这样的过程既是一种记忆方法，又是一种锻炼记忆力的方法。然而我们很多同学，现在连自己的饭卡放在哪里都想不起来，还让他们塞一个屋子在脑子里，那更是不容易。

中国人习惯用筷子，可是西方人习惯用刀叉，在熟练掌握之下，都觉得自己的工具更方便。而印度很多人习惯用手抓饭，即使我们每天都在熟练地运用自己的双手，可是舍去筷子，直接上手，也绝对没有办法立刻像他们那样熟练地拿捏食物，即使在你看来这件事再简单不过。

04

其实，我们为什么总是在收藏学习方法？为什么总是在找学习技巧？我们真的了解过哪一种学习方法吗？没有。

不得不说，我们做的这一切，都是在安慰自己：我在努力学习，在付出。

但实际上，我们的内心都明白，这样的方式，更多的是对自我的欺骗——

虽然我今天没有看书，但是我今天找到了一套特别好的学习方法，会帮助我省去今天看书的时间，所以明天再看，也来得及。

真相是什么呢？你们知道答案。

54 真的，没有那么多的风口

01

我在网上做视频涨了一点儿"粉丝"，于是总有人问，"你为什么不开店，不带货？""你有钱不赚是真傻，站在风口你只会坐在地上"诸如此类的话，我耳朵都听出老茧来了。

那么仅以我个人的情况而言，我为什么不变现，在风口面前不飘：我的职业是老师，有事业单位的编制。很多人羡慕这样的工作，说这样的工作足够稳定，而恰巧我还添加了几分热爱在其中，这样的生活，我真的应该，也确实很满足。精神层面达标。

这份工作确实稳定，这稳定里就夹杂着低风险以及低收入，不是吗？

原本我安心地在视频里分享，谈论话题，这也是作为老师的本职工作呀。如果我带了货，有了变现的心思，那我还能纯粹安稳地做这份工作吗？为了商品做广告，一定会说言不由衷的话，至少存在夸张的成分，那我也违背了出现在视频里的初衷。

而有了这样的心思，我的教师工作还能不能干好？

当然，我不是圣人，也不是没有物质欲望。只是我选择了教师的职业，我赚钱的心思、我的风口都不在短视频，而在于我的职业。我会以此作为我的课题研究对象，深入研究，当成学术话题来讨论。然后我不断提升，现在我从助教晋升为讲师了，有朝一日做了教授，自然也有属于我的财富。那个时候，我自然会在这风口里迎风起航。

何况，我对自己做过职业能力测试和调查，我未必具备卓越的销售能力，如果真的有这方面追求，还需要下功夫学习。我为什么要急于逼迫自己去做不擅长的事？带货可能不仅损伤了"人设"，甚至还可能被有心人抓住了把柄，日后指责我"不安守教师本分，不符合教师职业道德"。如此，我算不算偷鸡不成蚀把米？

02

现在,很多在校的同学,包括很多毕业多年的同学,大家都吵着嚷着"风口"。你们知道风口在哪里吗?在那些营销号里、广告里……

"大佬抓住互联网风口的时候,没有人相信网络能赚钱。"

"房地产成为风口的时候,大部分人还不相信市场经济,还在等着单位分房。"

"共享单车成为风口,是因为大家看到赚了三个亿的姑娘的故事刷爆网络。"

……

"真正的风口往往是当下大部分人所不能接受的。"

然而,现在面对风口每个人都跃跃欲试,生怕自己错过这个发财的机会。那么,机会从何而来?所有人都赚钱,钱从谁手里来赚?

于是和风口相对应的一个词——"韭菜",应运而生。

很多人又开始想着去割别人的韭菜。然而,那些想要割别人韭菜的人,往往自己先做了韭菜。

譬如一些极其不正规的商业模式广告,以某个日用品为卖点,告诉大家这个日用品每个人每天都在用。然后和大家算账全世界有多少人需要这样的日用品,这个日用品需求量如何高。如果每个人都从大家手里买这个日用品,大家就成了大富豪。

最后,用远远高于日用品价格本身的价格卖给大家,大家将其作为商品进货。

于是一个日用品原价 20 元,高价 50 元,可是拿货价却是上百元。而很多人心甘情愿,并且相信身边的朋友和自己一样会坦然掏钱。

然而大家都忘记了一个本质的道理:产品的普及,是因为大家需要使用,而不是因为投资。

03

或许对于风口的渴望,隐藏着另外一个现实:我们急于抓风口,想抓住机会,是不是因为我们不相信凭借自己的能力可以创造机会,获得财富呢?

是的。缺乏自信,不得不寻求外界的机会。

一方面,似乎网上现在到处是千万富翁,年入百万。另一方面,中国是一个人口众多的发展中国家,2020 年人均年收入是 3 万元人民币,但是有 6 亿人每个月的收入也就 1000 元左右。

  大家都想过好日子，想改变命运，很期待通过寻找风口逆风翻盘，正是被网上的那些浮夸的信息扰乱了心思。想趁着年轻折腾，就不再专注于自己平凡又无趣的工作、职业、事业。折腾一圈以后，你们会发现，除了把自己原本的积蓄奉献给了风口之外，什么都没得到。

  而且，你们损失的是在原本的发展轨道可以发光发亮的可能。而原本对风口完全不感兴趣的某同事，在你们没有注意到的时候，做着你们看不上的工作，升职加薪，做了你们的领导。

  这个时候，你们才发现，你们错过了属于自己的风口。

55　承认自己不懂装懂，人生真的会好起来

01

我们必须承认，有的时候，我们对很多事情完全是无知的。但是我们会显得自己什么都知道，至少，很多重要的道理都知道，都了解。

为什么呢？因为害怕吃亏，害怕被欺骗。这个初衷是没有问题的，可是这个初衷导致的行为，有的时候就成了人类行为迷惑大赏。

不懂装懂的我们在买菜的时候，会大大咧咧地翻找面前那些绿油油的瓜，然后查看纹路，拍拍每个瓜的肚脐，再粗声粗气地问道：

"老板，这个西瓜怎么卖？"

然后老板会白我们一眼，耸耸鼻孔："这是南瓜。"

当然，这样的迷惑行为也会出现在各个方面。明明我们连二头肌和地锅鸡都分不清，然而在健身房面对教练时，我们还是会迫不及待地甩出一段流利的开场白："我觉得我的问题主要是蛋白质的缺乏，那个什么肌肉横什么纹和那个什么乳酸的含量也有问题，我主要应该练的项目是……"教练皱着眉头，嘴角含笑："对对对，大家说的都对，那么我们开始前，大家先把牛仔裤换掉，好吗？"

其实我们到底懂不懂，不是取决于我们，而是取决于和我们交流的人。如果对方不是像我们一样提前一天查了资料，或者上网搜索，储备了一大堆的专业名词，那么，我们就是那个很懂的人。但是假如对方和我们一样有备而来，两位大概能有华山论剑般的相见恨晚之感。

懂与不懂是相对的。我们只有在比我们还不懂的人面前，才能伪装成功。

02

假如我们面对的是懂行的人，对方在面对我们的言论时，往往会被吓得不

敢开口。因为第一，发现我们不懂，第二，发现我们不懂但是我们不自知，第三，这时对方的懂在我们面前反而是不懂。

面对不懂装懂的人，最好的办法就是顺着对方来。

有个做房地产销售的朋友和我说过一个事。一个顾客处处表现出一副自己很懂行的样子。翻看他的朋友圈，到处是他自己对房产经纪、房屋装修的若干意见，今天一个文件下面是一大段解读让人心悦诚服，明天一个对话框截图内容是对朋友选房意见的各种指导和赞同的反馈。朋友一度以为这位顾客从事这一相关行业。

看房期间，朋友作为工作人员也提了几点意见，但是所有的意见都被顾客一一反驳，之后，朋友就不再言语，除了表示赞同没有二话了。

然后，朋友将那天看的最值得推荐和最不值得推荐的房源都和顾客沟通了一下。然而顾客最后选择的，是"最不值得推荐"房源，原因是他自认为的那套"反房产销售论"。

然后的然后就是"哑巴吃黄连"的戏码。

不懂装懂有的时候给自己带来的迷之自信就在于，他们反对"专业"，只信自己，相信只要是懂的，就一定是欺骗自己的，只有和他们对着干，才能显示自己很懂。

所谓的"逆反心理学"如今也成了很火的销售方式。你指着南瓜说是西瓜，我顺势点头赞同，再告诉你这是新品种，所以特别贵。

03

我有个学生是一家公司的人力资源部负责人，他和我说自己最反感的就是遇到了不懂装懂的新人。

怎么不懂装懂呢？培训新员工的时候，他们给新人上课，说了自己公司的制度和晋升计划。而在这个过程中，总有那么几个新人，会用各种在论坛或者某个所谓"前辈"嘴里打听到的信息，质疑他们。有的时候还好，也只是私下和他们沟通，但是更多的时候，他们会在新员工中散布这些未经证实的"可靠消息"。而这些小道消息对于他们老员工来说，真的是灾难。

"我和他们说，每天上班需要打卡。他们却相信老油条和他们说的只要给领导发个信息就行，认为太听话反而显得自己好欺负。"

原本老油条因为考勤和业绩差即将被考核掉，一下忽悠住几个新人，到了月底排名在他之后又有了几个垫底。老油条保住了岗位，那么走的，只能是新人了。

很多人认为自己最懂的，就是相信权威一定是错的。

04

当我们看到有人总是和我们说一些听不懂的名词，什么都别问，满脸真诚地夸"你真懂行"，我们就能收获他的好感。

我不懂的时候，会坦然地向别人承认自己不懂。

而当我承认了自己不懂，就会觉得这个世界对我友好了许多。

我不懂，所以我向你请教，且毫无负担。

我不懂，所以我会努力尝试，即使做错了，我也不会尴尬。

我不懂，所以相信权威，相信专业的人做专业的事；我只要关注自己懂的内容，而不必为了在别人的专业领域装权威而苦背名词。

我不懂，所以我不需要假装知道很多，然后在被戳破谎言的担忧中惴惴不安。

很多大师、学者的头衔以五元一斤的架势出现在各个网络地摊，那行业前景、市场环境张口就来，对我们的人生规划顺嘴就上，把我们唬住那是毫无难度。

那么如果别人真的骗我们欺负我们占我们便宜怎么办？承认自己不懂，然后真诚提问。

我站在西瓜摊前，问："老板，我不会挑西瓜，你能不能帮我挑一个小的甜的呢？"

往往十个老板有八个会给出诚意推荐。

56　别被他人消费了善良

在写这篇文章以前，我从来没有制止过任何一个人的施舍行为。因为一件事情如果说不清楚，就很容易被误解，何况是表达善意。然而这段时间，某博主诈捐事件让我看到大家的善良又一次被消费。那个时候，我所担心的最糟糕的事情还是发生了。

如果你看过这篇文章，继续选择施舍，也没有什么问题。我不是苛责善良，只是认为善良不应该被欺骗。

01

我工作以后，一次出差机会，回到我上大学的城市。闲暇时去步行街逛街，看到一个乞讨者。看到这个乞讨者，我好像又回到了刚上大学时第一次看到他的情形：这位很容易令人产生同情的乞讨者，身体严重畸形，身下垫着一块纸板，一手抓着罐子一手抓着板凳，一点儿一点儿地在地面上拖行。头发不脏乱，却也不干净，背着一个粉色的小书包，穿的也像是小孩的打扮，所以很多第一次见他的人会误以为他年龄不大。

他的脸上没有表情，也看不出年龄，只是常年驻守在市中心最繁华的一条街道上，周而复始地往返着。在有人过来往他的罐子里投钱时，他会略微停一停，然后点点头。

我第一次见到他时，颇为动容，往罐子里送了钱。为了让对方感觉被尊重，我特意蹲下，把钱轻轻地放到罐子里。后来有本地的同学告诉我，这个乞讨者已经在这里好多年了。而自那之后，从我上大学到现在，又过去了快十年。所以看到这个乞讨者的一瞬间，我忽然发现，乞讨于他而言，只是一份工作。

02

　　我总觉得，每一个乞讨者都是心理学大师。

　　那个小书包、小孩的打扮，这些细节更像是对消费者群体的精准定位。毕竟一个身体残疾却一心求学的小朋友模样真的很容易打动人。但是细算一算，哪怕我第一次见这个乞讨者时对方确实只有十几岁，如今也三十岁左右了。

　　曾经听说乞讨者在面前摆一个罐子时，会先往里面放一点儿自己的钱进去，这样别人就会认为"向他施舍是一件大家都在做的事"。如果你假装没有看见，路过的时候，他会拿起装了钱的铁皮罐子，晃动着，然后用硬币敲击铁罐的声音告诉你："看到没，别人都给我钱了，你好意思不给吗？"所以即使你真的坚持不给，还是会产生良心上的不适感。

　　我坚定了不向乞讨者施舍的理念之后，每一次路过乞讨者时，还是会产生"铁石心肠的愧疚感"。

　　现在，因为法律的明文规定，乞讨者已经很少在城市中出现了。可是乞讨者并不是不存在了，而是更加隐蔽了，火车站、菜市场、人行天桥口，而最多的，还是出现在大学校园门口。

　　一个穿着破烂的老大爷，无论是蹲在那里还是躺在那里，他只需要在面前摆个罐子，一会儿就会有路过的学生往里面投钱。我看到过很多大学生，特地停下脚步，拉开书包，找零钱进行施舍。可是，你将父母辛辛苦苦挣来的生活费，自己辛辛苦苦兼职得来的酬劳，交给了一个没有付出任何劳动的人。

　　做了老师之后，我总担心学生的善良被利用、被辜负，成为"消费品"。

　　当然，有的乞讨者更聪明，装备更齐全。他们不是只会伸手要钱，有的也会表演才艺。而一旦他们表演了才艺，无论好坏，都会给人身残志坚的感觉。只是这个才艺……

　　拉一把二胡，然后连个1，2，3，4，5都拉不准。拉着个音响，抱一个话筒，然后一开嗓没有一个音在调上。可就是这样，就能引起一片围观，然后施舍者众。说真的，随便拉几个调子，大家就被感动了、激动了，然而对那些音乐家开的音乐会，却觉得掏五十块买门票都不值得。艺术学院的大学生寒窗苦读，艺术家花了几十年的时间和精力，耗费了大量的金钱投入，最后还比不上五音不全的乞讨者更容易获得你的认可。

　　卖惨比才华更能获得利益，这种价值观正确吗？

03

得了钱以后，乞讨者的生活真的会改变吗？

我们对于乞讨者的施舍，是希望能改变他的生活。但是，乞讨者的生活就真的能改变吗？是的，可以改变。但是改变的是你所认为的乞讨者吗？

有关揭露乞讨者生活的报道和新闻有很多，网上随便搜一搜就能看到诸如"乞讨时短腿少胳膊，看到城管秒变健全人""穿着破烂去乞讨，乞讨结束开宝马"的新闻，甚至有的村庄，会在农闲时集体进城乞讨。

再危言耸听地说，当乞讨成为一种低成本高收入的敛财手段时，这背后会不会形成一条利益链。

情人节的夜晚，大量的小乞讨者出动，他们会去"抱姐姐的大腿"，以此推销他们手上已经凋零的花。这些小乞讨者很多人遇到过，他们锲而不舍地乞讨，甚至遭受谩骂驱赶也不放弃。这些小乞讨者的背后往往会有一个成年人作为管理者。他们让小孩去乞讨，是把他们当作敛财的工具。而这些小朋友又从何而来？

虽然，这些新闻我们不确定真假，但是，如果不斩断利益链，那么，利益之下，谁能保证这些可怕的事不会成为现实呢？

04

面对真正需要帮助的人，给予的帮助应该是体面的、为之计长久的。

坏人以此敛财，那我们就不再施舍了。可是这样，会不会也误伤了真正需要帮助的人呢？

听老家亲戚说，国家刚刚施行脱贫政策时，村干部给村民种子，可是有的村民却拒绝了："给种子有什么用啊，我还要种，多累啊。直接乞讨，我直接就拿到钱了，还轻松。"穷，可以是物质上的，也可以是精神上的。就像那个背书包的乞讨者一样，他可能确实需要帮助，可是需要的是什么帮助？依附于社会，让自己的存在变得毫无意义，将获取金钱作为自己生活的唯一内容，是这样的帮助吗？

授人以鱼不如授人以渔。

遇到乞丐我们应该怎么办？报警或送到救助中心。国家既然有相应的机构和部门，为什么要把它们变成虚设呢？

有人说救助中心不好，存在很多弊端。可是我没有见到，不好评判，只知道这是专业部门。即使真如别人所说，存在问题，我想说，救助中心的出发点是没有问题的，救助者制度建设的初衷也是没有问题的；即使出了问题，我们也应该关注问题，出问题的是执行者，还是没有与时俱进的制度改革？那么我们作为民众，善意的正确表达应该是促进制度的完善和改革，促进对执行者的监督，而不仅仅是针对个人或整个部分的否定。否则乞讨者永远在乞讨，而制度永远会沦为摆设。

我们不对善意进行任何的揣度，善良是珍贵的、美好的，应当被重视、被守护。

57　你相信地球是平的吗？

01

我是如何不知不觉地成了抬杠分子的呢？

之前，无论我说什么样的话题，总会有人提出反对的意见。

介绍有关某个职业的行业要求，"考资格证很重要，即使是名校毕业生，没有资格证也没有办法从事相关工作"。

——"你胡说，北大的文凭就能吊打资格证！"

谈论实现理想"你们的努力很重要，努力不一定会成功，但是比起放弃，努力还有机会"。

——"我要是有好爹，早就成功了，说努力，还不是自我安慰。"

……你大概见识过"杠精"，知道他们的威力，无论什么样的言论，在他们的嘴里得到的永远只是否定。

很多人问过，我被否定会不会生气？以前会。真的会。毕竟自己辛苦整理的知识观点，分享出去却被别人三言两语全盘否定，感觉自己的努力没有得到回报，特别沮丧难过。也是这样的原因，每次我遇到这样的情况都想竭尽全力和对方解释。

当然结果是谁也说服不了对方。为此，我一度陷入一种焦虑之中——到底该怎么样说服对方。毕竟，我觉得我的观点很重要所以急于传达，并认为自己的观点是唯一正确的，对方怎么可以这么"愚蠢"呢。

02

后来有一天，我一个朋友看到我在网上与人争辩的状态，于是提醒我，说我正处于一种焦虑之中。他没安慰我，而是问我："你觉得你的答案是唯一正确的吗？或许对方也是这么认为的呢？"

那一刻，我突然意识到，其实我的做法或许真的也没什么用。或许，更真实的感受是：我觉得对方在抬杠，而对方却觉得我在抬杠。

无形之中自己也成了抬杠的一分子。这么一想我就释然了。但是另一方面，我作为一个抬杠分子，也有了一点儿感悟——

当我在和对方抬杠的时候，我全身心的注意力都在说服对方这件事上。为此，我不仅消耗了自己的时间、精力，还坚持自己的观点是唯一正确的，甚至排斥除了我自己的答案以外的任何可能性。

在成为抬杠分子的过程中，我已经放弃寻找其他答案，放弃成长的可能。

03

客观和执拗往往就在一瞬间。

其实，知识观点总是在不断更替的。最初，我们的先辈相信地球是平的，那个时候这个观点是真理。

后来，毕达哥拉斯提出"地球是圆的"，麦哲伦则想以环球航行证明我们生活的地球是球形。刚开始麦哲伦就像很多人眼里的疯子和傻子，就像一个充满笑话的"杠精"。然而，后来他成了英雄。

但是最早提出这一观点的毕达哥拉斯也不代表着全对。他持如此观点仅是因为在他心中圆球是最完美的几何体，没有科学论据支撑。

我们会有谁始终站在正义的一方且代表绝对正确的观点吗？不可能。

如今，听说国外又有人开始讨论"地球是半平形的"，并且这种观点被越来越多的人相信、认可。我们觉得这种观点很可笑。但是，从更理性的角度来说，我们该如何证明他们是错的呢？

我们很难证明。如果去网上搜一下，"地心说"的信徒如今数量已经很庞大，并且其中不乏精英分子。他们出书，派团队去实地探究，用最先进的仪器去测量，并且拍成纪录片，回答了一切你能想得到的反驳观点……如果看了这部纪录片，大家大概也会有一百万分之一的动摇：或许，地球真的是平的？

可能在未来多少年后还有更先进的知识理论体系告诉我们，如今的想法是对还是错。

04

这就是科学，科学本来就是不断进步的，而不断进步的过程，就是否定过去的错误，建立较为先进的科学观点的过程。

那么在明白这一点之后，我就明白了：自己所表达的，一直都是我个人认为的正确。我不能代表所有人，也不能代表唯一，只能代表自己。

当然，这不是妥协，也不意味着我因此就要放弃坚持自我，而无条件地去认可他人。

我们都有信仰——就是我们相信的正确。

你们也有，对吗？譬如，当你们了解所有的理论、观点、看法后，对于"地球到底是不是圆的"也会有自己的答案。

大家相信一个观点，不代表这个观点一定是完全对或错的。它只是我们认可的观点。这些点点滴滴的观点，就形成了我们的"三观"——

A 相信学历不代表一切，也相信没有好的爹妈靠自己也可以。于是，A 会去努力提升自我，让自己做得更好。

B 相信学历决定人生，家庭决定人生的高度。于是，B 会坦然接受自己当下的生活，并且认可自己的当下。

A 和 B 认可的观点就是他们各自的"三观"。而这"三观"就决定了他们人生的方向。

没有对错高低之分。实在不必抬杠。

58 走捷径的人生，真的会好起来吗？

01

网上曾经有个新闻影响挺大，2020年5月21日，有一姑娘打算通过成人自考报考曲阜某大学的时候，却发现自己的学历信息已经是山东某大学的专科学历了。

5月22日，她向相关部门进行举报。

5月26日，相关部门成立调查小组进行调查取证。

6月3日，山东某大学在官网发布公告："确认冒名顶替入学情况属实，给予注销学历的处理。"

之后，该新闻逐渐登上了新闻热搜，成为大家关注的对象。

那么，那个费尽心思，似乎手眼通天，轻而易举地霸占了他人机会的假冒者，在干什么呢？

经调查，她彼时是某县街道办事处工作人员。

这件事曝光后，她受到了应有的处罚，事件的相关人员也被调查处理。

这笔账到底划不划得来？

02

这个捷径，你们要不要？

反正我不要。

假冒者为了顶替别人，放弃了自己的姓名，也放弃了自己的全部，顶替了学历，身份证号也只能使用别人的。而做了这件事，也就意味着假冒者永远不能见光。她不敢升职，因为这意味着要面对更严苛的审核；她不敢太出名，因为这意味着人生面临被透明；她或许连自己的中学同学都不敢见，因为这意味着别人会对她的新身份感到困惑，面临着曝光的可能性。

如今，她连自己叫什么都忘了吧？顶替一个人，也就是放弃了自己，替别人活的滋味好受吗？

且不说她毁了别人的一生，难道她自己的一生没有被彻底毁灭吗？做一个注定一辈子见不得光的人，真的会快乐吗？

03

16年前，那场高考，假冒者没有考好，落榜了，于是她和她的家人便开始想尽一切办法争取一个机会，不惜从别人那里得到。

如果当时不造假，不顶替身份，不去做这一切，她有没有其他的机会呢？通过复读，或者通过自考深造，还是能够取得今天的这番成就，甚至，可以比现在做得更好，底气更足，不是吗？

学历造假，违规升学，假冒学历……当事者选择了一条错误的道路，哪怕她再有才华，她的品德也已经蒙上了灰尘。

既然有能力光明正大地获得想要的一切，又何必去偷别人的呢？

04

想走捷径的本质心理是特权崇拜。

走捷径的字面意思就是抄近道、插队，就是明明老老实实排队，终究也是可以的，但是偏偏要占着别人的机会。他们不是不知道这样做有错，而是相信这样做没关系。这才是最可怕的。他们了解规则，懂得规则，甚至运用规则，但是，他们却不敬畏规则。

其实，靠着自己的成绩上大学，假冒者们做不到吗？能做到。但是他们为什么不愿意去努力、去奋斗呢？因为他们认为自己有特权，相信自己可以依靠特权，于是放弃了努力与奋斗。

依靠特权，只能滋生出堕落与依赖。

他们赢了吗？他们的人生值得羡慕吗？当尝过走捷径的欢愉，他们就放弃了对于"奋斗"的认可。他们最后还是成为权力的寄生虫，连当时并不需要特别高分的专科学历都要造假，甚至为了从事一个普通的职业，都要费尽心思玩弄权力。

机关算尽太聪明，反误了原本属于自己的锦绣人生。

05

请相信，一个人骨子里的精神是无法假冒的。

姑娘的人生尽管被假冒，被摧毁，但是她依然没有放弃人生，没有放弃努力，也因此，才有了重新求学的经历，才有了真相大白的时刻。

请相信自己。

不要在遇到困难的时候轻易地找那些躲避的方式，那些可以让自己轻松但是又明知不对的"捷径"。

不要在遇到不公的时候轻易地认输，认为是命运不公。相信自己，相信自己能做到。

请不断地进步，这是我们保护自己最有效的方法。

只有自己足够闪耀，才能保证自己不被恶意伤害。之所以没有人敢假冒高考第一名，是因为他们知道更有被人揭穿的可能，滥竽充数者的成功往往是因为他们冒充的只是众多人之一。而故事的最后，充数者悲剧的到来，是因为他要独自演奏，展现自己真正的实力。

新闻里姑娘的悲剧是真实的，她的成绩被人夺去了，她失去了获得更好人生的机会，但是过了16年她还是没有放弃拥有更好人生的可能。她没有被打败，也没有向命运认输。

我相信，她的未来，必将会有属于她的精彩。加油，未来可期。

59　人生的痛苦就在于总是想替别人选择

01

任何情况下，我们都只有选择的自由，而没有改变别人选择的能力。

有个朋友和我聊天，她谈到自己的男朋友有赌博的恶习，把工资都输光了，现在每天都花她的钱，也不出去工作，还找她借钱。她为此很痛苦。但是，她相信男朋友会改。她说男朋友之前不赌博，积极向上，染上恶习主要是因为结交了坏朋友。

"我相信他一定会改的。我会帮他一起改。"

有个家长和我沟通，问我该如何教育他刚上小学的孩子，因为他的孩子不爱学习，一天到晚就是玩手机，如果不让玩手机，饭也不吃，就坐在地上打滚。"总不能饿着孩子吧，唉！道理也讲过，板子也打过，我们平时又忙，回家想要轻松一会儿，又遇上这么个小祖宗。你说该怎么办啊？"

看上去，这似乎是互不相干的两件事，但实际上，说的还是一件事。

想要改变另一个人，替他们做出选择。

希望男朋友可以选择戒赌，希望孩子可以选择放下手机。替别人做选择，是最难的一件事。

02

我问朋友："你有一个爱赌博的男朋友，天天生活在一起，那你想赌博吗？"她说不想。

"对呀，你选择了拒绝赌博。但是你男朋友选择了坏朋友，选择赌博，这也是他选择的结果。"

亲子关系也一样。绝大部分孩子即使不懂事，也会选择"模仿"，而模仿的对象，当然就是自己身边最亲近的人。

我问孩子的父亲："在家的时候陪孩子一起看过书吗？孩子做作业的时候你在做什么呢？"孩子父亲说玩手机、打游戏、刷剧。

我们都知道背英语单词会进步，但还是选择继续刷手机。这就是我们的选择自由。即使早睡早起这件事，每天对自己说了一万遍，早上睁开眼看着闹钟已经到了十一点，懊恼地想着自己的早起学习计划又泡汤了，可到了晚上，还是会忍不住刷着手机熬到后半夜。

我们知道怎样做是好的，但是这不代表我们都会选择这样做。

看，我们明明知道哪种选择是"正确"的，但我们还是无法为自己的选择做出改变。

更何况别人还没有认识到自己的选择有问题。

03

放任他人的选择，那他们岂不是会失败？

正是因为我们都曾经被火烧伤过，才知道该远离火源。

作为旁观者，我们都知道这个朋友应该选择离开男朋友，其实她内心不知道男朋友很难戒赌吗？如果不知道，她就不会这么痛苦了。

那么作为她的朋友，我该劝她吗？她的选择是靠过去的美好来麻痹自己，她也坚持相信男友会改……我的选择是倾听她的痛苦，并且陪在她的身边。

她相信自己的陪伴是对的，她相信自己能改变男友，而那个我们都知道的答案，她也知道。

我表达了我的观点，但是没有给她任何建议，并且告诉她我支持她的任何选择，即使她的选择是错误的。我希望她在这个时候，能感受到朋友的信任，当她遇到难以解决的问题的时候，不会因为觉得孤立无援或者害怕身边人的嘲笑，而做出冲动的选择。

至于他们的感情，她真的痛苦到难以忍受了，自然会选择放手。不是吗？

而至于家庭教育，孩子没有竞争意识，也没有意识到学习的重要性，那么当他作业没完成，或者考砸了，面对老师和同学时，他自然会明白自己玩手机的选择是错的。

很多家长总是过于担心孩子做出的选择，没有想过改变自己，不相信以身作则。于是一路代管孩子的选择权，以至于很多孩子直到上大学，还是认为学习"是为父母学的"。他们没有理想，对未来没有目标。不热爱自己的专业，学习更像是完成任务……他们从来不知道该如何为自己的人生负责。

04

听闻国外有一个很经典的墓志铭——

"当我年轻的时候，我梦想改变这个世界。

"当我成熟以后，我发现我不能改变这个世界，于是我将目光缩短了些，决定只改变我的国家。

"当我进入暮年后，我发现我不能改变我的国家，我的最后愿望仅仅是改变一下我的家庭。但是，这也不可能。

"当我躺在床上，行将就木时，我突然意识到：如果一开始我仅仅去改变我自己，我就有可能改变我的家庭；在家人的帮助和鼓励下，我可能能为国家做一些事情。然后谁知道呢？我甚至可能改变这个世界。"

中华文化用了更精练的词来说明——"修身齐家治国平天下"。

做最简单的选择题，不要企图改变别人的选择，而先要做好自己的选择。

60 "我不配"是当代青年最大的心理阴影

01

开学第一次给学生上课时,我讲完课程内容,给学生五分钟提问。当然,提出这个问题的时候,班里静悄悄的,没有一个人举手,甚至没有一个人抬头。这已经是熟悉的场景了。于是我把手机号写在黑板上,告诉他们,可以给我发信息。

没一会儿,我就收到了一条问题:"老师,你说的内容很好,我很好奇,你为什么可以这么自信?"

当时对这个问题的回答我不太记得了。但是看到这个问题总让我觉得怪怪的,又说不清楚。直到第二节课,我去巡查学生的上课情况。

我走遍整个教学楼,至少有二十间教室在上课。而我无论经过哪一间教室,都只看到老师口若悬河地在台上说,而课堂一片静悄悄。我意识到,怪就怪在这里了——

没有学生举手发言,没有学生提问,没有学生站起来质疑老师的观点。而所有的老师,包括我,也习惯了不提问,甚至主动建议用网络互动代替举手。这样看似贴心的举措背后,其实不也是在认可他们的"不自信"吗?

"我不敢举手,害怕说错了。""其他同学看着我,怪不好意思的。""万一我的问题很傻。"……

我意识到虽然我站在讲台上,却很久没有见过台下坚定发光的眼神,每个人都回避表达自我,每个同学都在极力隐藏自己的观点和看法。当我盯着某个学生希望能获得回应时,他们总是慌忙低头。"我不配"这样的微表情写在他们的脸上。

这是我希望培养出的学生吗?

02

我特别能理解不自信的感觉。

我小时候学习特别不好，即使很努力很认真，快把手指头掰断了都没有办法把简单的加减乘除题目做对。后来有一次公开课，老师特别在课前找到我说："你上课不要举手回答问题。"

那个时候我可能不太明白这是什么意思。但是，那一刻，我有了一种感受——我不配上课回答问题。从那之后我上课不再愿意举手。这种感受直到我学了体育，我妈和教练都给了我很大的支持。

当看到球向我砸来，我总是下意识躲避，这样凶猛的球我怎么可能接得住！然而教练要求我必须正面迎接球。"你不试试怎么知道做不到？你如果试试就会有百分之五十的机会成功，不试就完全没机会。"

刚开始的时候我失败了很多次，可是教练总是告诉我，去试着接下一个球。当我接住第一个球之后，我挺惊讶的。

那个时候，我有了一个想法：原来我不是什么都做不好，我是可以做到的。

03

我和一个朋友聊天。他从名校毕业，大学期间曾有一段很稳定的大学恋情。但是如今的他，却是孑然一身，回到了家乡，对自己的未来感到迷茫。

因为他也是一名体育生，很好奇，为什么同样是体育生的我可以"转型"成功，成为一名辅导员，似乎对于工作也很认可。

我和他一项项做了比较：他的毕业学校比我好，他的运动水平比我高，他的家庭条件也比我好，可以说他的起点就比我高很多。那么，各方面都比我好的他问题出在哪里呢？

"我觉得我是一名体育生，没有其他同学的专业好，没有别人优秀。既然我这么差，也就不想耽误别人的未来了。"因为这样的想法，他大学期间没有参加过任何一场社团活动和比赛，毕业没有去任何一家单位面试，因为他从最开始就认为，这些他一定得不到，所以试都没有试。他觉得自己配不上更好的一切。

"我不配"就像我们每次面对迎面而来的球时下意识的躲闪。

不去伸手，不是因为懒，不是能力不够，而是不相信自己。

04
如今,"我不配"成了越来越多青年人的心理阴影。
"我第一学历那么差,肯定找不到好工作!"
"我不如她厉害,这个机会一定轮不到我。"
"虽然我很喜欢,但我又不是这个专业的,肯定学不会。"
"他们都是专业的,我只是业余的,肯定比不过他们。"
……
在还没有尝试的时候,就被"我不配"而打败。

05
这是学校和家庭的问题,也是每个人自己的问题。

老师总是用条条框框要求学生,只希望他们得出"正确"的答案,而去否定所有的"失败"和"错误"。这是忘了教育的初衷,教育者本来应该在学生不断尝试的过程中给予他们指导和帮助。

家长总是不相信孩子,代替他们做出选择,始终把他们束缚在"被管束"的状态中,始终否定他们的独立意志。"你得听我的,我才是对的。"这样的言论使得孩子越来越"听话",也越来越认为自己不配做选择。

然而,这些都是外在的问题,我们可能会在潜移默化中被影响。但是当我们意识到这一点之后,就可以为自己做出改变。

在课堂上,举起手,大声地和老师面对面沟通,进行正常的交流、回答,和其他同学进行目光交流,甚至与志同道合者站起来加入辩论……在家庭中,和父母沟通,表达自己的观点,阐述自己的职业目标,然后为此努力。

在做任何事之前,不要急于否定自己的能力,不要认为自己"肯定做不到",而应该努力尝试。尝试是一个极其漫长的过程。求职的过程先从着手规划一份简历开始,锻炼身体的过程先从一次早起开始,参加比赛先从一份报名表开始。

在每一个开始都认真付诸行动后,你们会发现,这些并没有那么难。

人生并不是写好的剧本,没有人注定是"配角"。

配不配,不是别人说了算,而是由我们自己来决定。

61　爱情第一课，你要学会接受"不爱"

01

几年前，有天晚上十点，保安给我打电话，告诉我有个学生翻墙头被发现，是我的学生，让我去领人。

我火急火燎地开车往学校赶，在半路上，又接到另一个同学的电话，也是说这个翻墙头的学生的事。原来两人之前谈恋爱，交往了一阵，女生觉得不合适，就提出了分手。男生从那天开始不停给女生打电话、发信息。结果当天晚上，他给女生发了信息，貌似要寻短见。女生看见后，赶紧给我打电话。

看似男生挺长情吧。

可他们谈恋爱连三天都不到。

我领学生回来，问他："你这是不是有点儿绑架对方了？谈恋爱本来就是一个磨合的过程，谈得不合适就分开，人家不也是好好和你说的吗？你这一下倒好，不给人家一点儿自由，只要你喜欢，人家就没有拒绝你的理由，拒绝你你就用生命威胁对方，人家女生要被你吓死了。别说和你谈恋爱了，她还敢和你聊天吗？"

一听这话，挺大个儿的一个男生哇的一声哭了出来："老师，我不敢想以后离开她人生会怎么样！"

前两天，我刚刷到他的朋友圈，结婚纪念日，又在秀恩爱啦。当然和那个女生无关了。甚至，我猜他都已经不记得这段 72 小时都不到的恋爱。

第一次恋爱，激动点很正常，可也不能太激动。别忘了，人与人之间基本的交往原则——拥有选择的自由。

接受不爱这件事，或许是爱情最值得学习的一门课。

02

作为一名在大学工作十多年的"老"辅导员，我发现一个规律——大一的学生特别喜欢谈恋爱，但是他们不会谈恋爱。

大一学生刚进校的时候，就会有速成 CP，然后是军训 CP、食堂 CP、早操 CP、占座 CP、晚自习 CP……然而这样的 CP，成得快，分得也快。毕竟在一起的初衷就不太成熟。

然而，或许是因为没有过多的感情经历，所以在第一次对待感情的时候，总有一些同学表现得不太理智。而这，往往会造成另一方无限的困扰。

因为想时时刻刻在一起，就会为爱情而旷课，然后每天花生活费去逛街。

为了证明自己的爱情伟大，男生会模仿电影里的情节，半夜出去买栗子，甚至觉得为了女朋友，翻墙头被保安抓到记一个处分也是伟大的。女生也有类似的情形，好几次在上课期间，我发现女生埋头折纸、打毛衣，就为了进行自己爱情的表达。

这样的爱虽然义无反顾、轰轰烈烈，但细细琢磨，会发现没有任何实质表达和交流，表面上两个人始终停留在吃喝层面，其实情感消耗极大，很容易产生厌倦感。然而他们总是隐藏自己的真实感受，对于"不爱"，没有正确的表达。

而这样日积月累，小问题也攒成了大矛盾，直到他们走到分手阶段，那就很糟糕了。

03

只是表达情绪，而没有表达自己的看法。

只注重自我的满足，而没有考虑对方。

只是想着拥有，而不去思考为什么失去。

……

以上这些，是我和很多第一次谈恋爱的同学聊天之后的感受。

第一次谈恋爱，这样的体验带来了很多的新鲜感，也带来了一些新的感受。失恋就像是新生儿的断乳期，从美好的感受里脱离让很多人受不了，会下意识地沉浸在这样的情感关系中不愿离开。这是正常的心理感受，这也是成长的必经阶段。

其实，很多同学真的就认定了对方是"一生一世"的良人了吗？大部分同学谈恋爱，就是一起吃饭逛街看电影，既没有谈过人生理想也没有谈过诗词歌赋，连老师布置的作业都不做了，只是纯粹在体验这段"专属陪伴"的感受。

打开手机聊天记录，有没有对未来、对自我、对梦想、对彼此兴趣爱好的讨论呢？

看，这就是分手的原因。并不是因为你的好与不好，而仅仅是因为不合适。

04

不合适，所以结束恋爱关系，这就是正常的选择项。

被分手的同学往往无法接受，但其实，他的内心未必没有想到这样的结局。只是他还是沉浸在这样的情绪状态中。

对爱情的期盼使很多同学觉得自己与众不同。其实，我们刚刚离开父母上大学的时候，都会有类似的依恋感，所以刚开学的半年，会想家想到哭泣。

每一个阶段，都有它的美好。

分手后可以学着爱自己，而不是强求别人爱你。更何况，一旦分手，就自暴自弃，仿佛自己不再爱自己，别人就会爱你了。这样的逻辑，你们是不是觉得很傻？

你们会爱上那个自己都讨厌的自己吗？答案是不会。

同样，你们的喜欢，也仅仅是你们的喜欢，这是你们的自由，但是你们不能强求别人同样喜欢，否则，这就是自私。

爱情让人成长，不仅要学会爱，更要学会接受不爱。

62　劣币会驱逐良币吗？会！当你选择做一个旁观者

01

"劣币驱逐良币"原本是一个经济学名词，大致意思是消费者喜欢保留储存成色高的足值货币（良币），使用成色低的足值货币（劣币）进行市场交易、流通，久而久之，良币逐渐退出流通领域，劣币反而充斥市场。根据我查找到的最早的文献资料，英国人托马斯·格雷欣发现并总结出了这一法则，于是此法则又被命名为"格雷欣定律"。

这个专业名词，我记得大概是在 2016 年，开始在网上一些文章里出现。从那个时候开始，这个经济学名词又被赋予了其他的含义，有关人性——坏驱逐好，恶意驱逐善良。

每天都有很多新的文案出现，新的名词被赋予崭新的含义。一个词可以迅速火起来，并且持久延续下来，传播非常广，本身也说明了它得到了许多人的认可，大家都认为"确实如此"。

02

排队等车的时候，插队的人不仅上了车，而且获得了座位，于是，没有人再愿意遵守排队的纪律，因为好好排队就会坐不上车。

单位里，努力用功的员工被忽视，而阿谀奉承擅长拍马屁的员工却被重用，最后整个单位里只剩下那些不干活却空耍嘴皮子的员工。

学校里考试作弊的同学会获得高分，而认真复习的同学却不能获得高分，由此，大学校园里人人都开始作弊。

……

这样的例子有很多。而你们读每一条时，是不是都代入感很强地说："是的！没错！就是这样！"

已经开始生气了是不是？

大家都觉得这样的情况实在是太糟糕了，每个人都深受其害，并且为此痛苦。这样的痛苦，我当然也可以感受到，但是，我在思考一件事：我们的痛苦，是如何造成的呢？

因为劣币太多，良币被驱逐，所以痛苦，对吗？

那么请问，你们认为自己是什么样的角色呢？是良币，还是劣币？

大部分人对于自己的定位，是一个"旁观者"，一个"评价者"，认为自己是游离在两者之外的。

然而实际上，我们每个人都是参与者。

03

很多人和我说，他们不得不向现实妥协，与劣币为伍。这样的人认为自己已经成了一枚劣币，"不得不"跟着一起抢座位，"不得不"学着阿谀奉承，"不得不"学着考试作弊，去获得高分……

当然，"不得不"这样的动机说法无论多不合理，至少他们承认自己是制造了"劣币驱逐良币"局面的因素之一。

然而，更多的人选择成为一名旁观者，认为自己没有参与其中。他们其实已经做出了选择。

就像之前聊到的冒名顶替的事件里，当时有记者对这一事件进行调查、采访，有一个角色很有意思——顶替者的同事，面对记者时，有的是这样说的：

"这个事（举报）做得太绝了，之前怎么不商量商量怎么做呢，做得太绝了。"

"不该弄这么绝，把她撤掉了，你们（被顶替者）能上去（工作）吗？现在属于两败俱伤，应该提前协调。"

这样的言论看着令人心寒。但是这样的言论，也正说明了发言者将自己定性为"旁观者"，认为这件事完全和自己无关，并且在潜移默化中，他们也认可了劣币驱逐良币的行为。而良币的反抗，对现状的打破，在他们看来，反而是一种错误。

他们自认为是旁观者，甚至他们本身可能也承受着被劣币驱逐的痛苦，但是他们却还是选择对这种行为的默许。而接下来，默许或许就会成为认可，再然后……

有个网友曾经和我说他对于学术造假特别厌恶，他说自己辛苦得来的学术研究成果却无法获得认可，甚至被他的领导轻而易举地窃取了，并且没有署他的名字。他说自己是被驱逐的良币，他为此痛苦。我和他聊了很久，给他加油鼓劲。

两年后，我偶然翻到一个新闻，某学校的老师被曝出学术丑闻，抄袭学生的论文。结果一看名字，和那个网友的网名是一样的。我希望那只是巧合，毕竟他曾如此才华出众，不该如此。

劣币本是良币，却最终选择了从良币成为劣币。多少劣币的言论是：我原本……但大家都这么做，所以我也就……

04

这才是"旁观者"心理最可怕的地方，总以为事不关己，然而，实际上，自己却做了导致事件恶化的一分子。

插队的人，最初也畏惧大家的指责和声讨。

溜须拍马的人，最初也担心遇到实力比拼，被人耻笑。

作弊的同学，最初也担心被老师发现，被同学鄙视。

劣币驱逐良币的过程从偷偷摸摸到光天化日。他们做出了违背正常秩序的行为的时候，那些旁观者在干什么呢？保持沉默。

于是，劣币驱逐良币，大家便习以为常。现在，插队的人被称为"我弱我有理"，没有实力的人叫嚣"我们家几代的努力，凭什么比不上你的十年寒窗"，而校园作弊更是一言难尽，甚至很多人不再认为这样的行为是错的。

到最后，一些良币站出来想要与之抗衡，反而成了被攻击的对象：别人抢了你的学历，你就应该坦然接受这件事，为什么要说出来呢？你已经被驱逐了，何必还要来找劣币的麻烦。

这样的心态只是一个极端的例子吗？我曾在网上看到一则扶摔倒行人后被讹的新闻，有这样的评论"还不是怪你自己不带着手机记录，怪你自己多管闲事，活该！"当我们有这样的想法，哪怕是一瞬间，也说明了，劣币心理正在我们的内心生根发芽。

对恶的漠视和对不公平的习以为常才是真正的劣币驱逐良币心态。当所有人都这么想的时候，就是劣币真正胜利的时候。

那么，你们知道自己的存在有多重要吗？

当你们不再对别人的不公视而不见时，当你们对自己内心小小的恶意大声说"不"时，就是在坚持原则。坚守底线的良币越多，劣币就越没有生存的空间。

63　"小聪明"只会毁了你

01

有个学生毕业两年了，问我可不可以拿到结业证，至少能证明他的学习经历，好找工作。

上了四年大学，毕业证、学位证全都没有是很遗憾的事。可明明他刚进校那会儿，高考成绩是排在班级前三名的，个子挺高，长相帅气。当时好几个老师上过课都记住了他，到办公室谈到他都会竖大拇指："这学生要好好培养。未来可期啊！"

未来可期吗？不久前班上同学介绍他应聘商场导购员的工作，因为学历他被淘汰了。

大学四年他都干什么了？

他以自以为是的小聪明，把大学生活安排得满当当的：觉得自己长相不错，找了兼职模特儿的工作，站一天能赚 100 元；晚上宿舍断电就花 20 元包夜去网吧；谈女朋友，每天吃喝逛街，也是潇洒。

结果就这样旷课还夜不归宿，辅导员找他谈了几次话，告诉他，每月就算站满 30 天，也不过 3000 元。以他的能力，好好干，以后月薪上万是没有问题的，不该只看眼前。之后辅导员告诉他旷课的严重性，他不听。对了，后来学院给他下了学业预警通知，跟他说必须来上课。

他这才不情不愿按时上课，后来每天上课就是趴着睡觉。体育课办免修，他不知道从哪里弄来的病历，连体测都免了。那个时候，大家看他眼睛里都是羡慕，觉得他把老师都耍得团团转，什么好处都捞得死死的，简直就是人生赢家。

人生赢家到了期末翻车了。大概是听说大学考试太容易，复习一周，他全在外面做兼职。后来上考场，发现试卷上一道题也不会。有意思的是，监考老师觉得他是刺儿头，考试迟到也没和他计较，发现他翻小抄也只是没收了小抄，敲敲桌子警告，他又总是前后张望，抓耳挠腮，如此几次来回，老师收了他的试卷，让他提前离场了。收上来的试卷几乎是空白，任老师如何"捞"也无济于事。

一学年挂了 11 门课。当时他的家长不信，还来学校查了试卷。一整面空白卷，老师还给了 20 分，是平时分。

他聪明吧？真聪明，也是小聪明。

02

后来留级，他做了我的学生。

我和他聊过几次，感觉他真的思维敏捷，如果好好培养，自有好的前程。

可有些事，自己要是想不通，谁帮忙都没用。就是这么连拉带扯，到了大四，他不知道听谁说，大四的论文随便写写，一般都会过。于是每天玩失踪，指导老师每次开会，只有他不出现，最后我们又一次次找到家长才通知到他交论文。

论文查重率 98%，除了名字是自己的。

论文指导老师拿到论文的时候都快哭了，如果这样的论文能让他通过，那真是天理不容了。

就这样，论文未通过，又有好多学分没修满，最后毕业证、学位证都拿不到。他以为自己长得可以，能把模特儿当主业，到了北京、上海、广州，才发现自己的水平和专业的差距不是一星半点。后来听说他为了不上体育课自己办的病历，导致他想要去当兵也不行。

他当初的小聪明把如今的前程都堵得死死的。

03

有人说，我总喜欢说一些老掉牙的道理，就是个煲鸡汤老手。

真不是道理老套，也不是我落伍了。而是因为道理就是这么个道理，没那么多新花样，可总有太多的年轻人不愿信，不想听。

其实那些自以为是的小聪明真的能骗过老师吗？你们看身边同学的那些小动作都看得一清二楚，何况老师也都做过学生呢。

古时有"伤仲永""拔苗助长"的告诫，也有"铁杵磨针""愚公移山"的建议。这都是经过历史检验的经验之谈呀。

当老师多年，我真的想要对同学们说一句话：

你们很聪明，但如果把聪明放在琢磨眼前、琢磨偷懒上，那就是小聪明。而小聪明也是有代价的，代价就是你们的"无限未来"。

64　出发，这事就成了

01

坦白。

我有一天对一个学生发火了。

我还说了特别过分的话。说完以后，学生把我拉黑了。

我是这么说的："你别想了！你这样肯定一事无成，这辈子什么都做不好！"

而这位同学其实一直对我很礼貌，只是向我咨询关于出国留学的建议。

第一次询问的时候，他告诉我他大四，自己想要出国深造，因为认为自己的专业前景不错，而目前这一领域空白，有很好的发展潜力，询问我该不该出国。我觉得他的想法很成熟没有什么问题，表示了赞同，并给出了我的建议。

第二次询问的时候，他已经毕业了，在家，没找工作。他还是咨询我是否应该出国留学，他在考虑是出国更合适还是工作更合适，当然他还是想出国。

第三次，他问我该不该出国，不确定出国留学和考研哪个好。

第四次，他问我该不该出国，不知道出国留学的含金量到底怎么样。

第五次……

四年，他问了我十一次。在第十一次的时候，我忍不住和他说了那些话。

四年，我带的学生从大一到毕业。他们中有人考上了研究生，有人找到了好工作，有人出国留学，当然，也有考研没有成功的，也有找工作失败的，也有出国留学遇到挫折的。

但是他们至少都去做了。而只有亲身去做了，才知道做得对不对，做得好不好。

出发，永远是最有意义的。

02

我见过太多这样才华横溢的少年了：他们有梦想，有智慧，有健康的体魄，有美好的青春。在他们的身上我看到了所向披靡的希望。

然而，他们从来没有实现过。不是没有失败的机会，而是根本就没有面对失败的可能。

有个同学和我说，他爱好素描，可是父母不同意，所以才学了金融。我说大学的时间很多，他可以趁着空余的时间自学。这段对话过去了快十年。前几天我在朋友圈看到他依然在感慨抱怨：如果当初不听父母的话，而是坚持理想，该多好啊。

可明明他的父母已经很久没有阻止他再拿起画笔了呀。原地踏步的那个人，已经成为他自己。

我的一个同事，也就这么没来由地有了兴趣。她是一名辅导员，有一天她正在核对学生的银行卡信息，看到卡上的新颖图样突然有了学画画的念头。而那个时候的她，连素描和油画的区别都弄不清楚。她向我们展示的第一幅画，是一只小狗，可是我们没有一个人看出来那是狗。

但是当她想要做的时候，她就认真去做了。因为工作，她没有办法像在校学生那样报辅导班，于是她就自己买书，买网络课程……她画画没有任何目的，就是想去做。是因为热爱吗？好像也不至于。但就是这样一天又一天坚持画。

我后来建立公众号想要在网文上加封面，可是又怕网络图片侵权，而我也不具备成立一个团队的条件，正在苦恼时，正好看到她的画。于是，我有了一个免费的封面插画师。

后来，我的一个在企业宣传部门的朋友对这些画产生了兴趣，于是问我能不能将作者介绍给他们。以后的事，谁说得准呢。

虽然不是立刻有了什么了不起的合作机会，但是，这不就是大家口口声声说的资源积累吗？

03

其实，我们想做成事，最难的不是计划，而是实施。有的时候想着下楼去买个西瓜吃，我们会想很久很久，想好可以避开骄阳的完美路线，想好行程途中顺便丢掉垃圾，去拿快递，甚至想吃到的西瓜汁的滋味。

然而，即使想到口水流一地，这样的欲望，这样的动机，都不足以让我们发生变化。

真正的改变，就是从站起身，从鞋盒里拿出鞋的那一刻开始。

那个时候，我们心里就有了喜悦感——

这事，成了！

65　爱惜自己的羽毛

01

有明星因为代言一款理财产品，在该理财产品陷入资金问题遭遇信任危机的时候，被消费者拉起横幅点名要求负责。

当然，大部分人都明白，他们只是为产品做了广告，并非商业运作的实际操作者和控股人，金融产品和他们无关。但是，明星确实为此代言，这点是肯定的。其实很多购买产品的消费者不懂自己买的产品到底是用来干什么的。但是他们信任名人，这就是商家请明星做广告的原因。

信誉是每个人身上的羽毛。这羽毛如今受到了质疑，也是因为自己当初做出了错误的选择。

镇长为家乡的产品代言，消费者选择的就是一个公信力；农民为自家的果子代言，消费者图的就是一个真实可靠；企业家为了推销自家产品站在屏幕前的时候，不如明星好看，不如网红流量高，可是很多人却一下子燃起了对于"本土品牌"的信任。为什么？因为消费者信的就是那份愿意将个人信誉和品牌信誉捆绑的担当。

其本质就是拿你身上的羽毛去换取大众的信任。

我们之所以说羽毛珍贵，就是因为羽毛一旦有了污点，就很难再恢复了。这也就是为什么很多明星一旦有了一点点绯闻和大事件，商家就会取消他们的代言。

你的信誉比你这个人更有价值。

02

"爱惜羽毛"这句话是我的一个朋友的口头禅，她是开二手包店的。

收购别人的二手名牌包，清理修复后再重新卖出。她的店刚开业的那几年生意并不好。因为大家都觉得，二手包的质量一定会有问题。

当时他们那儿附近街区其他几家店生意都很不错，两三年都开了分店。我说："你要不要去问一下经验？"她苦笑着摇摇头："他们那是不爱惜自己的羽毛，会吃亏的。"

原来，他们从网上以低价购进一批假货，然后用正品的包装盒装饰，冒充品牌售出。这样一来，他们的利润就相当可观了。和他们相比，朋友的店总是门可罗雀，我们看着也忧心。

有朋友劝她不要死脑筋，她却看得开："我选择这一行，是因为我觉得做包和做人一样。品牌之所以成为品牌，自然是因为它们坚持品质，坚持原则，爱惜自己的羽毛。"

我这个朋友看得开吧。然而第二年她的店便倒闭了，因为她真的交不起房租。顾客真的不知情吗？也不是，顾客也知道另外几家店的质量"掺了水"，可是架不住便宜呀。所以，顾客都真心称赞朋友的品质和服务，但是都去另一家店买单。

毕竟这是现实生活呀！

可是你们因此就认为这事就完了？也不是。前几年，实体店遇到了"寒冬"，其间，好多店铺倒闭了，我这朋友却没受什么损失。而这个时候，大家纷纷做起了线上生意，我这朋友一下就火了。因为没有房租和其他支出，大家的价格就差不多了。可是面对同样的牌子和差不多的价格，大家更愿意选"不用担心被坑"的店。而原来的那几家店却早砸了自己的招牌，如今无人光顾，几次试水无果后纷纷转行了。

顾客心里也有数，早把朋友的联系方式存下了。如今朋友的生意有了起色，前几天她还请我们吃了一顿小龙虾，饭桌上她笑眯眯地说："看，我这身羽毛，可都好好的呢。"

03

新媒体的风口喊了好几年了吧？

我2013年开始注册微信公众号，2019年拍短视频。后来，也有一点点"粉丝"了。

说句实话，确实有几个商家来找过我。可是我到最后还是没有接广告。当然，不是说这些商家不好，其中不乏一些大品牌和知名产品，可是我想了想，最终还是拒绝了。

我是个普通人，也有很多想买的东西，也想要赚好多钱，有机会发财我真的会心动。可是商家为什么找我做广告呢？需要我怎么做广告呢？

我肯定需要这么说："这个产品我用过，我觉得好。"这产品我真的用过吗？没有。那我就推荐书。可推荐的书我自己都没时间看，我也没有因为这本书改变自己的人生，我如何推荐？

我是个老师呀。我身上的羽毛是什么呢？难道让我和学生说，自己看了一本人物传记，于是考上了研究生，然后考了教师资格证，得到了大学辅导员的工作？但我明明是靠一本本艰涩的教科书才做到这些的呀。

我身上的羽毛与其用来换钱，我更希望能用它们来换点别的。当我在传递真正的信息时，我想用它们换来人们对我毫无保留的信任。狼来了的故事大家都听过，我们的每一句话，都可能是羽毛的代表。

当然，有些人会说："你这样的情怀不适合我。我要走商业化路线，我要赚钱。"那么这些人就更应该保护好自己的羽毛了！

奥林匹克运动会冠军之所以能代言某商品，因为他们是冠军。

羽毛也有价。我们什么时候用，应该取决于我们。

而我们也要保护好我们的羽毛，或许有一天，我们会需要它。

66　差点儿意思

01

别说只有我在乎那点"意思"。我有的情怀和坚持,你也有。

有个朋友建议我不要写教育类的文章,不要把自己定义为一个老师,让我的语言变得再生动一些,这样更容易"出圈"。写明星八卦容易"火",可是这样的火对于我有帮助吗?没有。

我也想火,但是我更想搞教育,如果有一天我真的火了,我希望是和教育捆绑的。

这不是情怀,而是对于选择的坚持。

02

有个读者说:"我觉得你很好,就是不知道哪里差点儿意思。"

有一天,有个读者突然在后台和我掏心掏肺地唠上了,大意是关注我好多年了,每篇文章都会习惯性地打开来看,一直认可我的观点,觉得和我是那种"三观"一致、能做朋友的关系。然后他就对我为什么没"火"这件事感到惋惜。

他给我提了好多条建议,说得我的眼泪在眼眶里打转。他看得是真仔细,好多文章我都不记得了,他还能拿出其中的一些词句,给我提建议。我真的感动。真的。他比我爸妈做得还好。

我爸妈当初和我,建了个"一家亲"的微信群,后来我每天都把写的文章发群里,发朋友圈。

03

有一天,我在家用我妈手机帮她抢话费,发现她把"一家亲"微信群给屏蔽了。我心里有点儿不是滋味,因为"一家亲"群建立之后,基本只有我一个人坚持每天发文章。我以为爸妈看我这样主动给他们分享自己的感悟，他们会开心、会欣慰。然而我妈把我屏蔽了，面对我的质疑，我妈耸耸肩，皱着眉头说："哎呀！看不下去。你怎么话那么多呢？每天熬夜写这么多，又有什么意思呢？"

现在一到家他们就希望我看电视、玩手机，生怕我和他们聊天。因为我只要抛出一句"最近我写的文章，你们觉得有没有什么意见……"他们就心虚，可能怕我让他们"默写全文"吧。

其实他们只是觉得女儿在做一件没有意思又很苦的事，好像在难为自己。有些人觉得有结果才有意思，可我觉得过程本身就有意思，结果顺其自然。

04

学生说："老师，你说，我是哪里差了点儿意思呢？"

我有个学生，有一天突然跑来找我谈心。他大学的时候参加创业比赛获了几个小奖，就觉得自己是"老天爷赏饭吃"。毕业以后就想自己创业，他倒是能吃苦，折腾过不少行业。但几年下来总觉得自己和大学时比差点儿意思。

听说卖服装赚钱，他跑去进了一大批衣服，然后租了一个门面，吆喝了半年，没赚到钱。后来他听说卖小商品赚钱，又把衣服清仓，跑去背了十几麻袋小商品，白天在店里卖，晚上出摊卖，就这样过了半年，赚了一些钱，但是他还是觉得赚得太少了。后来他又听说做直播带货是风口……

他觉得自己很努力了，身边人也是这么评价他的。到底哪里不太对呢？他总说，自己的定位不准，所以要不停地尝试，要改变定位。

我就给他讲了两个坚持了很久，付出了很多才创业成功的人的案例。我跟他说："他们这样努力也花了很久的时间，才获得成功。"

然后我看着学生："你，才坚持了多久呢？"

人们都说大学是小社会，学校是以建造模型的方式缩小各类社会活动，让大家感受这活动大致是什么，但这是微缩版的。模型还讲求 1∶2000 呢，创业活动的时长、难度、竞争对手等级按 1∶100 可能才算写实。

社会和大学更大的不一样是，没有人告诉大家淘汰的标准和成功的标准，所以，到底是"成功"还是"失败"，其中的意思，还得自己体会。

05

教练说："觉得差点儿意思就是火候不到呗，火候到了自然就好了，急什么呢？"

我小的时候练过一段时间武术，每天踢腿300下，下腰撑10分钟，侧手翻十多米，每天来回翻四趟。一个劈掌亮相的动作3岁的我练了3个月。不是我笨，是大家都这么练。光瞪眼这个动作我们每天就要练好几十遍。这就是最简单的基本功。我的一个师姐，那个时候已经可以打出一套行云流水的组合了，可是每次比赛，教练总不让她报名。她急了。教练也不解释，就一个字——练！

后来我没有坚持练下去，但是我如今看电视上那些练家子的动作，却也能咂摸出些味道来。

有次看电视转播体育赛事，我看到一个熟悉的身影，但不敢肯定。电视解说员的声音响起："这次的比赛现场环境有点复杂，现场观众的情绪似乎也很高，这对于运动员的心理来说真的是一场考验啊！不过这位选手目前来说，都保持得很稳定。我很看好她……"一套武功动作，行云流水，即使是个对武术并不了解的"门外汉"也能感受到那份气场。

现在的演员演武戏，尽管抠图技术再怎么厉害，大家只要看最后一个亮相，那杆红缨枪在手上，晃了那么一下——气势就是弱了那么两分就露馅儿了。没办法，这就是基础没打牢。

没有基础，没有实力，你们再换人设也没用。偶像派和实力派，一个就图眼前，另一个追求的是长远。你们撑得住火候，就撑得起久香。

昙花一现的热闹我们见过太多了。

06

那是不是只要坚持，我们就一定能成功？

这个时候，我会和学生说一说历史上造就经典的名人。

我记得凡·高离世的时候大家还在骂他是疯子，没人欣赏他的作品，还有陶渊明、莫扎特、卡夫卡……经典就是经典，只是作品的成功和人生的成功或许并不如咱们同学所认为的那么简单直接，因为每个人的追求并不相同。

我说这些不是悲观评价，而是想说明，当下的选择和坚持，未必能很快如愿地以某种结果呈现出来。处于当下的我们相较于过去已经很幸运了。我们可以看到这个时代造就了许多成功、许多的奇迹。而他们的成功，一方面和时代有关，另一方面是因为他们始终坚持自己的选择。

而你们，有什么选择呢？

不要着急，火候虽然差了一点儿，但是"熬"的过程本身也是一种乐趣呀，不是吗？

67　不要过度解释

01

小的时候学过一篇课文，主人公画阳桃，结果发现自己画的和其他同学的不一样，他很困惑，也一直和大家解释自己看到的阳桃就是这样的，于是被更多同学嘲笑。后来他发现原来大家坐的位置不同，看到的阳桃也就不一样。

不是谁错了，而是角度不同。

为什么说大学生单纯呢？我和很多大学生打过交道以后发现，所谓的单纯，就是对问题的看法过度分明。他们往往认为一件事要么是对，要么是错；一个人要么是好，要么是坏。在这样的观点之下，他们的待人态度极端，处事方式单一，也因此很容易被影响。

今天和室友出去吃饭，恰好点了同一道菜，便认定你们之间默契十足，就是一辈子的好兄弟了。可是晚上睡觉时，却彼此发现一个人喜欢熬夜，而另一个人习惯早睡，两人都试图解释自己的方式科学合理，但其实只是把自己放在对的角度，解释的方向都是希望对方明白"你错了，我是对的，你应该按我的安排来"。

不想折中的办法，而是只争对错，一夜过去，两个人的同室感情便会崩塌。大学生的矛盾之所以那么多，是因为他们过于理性，以至于他们无法接受一个"和我不同的人"。

所以大学期间，我更多的是和学生说明，如何看待问题。与其解释自己的立场，不如想一想站在对方的立场看到的"阳桃"会是什么样的。

02

有个朋友问我该如何和同事解释。

他的同事托他买一样东西，他很认真地记在心里了，一大早就去排队，虽然排的位置很靠前，可是前面的人买了太多，轮到他的时候已经没有了。他和同事说他去排队了，但是轮到他时已经卖完了。

同事的回复是："算了，我也确实不该拜托你的，毕竟你不帮我也正常。"

朋友觉得同事以为他没有帮忙，就一直和同事解释，给同事拍照证明自己就在现场。后来同事说没事，但他总觉得对方不相信他。这件事就成了他心里的一根刺，直到几天后和我们聚餐的时候，他还在惦记这件事。他问我，该怎么让他的同事相信他真的帮忙了。

我问他："你认为，之前你解释了这么多，你的同事现在相信你了吗？"

他想了想，摇摇头。

我说："即使你的同事已经相信你了，你也认定他不会相信你。到底是他想多了，还是你想多了呢？"

他想了想，还是纠结地说："可是他万一真的误会我……"

我问他："就算他真的不相信你，误会你了，对你有影响吗？"

他说："没有吧。"

我说："那你为什么要浪费时间去和一个不相信你又不会影响你的人解释？"

03

不要习惯用"解释"来面对错误，毕竟"解释"也是有成本的。

学期期末，一个老师给我打电话，和我说有个学生没来参加考试，室友给他打电话也不接。我赶紧跑去宿舍，原来他是睡懒觉手机静音了。

学生被我喊起来以后，第一件事是立刻开始向我解释："老师我昨晚不舒服……我平时手机都设闹铃的……我很严肃地对待考试的……我不是故意的……"

我看了一下手表，直接制止了他解释的行为："不要和我解释了！你现在应该赶紧去考试！"

学生这才反应过来，起身穿衣服往教室跑。如果他不和我解释，他至少能多出五分钟。而且，他当时没有必要和我解释，因为他应该明白最紧急的是通过考试，而不是改变老师对他的看法。

遇到问题或错误，习惯了用"解释"来面对自己造成的不利处境，无论是错误还是失败，他们的第一反应不是改变处境，而是合理化处境。

"我为什么会失败，我要和你解释一下……"这样能改变处境吗？不能。

04
不要过度解释。
解释，应该是为了解决问题，而不是制造更多的问题。

68　如果不上大学，我的人生还有什么！

01

某次高考后，有个同学可能觉得没考好，然后在我的后台留言。文字密密麻麻的，我用手机查看，大致翻了五个页面，愣是没翻完，通篇也没有什么逻辑，大部分是重复语句，都是情绪宣泄。

我当时恰巧刚经历一场考试，成绩不大好，自己还没从茫然的情绪中挣脱出来呢，就和这个自称"准落榜生"聊了一宿。这孩子彼时已经陷入了一种"绝对化"的心理状态，认为人生的每一件事只有两个结果，要么成功，要么失败；行动只有两个方向，要么坚持，要么放弃。

我想跟这位同学开玩笑说："你还是太年轻，等你真的做了大学生，你就知道还有第三个选择——拖延。"

上大学改变不了人生，不过是进入了一个新的成长阶段，仅此而已。后面可标签化的条件实在太多了，大学里还有普通大学和重点大学的区别，同一所大学还有不同专业的区别，学历还有本科和研究生的区别，毕了业还有应届生和往届生的区别……

如果你们拥有了这些标签，但是没有相应的能力，你们觉得能走多远？

如果你们没有这些标签，但是有比标签更强大的能力，你们觉得你们的人生真的会艰难吗？

02

我的高中母校是一所历史很悠久的学校，我外公是从那儿毕业的，我妈也曾在那儿就读过，后来，我也在那里度过了高中阶段。不过，外公上学那会儿，母校还是我们城市仅有的几所中学的先行者，大家都以能上这所学校为荣。到了我上学的时候，这所学校正经历低谷期，生源普遍不太行，大家听到学校的名字都会皱眉头。

我是我们那一届为数不多考上大学的，学校把我的名字和其他考上大学的同学名字一起写进了"光荣榜"，挂在了校门口。

我的高中同学绝大部分是没有考上本科的。选择复读的也很少，因为成绩差得太多了。当时，班级里的老师也不鼓励大家复读，老师认为"你们文化课的能力普遍都不太行"。

所以，按照大家对于"高考决定人生"的观点，我的这些同学肯定普遍不如我。毕竟我也有了个"硕士"文凭，又是"大学老师"。这么一比较，我还不是妥妥的"人生大赢家"呀！

03

介绍我一些同学现在的情况。

有个同学，专科学的是酒店管理，现在在沿海城市某五星级酒店担任部门经理，有自己独立的办公室，靠着工资买了房买了车，一年有带薪假期一个月。她约过我几次暑假一起出游，我却因为忙着学生的暑期社会实践和自己的课题结项而没去。

有个同学，专科学的是会计，他的专科成绩真是挺烂的。他说自己那段时间，每天晚上做梦就是各种数学题围着他，他差点儿崩溃。后来他在学校选修计算机编程，结果意外爱上。后来毕业，进过几家互联网公司，攒了点小钱；前段时间在某商场黄金铺位租了一间门面，专门做少儿编程教育培训，也是火热。

还有个同学，学了婴幼儿护理，听说专业口碑很好。前几年同学聚会的时候，大家都抢着和她攀关系，留联系方式。她可难约了，一个月万元起步。就这，老同学关系还得提前半年预约。

还有同学学了化妆，现在开了自己的工作室。请她的徒弟化妆，一天好几千元，请她价格还得翻几倍，即使如此也要排期。她现在正筹备开一个婚纱店，年底就能营业了。

……

真正进入社会以后，人与人打交道，看的是你的能力，谈论的是彼此的利益。学历只能成为这些评价的因素之一，但不是绝对因素。

04

把学历当成自己的招牌，想着一招鲜吃遍天？

我外公工作那会儿，高中生都属于是高学历了。我妈工作那会儿，一个单位未必有一个本科生。而我大学毕业的时候，研究生已经很普遍了。

那么在大学生"多如牛毛"的今天，真正的竞争力究竟是什么？

网上有一个问题是"如何看待研究生学历去做麻辣烫"，引发了大家的热议。有时间大家都在谈论地摊经济。有人说，如果一个大学生毕了业就只能去摆地摊，那么这个大学不如不读。

这样的问题在我看来其实没有意义，麻辣烫往大了发展也是餐饮企业，餐饮商业帝国也是靠着一桌桌饭菜堆积起来的，地摊要是搬进室内就是商场……不过都是量变和质变的不同阶段。

但是这个问题倒是反映了现在很多大学生高不成低不就的原因——太拿文凭当回事儿了。

如果计算机专业的研究生毕业以后编程不如专科学历的同事好，学历对晋升有用吗？

如果你们的专业是英语，当然不需要比一个外国人的英语水平高，但是如果你们连26个英文字母都背不全，这样的学历可信吗？

如果以为自己是大学生，有了高学历，就理所应当应该拥有一切，却不具备相应的能力水平，别人会认可吗？

大学生摆地摊不丢人，可如果一个人因为拥有了大学文凭，却摆不好地摊，又看不上摆地摊，然后还理直气壮地批评，否定别人的辛苦付出。这样的大学生很大概率会感受到"摆地摊都比我赚得多"的失败感。

上大学是为了提升能力，学历只是结果。读完大学，具备了更强的能力、更强的竞争力，才有了学历。

05

最后的最后，如果真的很在意考不上大学这件事，怎么办？

我的高中母校经历过辉煌，也经历过低谷的时期，这几年，又成了重点高中。毕竟有竞争便总有最后一名，常胜将军很难得。失败不可怕，可怕的是不再站起来。学校能走出低谷，是因为老师没有放弃，学生没有放弃。没有人认为自己被贴标签了就认命了，人都是在不断发展的。而发展的过程，也是成长的过程。

你要是真的很在意考不上大学，就好好准备去复读。

你要为你在意的事努力，并且找准努力的方向。

抱怨是没有问题的，但抱怨解决不了任何问题。

69　作为老师，怎么看待"说脏话"这件事

01

首先，说脏话不好我们都知道。可是同学们虽然长大了，但是偶尔还是会说，或者语言里带些不好听的口头禅。所以这一篇我们就来聊一聊"说脏话"这件事吧。

我以前是手球运动员，是体育生。很多人会认为"学体育的"尤其擅长并且热衷说脏话。我认为这是一种误解、偏见。之前我和你们聊过，训练队里对这方面有严格要求，包括在赛场上，也有针对赛场文明的规则。

我也要认真说明，在我短暂的运动生涯里，接触过的运动员、体育生，大家的交流都很文明。没人会把脏话挂嘴边，那样只会显得对别人不尊重。

当然，我说过脏话。

刚上高中那会儿，曾经有一场比赛，对方的一记射门，直击作为门将的我，正砸中鼻梁骨。球守住了，我鼻梁却一酸，开始哗哗地流鼻血，然后就是无以复加的酸痛感。可因为没有替补门将，我做了简单的处理后，还是需要坚持完成比赛最后的十分钟。

那十分钟里，支持我的除了"我是全队最后的防守"这样的自我鼓励，伴随每一次呼吸带来的酸痛感，以及必须眼睛紧盯着球场一举一动的责任，我的脑子里闪现仅知的几句脏话，反反复复，好像那些激烈的语言可以让我转移注意力。

02

后来我学了心理学，研究其中的分支社会心理学，发现原来还有人做过关于"人为什么说脏话"的研究。

有篇文章《我们为什么说脏话》描写了相关内容。"1952年，美国精神保

健研究所脑进化和脑行为研究室主任麦克莱恩，正式提出'边缘系统'的概念，它是大脑中影响和控制情绪的重要部分……此后，美国神经科学家又发现了额叶系统，这是大脑中主管情绪活动的部分，从而为脏话（及各种情绪）找到了一个特别的居所。"

"当人们说脏话时，额叶系统就会被激活。掌握理智的话语则居住在大脑皮质的外层区域，在那里，神经细胞会把脏话'过滤掉'。"简单来说，冲动时或情绪极端时更容易说脏话，理性时人们不会被情绪支配，就可以克制自己的语言，不说脏话。

这也就是我们很多人现在不说脏话的原因，即使我们掌握了这样的词汇，我们也不会说，因为我们在理智情况下，可以等待神经细胞的反应，把那些"可能具有冲击性"的语言过滤掉，而实现正常的语言社交功能。

所以，大人一般不说脏话，并不是因为他们不会说，只是因为他们更理智。

仔细想一想，那些小部分喜欢说脏话的大人，也往往是容易情绪激动、易暴躁的，也可以说是不理智的大人。

03

现在的年轻人喜欢说脏话，我作为老师认为制止这种行为的同时更重要的是了解原因。网上打游戏、论坛交流，似乎一激动时就有满屏脏话，看似是网络的原因，实则或许因为他们的情绪压力太大了。现在的社会竞争和他人期盼，给他们带来了极大的压力。

很多人有过这样的幻想时刻，当遇到某个难以解决的问题时，心烦气躁，脑子里便出现这样的想象画面——狠狠地破坏某样东西，然后嘴里大喊一句。

脏话情绪冲击大，很容易成为排解负面情绪的方式选择。另外，脏话嘛，词汇简单，文化要求低，什么文化层面的人都可以无障碍交流。对于很多人来说，这意味着可以获得更多的支持者，更大的社交圈。而这也从另一方面解释了为什么有些国外的词语、手势会更容易传播。

当然，还有一种心理意识，那就是纯粹地模仿从众心态。

我记得我第一次说脏话的时候，在上小学。我完全不理解这话是什么意思，但是就觉得大家都会说，并需要瞒着父母、老师，这样的叛逆感第一次让我觉得自己特别与众不同。从那个时候开始，我的另类词汇库开始建立了起来。

04

对啊，其实作为老师，我也不是一下子就变得这么懂事，这么会开解你，懂这么多道理的。有过这么一小段时期，我也觉得说大人不让说的话好酷。

这么多年过去了，现在，我发现自己有了很神奇的变化：即使那些词汇库还在，我也没有办法像以前那样很轻易地脱口而出了。有的时候遇到学生真的犯了大错，我被气得脸憋得通红，最后也只能站起来瞪着他说句"你！你！你你你！怎么可以这个样子！"

当然，这一方面是因为太久没说，已经说不出口了，另一方面我认为靠语言发泄情绪对我而言已经没有必要了。

我可以用更好的方式排解自己的压力，我可以用更丰富的语言表达自己的情绪状态，而更重要的是，我意识到这类语言或者这样另类的文化对我没有任何帮助。

我们遇到问题和困难时，需要做的是改变。虽然靠这样有冲击性的词语可以获得很多的认同者，可是在那里待久了，我们终将会意识到，除了接受别人的负面情绪和附和他人的情绪语言，我们得不到其他有价值的东西。

也因此，我离开了那样的语言环境，当年和我一起掌握这种另类语言文化的人都离开了。每个人都会成长的。

05

那段经历对我有帮助吗？我认为，是有的。

正因为那样的过去，如今我在很多事情上都有了另一个角度的理解。

譬如我更理解成绩差的同学内心对于被认同的渴望，譬如我更理解遇到失败的时候情绪处于怎样压抑的状态，譬如我更相信他们只是在换一种方式想要获得自我成长。

或许，不能只是批评他们，也要了解他们为什么会那样做，会那样说……

我相信，没有人会真的认同脏话的内核是积极的，只是不知道该如何表达自我，所以我们真正要做的是倾听这激烈内容之下真实的声音。我认为，这些表达的背后真正想说的是——我希望将自己一切糟糕的情绪都丢弃在这里，然后，实现真实健康的成长。

70　请带着自卑努力地生活下去吧

01

我不知道大家有没有每天担心自己未来的焦虑。

其实从工作以来，我在大部分时间里心态都是比较紧张的。我说担心自己有一天会失业是真心话，也是基于这样的原因，我不断地学习，并努力展示自己。这并不是为了炫耀，其实是强迫自己适应这样的竞争状态。

无论外界怎么看我的工作，对于大学辅导员的定位如何，界定"编制"是多么稳定的代名词，我知道的是：自己的研究生学历在大学老师这个群体里只是"基层工种"，我担任的是思想政治教育工作，可是我的专业是体育。

以上种种让我在工作的前三年保持着每天早上 7 点到校晚上 10 点回家的状态，以便不断地了解、弥补我的专业和工作之间存在的差距。当然，我不是说这样的方式就是努力了，效率还是更为重要的。而我确实是工作和学习效率都比较低的那种人。

同样是大学老师，同事看一个月的书就可以轻松通过的考试，我考了三年才勉强及格。身边全是能力很强的人，这种心态上的暴击，对于我而言是无法忽视的。

所以，我根本没有体会过所谓胜利者的愉悦，我只是不敢停下来。龟兔赛跑、笨鸟先飞的故事，对于我而言根本没有起到任何安慰作用，因为在我看来，大家只不过是不想跑不想飞，如果他们想，挥挥翅膀我就被甩在八百里之外了。

这应该就是自卑吧。

02

有个同学在网上和我聊她的困惑，文字间也能感受到她的不自信和焦虑。

她说自己是专科学历，当初家里经济条件的原因，本来有继续升本的机会但是放弃了，直接出来找工作。现在在一家"很不错"的公司工作了四五年，一直觉得自己和大家没什么区别，但是因为半年前发生的两件事她崩溃了。

一件事是她偶然看到比她晚一年入职的员工工资条，工资比她高，虽然只是多几百块钱。

她想了很多，找了很多理由和借口来安慰自己。她甚至觉得对方如果是走后门靠关系，都可以接受。然而，她打听来的结果是，对方当初要求的起始工资就高。

"只是因为他有研究生学历"，同事用这样的话来安慰她，或许是想说明不是因为她工作做得不好这一类，但是听到这话的那一刻，她说自己的嗓子眼儿就好像突然被堵住了一样，很难受。

基于这第一件事，所以她有了基于第二件事的焦虑。

他们公司要裁员，迫不得已，大家都能理解，但是都不想做那个被裁的。而他们部门有一个裁员指标。

她认定了是她自己。因为她是整个部门学历最低的。她被这样的自卑折磨着，于是问如何能有像我这样的自信。

03

其实，人与人之间真的没有感同身受。

我和她说我也自卑焦虑，她说了三遍"不会吧"。在她眼里，我工作稳定、职业地位高，性格开朗、能力强，她不理解我的自卑。

而她身边的同事和朋友也不能理解她为什么会有这样的焦虑，觉得她只是庸人自扰。

在我看来，这个同学确实很优秀。虽然是专科学历，但是她在工作的间隙自学攻读本科，考了很多与工作相关的证书。她工作才两年，就独立完成了一个大项目。从工作能力上来说，她真的很棒。

但是每个人看自己时往往只是看到了自己的短板。而这样的短板是客观存在的，只要我们意识到这一点，这种压抑感——自卑就会持续存在。

很多人说，自卑的人会很敏感、很麻烦。我认为这话有点儿绝对。

自卑的本质是觉得和他人相比自己有所缺失。而其实所有人都存在自卑感，只是感觉缺失的东西不同罢了。有的人因为学历缺失而自卑；有的人因为金钱缺失而自卑；有的人因为外在长相而自卑，譬如单眼皮、个子矮、水桶腰……每个人在乎的东西是不一样的。

对自卑有两种反应方式：一种是忽视，另一种是重视。

如果想要忽视这个短板，可能会变成"我不说也不允许其他人说，谁要是提到了，那就是刺激到我了，我就会不开心、生气"。

另一种是重视，就是弥补各种短板。我的一个朋友觉得自己的单眼皮不好看，坚持去医院开刀割双眼皮，虽然在我们看来她的变化并不大，但并不妨碍她肉眼可见地自信起来。这就是多年缺失的满足。虽然有些短板很难弥补，譬如"第一学历"，但是我们可以不断地努力，突破"最高学历"。

04

自卑只是一种心态，并没有绝对的好坏。

我意识到自己的自卑后，如今也坦然了。不断地调整心态，让自己不再过于焦虑，而是更多地关注当下，不要过分为未来焦虑。

意识到自己在乎的是什么，就努力地去改变。我们尽力了，也就能坦然接受了。带着这样的心态认真地生活下去吧。

最后说几个身边自卑者的现状。

有个大学同学从小因为身高而自卑，所以努力学打篮球，最终打进了专业篮球队，如今都是篮球教练了，可是他的个子就是不见长，同学聚会时他终于说起这件事，笑着叹口气："唉！这就是命。"

那个找我聊天的学生的考核结果出来了，部门确实有人被裁了，但不是她。后来领导找她谈话了，问她愿不愿意到一个新部门担任负责人。"没想到我竟然升职了。"她的文字里透露出喜悦。

那么我自己呢，也在努力呀。

你呢？

71　18 岁的人生，从尊重"不同"开始

01

我的后台总是持续性地接到 18 岁朋友的悲伤分享。似乎现在的 18 岁少年都带着一丝悲情。

一个同学今年高考失利，可能面临上不了本科的现实；一个同学今年大一，挣扎了一年发现自己实在不喜欢就读的专业，期末恐怕又要挂好几科；一个同学和女朋友分手，初尝校园恋情感觉苦涩无奈……

其实，人与人都是不相同的。哪怕生活经历相似，都是十年寒窗苦读，然而相同的时间段，每个人的经历和悲伤都是不一样的。你有你的苦恼，我有我的困惑。曾经有两个学生，他们是从小玩到大的朋友，大学也考上了同一所学校，当时他们手拉手到我面前报到的时候，两个人都兴奋得不行，那句挂在嘴边的"奇妙的缘分"成了两个人留给我最深的印象。

即便如此，我还是委婉建议他们要给友谊留出适当的空间，毕竟每个人都是独立的个体。

但是 18 岁的年纪，让我最无奈又苦笑的事，就是突然想和道理划分界限，特别是对于我这个一本正经的老师而言。当然，这不是指责，因为我的 18 岁也没有好到哪里去，人都是慢慢成长起来的。

但是如果 18 岁的你们愿意听我说一句话，那就是：请尊重"不同"这件事。

02

那两个手拉手从小玩到大的好朋友，到了大二的时候不说话了。原因很简单，都是因为一些细枝末节的小事，譬如，一个想逛街，另一个想去图书馆，你不陪我逛街就是看不起我，你不陪我去图书馆就是背叛。

原本以为在相同的生活环境，接触相同的人，考了差不多的分数，为什么大家的追求却不一样呢？两个人都想不通。特别是在一些岔路口，一个进校就开始期待校园恋情，另一个一门心思想考研去大城市。

他们之间的不同，我第一天和他们聊天的时候就知道了，他们却感觉不到。

他们把"朋友"的标准定得太高了，认为朋友必须是另一个一模一样的自己，不接受任何不同，即使意识到了，也会假装不在意。但是任何假装总有装不下去的时候，都以为自己在迁就对方，直到有一天，两个人都崩溃了，他们都认为"凭什么我要一直迁就你！"

这时他们才发现两个人如此不同。

后来我分别和他们聊天，告诉他们另一个道理：善待他人，求同存异。发现两个人相同的部分，感情只局限在相同的范围里；那些不同，形成人与人的差异。对"不同"我们可以不认同，但是不要指责。

我说，吃同样的东西经历同样的事，也并不能决定你们会成为一样的人。你们每个人和父母都不同，更何况和朋友呢。

他们恍然。后来他们的友谊虽然淡了点，但是总算保住了。或许等到多年后，这份感情会细水长流，他们才会懂得古人说的那句话：君子之交淡如水。

这不是冷漠，而是尊重。

03

有一个同学留言说自己的18岁生日第二天，最亲近的姥姥去世了，他第一次面对死亡，手足无措，从到殡仪馆，又到看着姥姥下葬，他一点儿感觉都没有。于是他困惑地问我："我为什么没有感觉到悲伤，我是不是不正常？"

我说，不是所有的情绪都是有刻度、有形状、有规定的。每个人都有自己的状态。

我不知道和我聊天的是一个什么样的人，但是看他字里行间对姥姥的描述，让我感觉很温暖。这样的一个人，他的悲伤是什么样的呢？没有人可以提前说明，也无法预告。

18岁被很多人赋予了特别重大的意义：长大了，要懂事了，要像一个大人了……

其实很多大人也并没有长大，只不过学会了用一种仪式感展示自己的状态而已。

没有什么"应该"或者"必须"的样子，不过是你认可的对与错。

其实 18 岁的你们会面对很多的新变化。但是我也没有办法为你们描述，因为你们都将选择不同的道路，经历不同的事，遇到很多不同的人，有很多不同的变化。这些，就组成了你们的人生。

18 岁不是起点，也不是终点，只是代表一个数字。如果说唯一可以确定的变化，那就是在我们的法律中"十八周岁以上的自然人为成年人"了。所以，你们就是法律认可的长大了。

嗯，值得恭喜呀！

72　18 岁，人生失败，都怪爸妈

01

之前看电视，一档综艺节目里有位艺人即兴表演了一段乐器演奏，很好听。表演完，现场的另一位艺人感叹道："唉，我现在什么也不会，要是我小的时候父母也逼我学这些就好了。"

当时我和老妈正在包饺子，看到这里我用胳膊肘捣了捣老妈，笑嘻嘻地说道："谢谢你从小逼我学的那些。"

老妈抬头看了眼电视，又看了我一眼，接话道："我逼你学的那些你不一样没学成嘛，你现在会的这些没一样是我逼你学的。"

老妈这话确实一点儿也不错。做父母的，谁不对自己的孩子有期待呢，所以打小父母就开始培养我了，也就是逼着我学这学那——体操、武术、琵琶、小提琴、书法、游泳、素描、模特、芭蕾……当初在爸妈眼里，我应该是个小天才吧。

别以为我现在一定是琴棋书画样样精通，那个时候我学得多是因为总被"退货"。老师们都说没见过这么笨的：体操教练说我骨头太硬不是那块料，武术老师说我个子蹿得太快底盘不稳。琵琶倒是还在家，可我现在连简谱都不认识了，对于音乐节奏我一个拍子都卡不上。同事听说我学过书法，看到我的字只能勉强夸一句"丑得有特色"。

记得有一次练琵琶，我一边练一边哭，不知道过了多久我妈把我喊到面前，叹口气说道："我和你爸都是工人，本来想把你培养成才，现在看来你没有天赋，我们也没有这个经济能力再培养你了，以后的路呢，你自己走吧。我们也不逼你学什么了，你开开心心就好了。"

我现在喜欢写文章，喜欢做模型，学着用电脑尝试一些软件操作，并不是被父母逼着学的，只是因为感兴趣而不知不觉地投入时间和精力。

02

　　大学里总有那种看着特别聪明优秀的学生，却特别颓废。

　　和这样的学生聊天，他们的第一句往往就是给自己打上失败者的标签。18岁的他们觉得自己一事无成，人生已经写满失败。而他们和我探讨的时候，很多同学总是把父母归为主要因素——

　　都怪他们在我小的时候没有投资，舍不得给我报培训班。

　　他们要是在我小的时候多逼着我学一点儿，我至于现在什么都不会吗？

　　就是他们害我输在了起跑线上。

　　……

　　父母对我们人生的作用真的那么大吗？我们的童年真的有那么大的影响力吗？即使父母没为我们投资某项特长，但对待学习这件事上每家的父母都挺狠心的，然而，我们都成了学霸了吗？

　　有位年轻的钢琴家，他很多次谈到小时候在父母逼迫之下练习钢琴的经历。

　　钢琴家的成就离不开父母的坚持和严厉，但是这依然不能否定他个人的天赋。他的经历是特殊的吗？并不是。一边流着眼泪一边练习弹钢琴，是很多钢琴演奏者学习的最初记忆。这是一种常态。并不是因为父母更加努力更加严厉才培养出钢琴家的，而是他们的孩子本身就"适合吃这碗饭"。

　　我后来练手球，是因为我总生病，家人希望我通过锻炼提高身体抵抗力。即便如此，我还是选了手球这个群体项目，因为买一个手球比买一个篮球还要便宜些。在球场上练了一个月，教练当着我的面和我父母说："你们这孩子确实没有运动能力，只能强身健体，要是想打比赛出成绩，那是不可能的。"

　　电视情节中，那些五斤汗水十斤汗水换来的奖牌，终究属于少数人。有太多人拼尽全力却连登上赛场的机会都没有，这是现实，所以我们的努力并不是为了成功，只是我们在努力的过程中需要这样一个目标让我们为之奋斗，保持进步，能成功更好，失败也正常。

　　可总不能因为起跑线不行，我们就彻底不跑，直接放弃了呀。

03

　　我翻了翻自己过往写的文章，"成功"是出现频率较高的一个词。不是我喜欢谈论成功，而是我们很多同学太在意"成功"这件事。好像除了成功，努力就没有意义了。

网上有个小朋友一边流眼泪一边弹琴的视频，评论里有个高赞是：要是我的父母当初也这么逼我学就好了，也不至于现在 18 岁的我一事无成了。

而在这个高赞评论之下，有个回复也获得了很多点赞：做父母真的太难了。逼着你们用功的时候，你们说我们是童年阴影，是原生家庭的不幸；给你们快乐和自由的时候，你们又说我们害你们人生失败。

父母其实不欠孩子什么。人生是自己的，除了童年，我们还有少年、青年、中年、老年。学习，只要投入精力和时间，早一点儿晚一点儿又有什么关系呢？

有一种鸟，自己飞不起来却逼着孩子拼命飞。

还有一种鸟，明明有翅膀，却怪别人不助力。

73　如何面对"失败感"

01

我们需要了解,"失败感"是一种主观感受。

你会因为今天的网游输了一局而有了失败感,在晚上吃饭的时候都懊恼不已,完全没有注意到你妈也一脸愁容,因为她发现自己做的一道菜多放了一勺盐,进而陷入深深的失败感之中。两个人不能互相体会彼此的感受,即使在同一张桌子上吃着同一道菜。

注意力的渠道不同,自我的评价标准就会不同。

即使在同一个注意力渠道里,失败感也同样是个人的主观判断。

同样是高考之后,"你"和"我"考了同样的分数,你为自己发挥失常竟然没有考上心仪的大学而感到失败,纠结是否复读,我却因为自己发挥超常竟然可以考上比心目中预期更好的大学而兴奋不已,晚上就喊上朋友庆祝。

其实我们上的都是同一所大学,但你带着失败感,而我却感受不到。升学如此,工作如此,生活也是如此。

所以,你十分在意的一件事,或许,也只有你自己在意。你以为的失败,也可能是别人求而不得的机会。

02

只有正视"失败感",我们才能避免受其影响。

自我认知对我们的人生有着神奇的干预力,我有亲身感受。

我上大学的时候,真的觉得自己是运气爆棚才可以上那么好的一所大学,于是我相信学校里的一切都是高级的、不能错过的,老师也是充满智慧的、绝对权威的、值得信赖的。我在那个学校里获得了强烈的自信和较好的学习成果。后来读研、就业,如今成了老师,当初的幸运感似乎一直延续到现在。

而我的一个高中同学学习成绩比我好很多，结果他也考上了和我同样的大学，不过是更热门的专业。可是他却始终觉得自己很失败，认为这所大学比他预期的大学要差很多。在他眼里，这所学校一点儿也不高级、不厉害，甚至老师都"没有水平"，课程一点儿难度都没有，丝毫不精彩。正是因为存在这样的落差感，他不屑于上课，每天沉浸在"失败"中，大二因为挂科几乎要被劝退了。

那个时候他依然认为，他之所以失败，都是源于高考的失利。

失败只能是一个当下的定性，根本不足以定性一个人的一生。

03

失败感只是当下的一种状态，如果拿当下作为人生的高度，那你们的人生高度就是这个起点。你们考上再好的名校，但是这个当下却是你们人生的最高点，你们的未来除了"名校毕业"，再没有任何拿得出手的成绩，那你们的人生就会一路向下，最终也会体验到失败感。但是只要你们不放弃，继续努力，把当下这个起点踩在脚底下，让这段"失败"经历成为你们人生的最低点，那么你们的未来就会是一路向上的。

你们还在为自己所谓的失败而沮丧吗？

摆脱失败感的唯一办法，就是走出失败，你们要做的，就是尽快振作起来，去考好下一场考试，去做好下一次菜，去进入下一场比赛，创造你们想要的成功。这样你们就不会再有失败感的苦恼，并且可以坦然地说："对啊，我失败过。"

74　请学会为自己沟通

01

我一脸茫然地看着电话。

已经毕业两年的学生，早上给我打电话，说他考上公务员了，需要学校配合提供材料。恭喜他之后，我切入正题，问他需要什么材料。他说了没几句，便道："我我我……我说不清楚，我让我爸和你说吧。"

"不就是提供材料吗？你说就行了呀，提供哪些材料……喂？喂？喂？"我说。

"喂？是陈老师吗？你好，我是孩子他爸。"

"呃……您好……"

然后这位父亲把孩子刚刚说过的话重新说了一遍。

不是我不愿意接家长电话，只是，我觉得这件事真的应严肃拿出来说一说。一个已经毕业的大学生，一个即将入职的公务员，连基本的电话沟通都做不到吗？

很多人说，现在社会需要高情商。可是我想说，无论这个学生在面试官面前谈吐多么大方优雅，他和我打电话时的话语多么热情，就在他让家长帮他做电话沟通这件事上，他情商显得不高。

02

我能理解一些朋友对于电话沟通的心理排斥。因为我自己也有一定程度的电话恐惧，比如抗拒接电话，不喜欢打电话。

无论是给领导还是学生打电话，我每次打电话，都会预排好几遍自己想要说的话。即使我的朋友，也很少接到我的电话，因为我对电话沟通感到紧张。因此，我几乎不会在电话里说任何重要的事或者有内容的事，电话对于我的作用，更多的是邀约工具。我会打电话跟别人说："有时间吗？你在哪里？我们可以见面聊聊吗？"

但是，我也明白电话是沟通渠道之一。在对方坚持电话沟通的时候，我也会配合对方进行后续沟通。虽然电话沟通效果无法和当面沟通相比，但我也会尊重对方的沟通方式。

如果你是我的学生，我每次都因为抗拒电话沟通，而让我妈给你打电话，你会怎么想？

我其实也不喜欢聊短信。对于我个人而言，一切无法面对面的沟通方式，都很奇怪。

03

当然，很多同学的问题，并不仅仅是不愿意电话沟通，而且是彻底地放弃了自己的沟通地位。

在学校尤其是大学，学生和老师的地理距离是 300 米，家长和老师的地理距离可能是 300 千米。有的时候明明我喊来学生了解情况，他就站在我面前，可是和我沟通的，却是电话那头的学生家长："老师，您想了解他们宿舍的矛盾啊？孩子都跟我说了，我来告诉你是怎么回事儿……"

那个时候我会感觉特别无奈，学生在学校里尚且表现如此，进入社会该怎么办？

进入大学，校园里发生的，几乎都是以学生为主体进行的活动、事件。学生作为当事人，是最了解事件过程的，也是沟通的核心。但现实是学生自己都说不清楚，还需要和与事件完全无关的人沟通，这现象本身就是切断自我沟通的做法。

每个人都有自己的沟通问题，也都有自己的不足。而这些问题和不足，不是我们放弃沟通的理由，而是我们应该面对、解决的。

04

做家长的也需要明白，学会沟通是孩子必须掌握的能力，家长应该配合老师的工作。

当老师的或多或少都有这样的经历：学生在学校出了什么事，就让自己的父母给老师打电话。"老师，我孩子想换宿舍。""老师，我孩子今年的成绩想申请奖学金，你看行不行？""老师，孩子听说班上有一个什么活动，他想参加，不知道自己条件够不够。"

家长既不知道活动的名称，也说不明白孩子的想法，这样的沟通徒增了沟通成本，也于沟通结果无益。

我还没有孩子，但是我有父母。我能感受到父母总是希望给我们最好的，希望帮我们挡住一切可能的威胁。他们既希望我们坚强，又害怕我们受伤。

可是在这个社会里，不会有人给予您的孩子无缘无故的依赖。我们应该明白，对孩子的保护，只会让他们暂时远离危险与未知，而终有一天，那些我们为他们所隔离的，他们总要独自面对。更何况，我说的这些孩子已经是不再受《未成年人保护法》保护的成年人了。

为人父母，就是一个与孩子不断说再见，慢慢离别的过程。既然如此，请把属于孩子的独立还给他们。

告诉他们，要自己面对。

75　失败才是人生的常态

01

作为一名退役的手球运动员，我的运动生涯无疑是失败的。我几乎没有可以拿得出手的比赛成绩，只有每次照镜子看到鼻梁那个被球砸得断裂过的突出部位，才会提醒我曾经的运动员经历。

作为运动员，我没有拿得出手的奖牌，失败。

后来上了大学，我作为学生的经历也总是充满失败。我参加过很多比赛，各种学生活动、社团活动、学科竞赛。学弟学妹们有很多代表学校站上过全省甚至全国的领奖台，而我却连学校的领奖台都没有站上过。

作为学生，我没有优秀的成绩，失败。

后来我想做体育老师，我报名之后，学校负责人和我说："实在抱歉啊，招聘计划没有批下来，所以今年我们不招体育老师。"

在运气这方面，我也没有被格外青睐过，失败。

我去报考辅导员，简历投了很多学校，只有两所学校允许我参加考试。其他学校拒绝我的理由是"体育专业不符合我校辅导员报考要求"。

在专业这方面，我也没有闪闪发光的学历，失败。

那么，我在大学工作了九年，做得好吗？我尝试过很多次论文投稿，却都是以失败告终。和我同期的辅导员都评上副教授职称了，我才终于勉强评上了讲师职称。我为了做好工作努力考过很多证书，可是却很难考过，别人轻松考过的心理咨询师，我考了六次才通过，结果考过的第二年，心理咨询师退出国家职业资格目录了。

无论是工作还是生活，我似乎都糟糕透了，失败。

你看，这就是我的人生，也是我生活的真相——习惯将失败当作常态。

02

即使失败是我人生的常态，我也没有因此而习惯"失败"。恰恰相反，我总是不停地挑战失败。

我难道不怕再失败一次吗？

既然失败已经是常态，那么，如果有其他的结果，都会成为我人生的惊喜。

我现在可以非常自豪且认真地告诉你们：失败的我教会了我的学生如何成功。所以我带的班级，总是能成为全校的十佳班级，而且，不是第十名，是第一名。我的学生，他们代表学校参加比赛，最后和全世界的上百所学校的选手竞争，也可以拿下沉甸甸的奖牌，获得学校在这一比赛中获得的最好名次，至今未被超越。我的专升本学生如今有的考上了名牌大学研究生，有的成了博士后，再也没有人嘲笑他们的学历。他们毕业后都在各自奋斗的领域获得了成功，而即使那些不够优秀不够聪明还在遭遇失败的学生，也没有气馁。

我虽然不成功，但是我的学生成功了，所以，我也能感受到成功的幸福与满足。

这也是我喜欢这份工作的原因。

03

我很久不再追求成功了。不是因为我佛系了，而只是因为我清楚自己的目标了。

发表论文是我的目标吗？不是。我的目标是总结、分析、记录。那么又有什么区别呢？区别就是我会热衷发表网文，也因此得到了锻炼。

评选职称是我的目标吗？不是。评职称的目的也是对职业的评价。那么只要我觉得自己尽力做好了，至于评价结果，又有什么关系呢？嗯……有关系，毕竟我还有虚荣心，也有事业上的追求。但是，至少我不会那么用力了，不会再将这件事作为我的唯一和全部。

你们看，我琢磨那些看上去和学生相关，但和成功无关的工作细节，然后录成视频分享给大家。我可以每天更新，因为我确实有那么多工作感受。

我因此偶然成了"网红"，也获得了一些荣誉。于是，你们看到的是我的成功。可是另一方面，这成功是因为我在其他领域都失败了，而我只是换了一种方式。

我积累工作经验的时候，并不能预测到机会什么时候以怎样的面目出现，也不能确定自己能不能成功。

04

有段时间好多人问我"你怎么那么成功"的时候,我有些无所适从,不知该如何回答。

你们只看到了你们认为的"成功",没有看到成功背后无尽的失败。而且,我曾经的失败现在继续保持着失败。我的目标并没有因此而一夜达成。我还是在竭尽全力,然后感受失败。

所以,哪有什么一夜成功,我们都是在竭尽全力。

失败才是人生的常态。只是,这并不妨碍我们追求梦想罢了。

76　咱们，谁都不容易

01

网上经常会讨论比较"哪个职业更辛苦"，我觉得这个话题其实没有讨论的价值。每个职业都有辛苦的一面，每个人都有辛苦的时候。有时别人说"大学辅导员可轻松了"，可我做辅导员却感觉很辛苦，我没有说出来，大家可能就不清楚"辅导员"哪里辛苦。当然，其他行业从业人员的辛苦，我可能也只是"知道"却不了解，因为我也有自己的局限性。那么，大家在不同的岗位做着不同的工作，却以辛苦与否评判工作的难易，是否合理呢？

周末学生返校。

我早上五点起床，六点出发，赶七点的校车，九点到达距离城区十几千米的新校区，然后就在大门口的帐篷里接学生，坐了一整天。晚上五点学生差不多到齐了。我赶紧在系统上抢大教室开班会，晚上七点给学生开班会。十点结束，我回到家已经十二点了。

整理，收拾，再加上处理自己白天还未完成的一些额外总结工作，我上床睡觉时已经是凌晨两点半。清晨六点半时，有学生打来电话："老师，我们宿舍有个同学难受得不行，脸色惨白。"听到这话我立刻吓得弹坐起来，也不敢在电话里表现出一丝焦虑。让他们陪同去校医院，交代几句，我挂了电话就开始起床穿衣服，同时又拨通校医院的值班电话，说明情况。我洗脸的工夫，校医院接到了学生并做了初步诊断——结石发作。校医院帮我通知了当天在学校值夜班的辅导员和校车司机，陪着学生先行前往镇上的大医院，然后就等我到医院后接手后续的工作了。我从锅里抓起之前放进去还没来得及热透的馒头，便出了家门。

看到这里，大家是不是认为我只是想诉说自己的辛苦？

02

我打校医院值班电话的时候，接电话的是那位熟悉的校医，但他估计不记得我了，这也正常。往常，大学校医院只是一个基础配置，似乎没什么存在感，总共也不到十个医生，却要服务上万名师生。但凡学生有什么突发状况，无论学生还是辅导员第一时间一定会找校医。有的学生大学期间一次也没有生过病，认为"校医"轻松无事，都没有看到他们的辛苦。

那天晚上我刚麻烦过他们，有学生突然感觉不舒服。我到了宿舍，什么也做不了，只能给校医打电话，校医接到电话什么也没说，匆忙拎着医药箱就跑来了。认真检查一遍，给学生开了药，告知学生肠胃不适的情况，看出学生紧张焦虑，还在检查过程中不断安抚学生："没事，平时注意少吃生冷、多喝点热水。"交代几句，医生又拎着医药箱赶到下一个宿舍。

他们容易吗？

03

我给在学校值班的辅导员打电话。他们睡得比我早吗？未必，他们可能也熬夜加班到很晚。但是，我打去电话，那边什么也没说，答应一声，就赶去了。陪着学生输液又垫付了医药费。他们容易吗？

早上六点多，安排校车把学生送去医院，镇上医院的医生也是严阵以待。校车司机可能已经开了一夜的车，他们辛不辛苦？大厅的桌椅让人恍如置身于二十世纪八十年代，不过整洁干净的环境也让人熟悉心安。有年代感的镇医院周末也是二十四小时运转。他们容易吗？

我赶到镇医院的时候是八点多。到了输液大厅，里面已经坐满了人。坐在角落的大爷一边拽着藏青色的工服衣角快速扇动着为自己降温，一边扯着嗓子吆喝着护士过来给自己换输液瓶："水可吊完咧？日头出来了毒得很，地里那些可等不及哎。"伸着手输液的每个人时不时抬头看看自己的输液瓶里还剩多少。每个人都是"家里头还有一堆事等着我呢"。他们容易吗？

就连我的学生，也再三地和我确认，说自己只是小毛病没有大问题，额头上豆大的汗珠一颗颗往下落，他却还在担心过几天的考试，着急想快点回去，全然忘了自己之前在电话里疼得嗷嗷大叫的情景。拉着医生过来和我反复保证，只是为了让我不要通知家长，因为"父母都在外地打工，回来一趟不容易"。

即使是正在看着这篇文章的你们，也有自己的不容易吧。

我和你们谈论我工作中的辛苦，不是为了让你们看到我这个职业的辛苦，而是看到这份不容易中的每个环节也有其他人的辛苦付出。社会每一天的运转都是众多职业相互配合，大家相互合作的结果。每个人做每件事，都有自己的辛苦与不易，这样的辛苦是因为每个人都想做好自己的工作，也是为了达成自己的目标。但"辛苦"大多数时候很难做对比，体力劳动和脑力劳动方式不同，很难说哪种更辛苦，所以我们不能轻易否定他人辛苦的付出而认为别人的收获只是"幸运"。

04

现在已经没什么时间看综艺节目的我，前段时间却被一位女艺人在一档综艺节目里的一段话打动。

女艺人在接受访问时，主持人抛出一个关于辛苦的梗，想让她借此表达自己的辛苦。她是这么回答的："你往下面看一看，每一个人都很辛苦。你觉得现在那些送外卖的人不辛苦吗？刚才他出去帮我们焯排骨不辛苦吗？他们（工作人员）今天蹲在这儿不辛苦吗？对半天稿子不辛苦吗？所以你凭什么要别人了解你的辛苦，因为每个人都辛苦。"

学生觉得学习辛苦，以为工作很轻松，拿工资的日子潇洒又自在，不存在烦恼。

工作的人称呼自己为"社畜"，忘了曾经为了学习大把地掉头发，压力大到彻夜哭泣。

早上陪学生输液，和旁边输液的大叔聊天，他嘿嘿地笑："哦，原来你们当老师的也挺辛苦。"但是那一刻，我看到他全身晒得黝黑发亮的肤色，我觉得他比我辛苦多了。

这个世界上的每一个人都是辛苦的。并且这苦，并不相通。

05

我不希望你们对辛苦大加赞扬。因为每个人都很辛苦。

辛苦，不是我们追求的目标。

我们必须明白——为了达到目标，我们需要吃苦，需要非常辛苦，需要牺牲很多。

但不是我们吃得了苦，经历了辛苦和牺牲，我们就能达成目标。

谁都不容易，也别太把辛苦当回事儿。

77　年轻人的痛苦怎么就成了矫情？

01

有个网友和我聊天，就这么有一搭没一搭地聊了两个月。其实多数情况下，我也没有回复，一是现在学生都不喜欢打电话，总是发短信、QQ、微信，我每天要顾着自己二百多名学生，剩余的精力就有限了。二是前段时间用眼过度，医生很严肃地要求我"非必要，少看电子产品"。所以在这样的情况下，我即使看到信息，回复的也往往都是很简短的内容。

可就在前几天，这个网友对我说了这样一句话：

"你永远不会知道这段时间你的陪伴对我有多么重要。"

看到这句话，我赶紧把聊天记录又翻了一遍，聊天内容真的没有什么。

大部分时间都是他发来信息，我可能好几天后才会回复，有的时候甚至他重复发了几条我才回复。回复的虽然是针对他的内容，可作为一个毫不相识的网友，我能提出什么建设性的意见吗？我觉得自己的回复完全可以被定义为"敷衍"，甚至觉得自己的回复态度显得有些失礼。

他和我说，他觉得自己有抑郁症，总是觉得不快乐。高考没有考好，父母希望他复读，可他不想复读，觉得压力太大。父母为此指责他"没出息"，他说："我听到父母对我说这样的话，心里非常难过，突然感觉胸口有什么东西缺了一块。"然后，给他致命一击的是，当他把自己的经历匿名发到了网上想要询问当地有没有医院或者专业人士能帮助他时，结果换来的却是很多过来人轻描淡写的指责——

"睡一觉就好了，年轻的时候，总觉得一点儿事都要死要活的，其实回过头想想都是矫情。"

"年轻人最热衷的就是没事找事，自寻烦恼。"

"你觉得自己特别痛苦，那你想过你父母没有，他们就不痛苦吗？年纪轻轻动不动就抑郁，说你两句就要死要活的，至于吗？他们不还是为了你好？"

"真的不明白现在的年轻人为什么变得那么矫情，我们年轻过所以我们知道什么对你们好，听大人们一句劝吧，没坏处。"

……

他之所以认可我，也只是因为，作为一个成年人的我没有指责他。

这就是一个"矫情"的年轻人对成年人的唯一期待。

02

我在成长的过程中，也听到过太多"过来人""前辈"的意见。这些意见可以作为重要的参考，但是并不足以成为我身处当下的唯一正确选择。有些建议并不适合我。

毕竟每个人的具体情况不同，每个人的处理方法也不同。一个人的选择，起码要符合自己的心愿，至少这样去做的时候，也会心甘情愿。

作为成年人，我们应该明白：我们会为了自己的选择全力以赴，但不会为了别人的要求全力以赴。

请尊重年轻人的选择，我们没有那么正确。

03

即使有些年轻人的行为看上去确实有些"小题大做""矫情"，那么，这样的行为就真的是不可理解的吗？其实以科学的视角看待这些，这些就不是"矫情"，而是成长的表现。

我学习心理学时，其中的一个学科是"发展心理学"。简单来说，这一学科研究的是人类从出生到衰亡这一成长过程中，不同阶段的心理特点和变化的规律。也就是说，每个年龄段都有普遍的心理特征和心理需求。譬如，婴儿普遍有"好奇心"，对他人有"依赖"，如果熟悉的人离开，就会哭泣吵闹。这些是没有人教的，但是全世界的婴儿似乎都会做出类似的行为。行为只是一个年龄段心理变化的外在表现，是正常的。那么孩童在不断成长的过程中，会因为毕业、求学、工作等社会活动，经历与原生家庭、少年挚友这类亲密关系的剥离，要学会在陌生环境中建立新的人际关系，要学会从"听话"到独立决定，要学会面对从"考得好"这样的单一评价到多元评价……于是就会出现社会角色混乱、自我不确定等问题。而所谓的"矫情"，是心理压力之下的正常反应。

面对新一代的年轻人,"过来人"即使不理解,给不了完全有用的支持,也至少不要轻易指责。

而年轻人可以听一听别人的经验、建议,但不必太在意别人的评价,要自信,要知道自己才是自己最强大的支持者。

04
我们可以有各种表达痛苦的方式。
没有哪一种方式更加高级。
人生有太多的选择。
没有哪一种选择是完全正确的。
每个人都是独一无二的。
即使经历过相同的事,人们痛苦的感受也仍然不会相同。
我们应该尊重每一种表达痛苦的方式。
年龄,不是权威的资本。

78　不捅破窗户纸的沟通，都是无效沟通

01

我的两个学生发生了矛盾，在宿舍里大打出手。原因就是其中一个晚上喜欢开公放听音乐，而另一个就觉得被打扰了，提醒了几次但对方没有改，于是就把对方的音箱砸了。

表面上，两个人的矛盾是生活习惯的不同，可深入了解之后，我认为矛盾其实是出现在沟通上。我问学生怎么提醒对方的，他说自己在朋友圈转发了几篇这类话题的文章，标题类似《休息时我们为什么要保持安静》。

"老师，你看，我朋友圈的这个文章，已经表达得很明显很直接了吧。我是真的不想撕破脸，可是这么显而易见的提醒，他还是假装看不见。"

我很直接地告诉他，如果只是看这几篇文章，我其实一点儿也不能明白他想要表达的意思。在我个人看来，他那不能算暗示，作为毫不知情的旁观者，会以为他只是单纯地分享了几篇文章。

如果是我，我会清楚直接地用语言表达自己的要求："兄弟，晚上能不能稍微把音乐声调小一点儿，或者戴个耳机，我晚上比较喜欢安静一点儿，你的音乐声太大我觉得有点儿吵。"

这是一个很简单也并不过分的要求，直接提出来并不会破坏同学之间的关系。但是，沟通的脱节，造成了糟糕的结果。

02

学生到办公室找我聊天。聊了快一小时，我问他，你到底想要和我说什么？

不是我没有耐心，而是我明显感觉到学生有问题想要问我，但是他总是在说其他的话题，而当我接过这个话题的时候他又明显不在意我的回答。我回答

完他的话题的时候，出现了持续的安静，他似乎在思考下一个话题内容。

他和我谈了一晚上的人生理想，直到我问他找我的目的，他才十分尴尬地说出自己的问题：如何报名参加某个活动。

偶尔会有一些网友加我的微信，然后问我一些问题，可是他们总是先要问一些其他的问题，才会说："其实，我想要问的是……"而我因为工作原因，看手机的时间很有限，而提问的人很多，我往往只能正好看到一些留言然后回复。于是就会出现这样的情况：我认真回答了一大堆问题，却错过了对方的真实提问。

我会觉得很遗憾。

03

大家似乎都会习惯性地隐藏自己的真实需求，通常只是用各种暗示、各种试探。然而这种不捅破窗户纸的沟通行为，其实只是无效沟通。

无效沟通的本质是逃避。

逃避结果。学生直接和室友提出把音乐调小一点儿并不涉及对错，但是他没有这么做，而是单方面做出了在他看来很明显的沟通，其实他就是在逃避沟通失败的可能。表面看这样的暗示沟通是给对方一个台阶，可实际上是在给自己一个理由，一个不和别人面对面沟通的理由。

逃避真实。无论是没有利益冲突的师生关系，还是没有任何实际接触的网络平台，很多人都会用这样的无效沟通试图掩饰自己的真实动机。这样其实是在消耗自己的沟通成本。在一个人看来很难开口的提问或许对别人来说只不过是两三句话的事，而这些精力原本应该放在审核答案以及践行结论这些事上。更何况，这样的掩饰真的有用吗？

逃避主动权。暗示性沟通对方未必不懂，但只要没有捅破那层窗户纸，对方就可以假装不知情。这个时候，原本属于己方的主动权就交到了对方手里，对方有选择要不要回应沟通的主动权。在无效沟通的过程中，提问者不仅是在消耗自己的沟通成本，还把主动权交到了回答者的手里，回答者能不能看出提问者的真实意图以及是否指出来，全看回答者自己的选择。

无效的沟通往往得不到有效的结论，而且耗费精力。

沟通只是交流的手段。现在很多人给"沟通"增加了额外的包装，譬如情商判断标准，譬如成功技巧。

或许好的沟通确实可以锦上添花，但前提是要建立有效的沟通。

79 为了避免失败，你做了足够的努力吗？

01

大二的班干部进行换届选举时，有个班级采用的是这样的办法：想要参选的同学现场报名，进行攻擂演讲，原班干部守擂演讲。开始之前，我询问了几个班干部，他们都拍着胸脯，告诉我说很有信心留任，一定会继续担任我的学生干部。

可是结果出来后，几个拍着胸脯的班干部全部落选了。有的同学想不通，来找我，觉得委屈。

可是对于这个结果，我一点儿也不意外。

他们原本以为没有人会来竞争他们的岗位，可是没想到，很多人报名攻擂，有的岗位四五个同学报名竞争。这是原班干部完全没有想到的。

比赛的规则是提前就公布的，每一个上台攻擂的同学都准备充分，做了很好的攻擂演讲。但是守擂的同学上台只是嗯嗯呜呜了一会儿，随便敷衍了几句，或说了一大堆无关的话。

总而言之，他们完全没有为比赛认真地做准备，而这毕竟是场比赛。他们是不是优秀的班干部？是的。没错，我认可他们每一个人，也为他们的失败而惋惜，但是他们是好的参赛选手吗？似乎，他们连对比赛和对手最基本的尊重都没有。

只有对胜利的盲目自信，却没有为避免失败而做出足够的努力，这样的结果，有什么好意外的呢？

02

我做运动员的时候，队里每次训练，都会在最后进行一场内部比赛。有一个队友，因为表现不佳，做了候补，只能等着和别人轮换。

连教练都觉得这个队员的各方面能力素质都不是很好,做不了主力。

可是我的这个队友,后来却成了我们这支地方队中为数不多被选拔进省队的球员之一。而他之所以会被选中,是因为在一次正式比赛时,对手是一支实力明显不如我们的队伍。正是这样的原因,我们中的大部分人打得漫不经心,出现了不少的掉球失误,大家都是一笑了之。毕竟那个时候,我们已经远远领先于对手了。后来他被轮换上场。

虽然比赛结果已经确定了,可是他仍然打得很认真,努力地接球、传球、跑位,每一个动作都很努力、很到位。

大家都以为这只是一场普通的交流赛,却不知道在旁边的观众里,省队的教练在挑人。

作为替补上场的他认真又努力。

态度当然很重要,但是这并不是心灵鸡汤,不是态度好就一定会赢。真正的原因是,在现场,和我们频发的掉球失误相比,他几乎没有出现失误。不是他足够好,而是我们那一场真的表现很差劲。那场比赛虽然赢了,但是我们中的很多人都输了,输给了平时我们看不上的替补。

或许平时我们都打得比他好,可是没有人会知道平时的我们是什么样子,机会并不会等我们准备好。

03

盲目的自信,缺乏足够的重视,没有认真准备……很多时候,我们面对很重要的比赛或者考试,却并没有努力。然而,当失败结果出现的时候,我们又开始找各种各样的理由。

"同学不喜欢我。""他是关系户。""这个比赛有内幕。""有人故意针对我。"

面对结果,总是从别人身上找原因,而不在自己身上找原因。虽然这样会让自己心里好受一些,但不会让自己进步呀。

没错,造成失败的因素有很多,有些确实是我们无法掌控的,甚至是无法避免的。可是,在这些因素之外,我们自己,又真的努力和付出了吗?

80　不要从别人的嘴里认识我

01

这段时间电影院新上了电影，我准备挑一部来看。后来和朋友在网上聊天时，我说自己打算看一部新上映的电影。两个朋友差不多同一时间给我发来了截然相反的建议。

一个朋友说："你千万别去看，那电影拍得太垃圾了，我后半场全在睡觉，广场大爷跳舞都比电影好看。这电影票真的太亏了，你还不如过段时间在网上看呢。"

另一个朋友说："你想要看那部片子吗？明智的选择。我和你说，这电影真的太好看了，我好久没有看过这么好看的电影了，拍得真不错，我很喜欢。你什么时候去看呀，我要是有时间也陪你去二刷吧。"

明明是同一部电影，可是两个人却有完全不同的评价。那谁说的是对的呢？两个人说的都没错。对于他们来说，他们看的虽然是同一部电影，可是两个人的喜好完全不同，他们平日看的电影类型也是不同的，一个喜欢看温柔抒情类，另一个喜欢看动作武打类；一个人眼里的浪漫是另一个人眼里的矫情；而面对激烈的动作场面，一个人会大呼过瘾，另一个人则大呼血腥可怕。

即使眼见为实，面对一样的情节，两人也会得出不同的评价。

02

课堂上学习组两人一组，有个学生下课找到我说想要换搭档，我问为什么。他说："其他人都说我的这个搭档特别差劲，都说他这人特事多，还懒得很。别人任务都做完了他都还没做，谁都不愿意和他一组，所以我也不想和他一组。"

我和他说："不要从别人嘴里去定义一个人。你试着和他配合一次，如果真的不合适，下次我就不把你们分在一起了。"

那次作业结束后，我找到那个学生："你还想要换搭档吗？"

学生龇着牙笑道："不换了，我这搭档挺好的，他真的很认真啊。"

原来，那个不被大家欢迎的学生，每次都喜欢提前做好准备工作，查好研究资料，然后才动手做作业。而这个同学之所以不受欢迎，是因为之前和他搭档的同学大部分只想尽快把作业赶出来完成任务，就会觉得他查资料没必要，而且在他们看来，准备工作就是"偷懒"的表现。

所以，别人嘴里的评价，就可以代表一个人吗？未必。

03

我刚做辅导员的时候，同事和我说，有个后勤大叔特别凶，如果学生违反宿舍规定，大叔不仅会大声骂学生，甚至连辅导员也一起骂。好多辅导员都被他骂过，学生都怕他，背后也都恨他。

后来我认识了这个大叔，他的嗓门儿确实挺大的，隔着一个操场都能听见大叔激动地扯着大烟嗓用夹带着方言的普通话对学生说什么。如果不了解内容，看到大叔的样子确实觉得他在骂人，可是我挨了两次批评以后就听出来了，大叔实际上只是因为激动语速变快。他也没有骂人，只是在和学生解释这件事应该怎么做，为什么要这么做。

不过大叔看上去总是凶巴巴的样子，导致很多人误解大叔，学生背后总喊他"坏老头儿"。

后来我和大叔熟了，称呼他为"三叔"，三叔就和我说，他是故意当着学生的面批评辅导员的。

"这样学生就知道找辅导员来没用，不然每次宿舍出了事，学生总是找你们辅导员来解决。这样学生就会养成坏习惯，还总是折腾你们辅导员。"这哪里是一个坏老头儿，明明是一位对晚辈照顾有加的长者。

说起来，在辅导员里，他批评我的次数尤其多，还尤其狠，但是我一点儿也不生气，真的。和他搭档的那几年，我几乎没处理过宿舍问题，而我们班学生也很少有宿舍违规现象。毕竟，学生知道他们要是出了问题，"坏老头儿"连辅导员都骂。

后来三叔退休了，但是我们还保持着联系。有次在学校里遇到有人闹事，三叔知道了立刻赶了过来，帮我解围。他还是扯着大烟嗓做那个坏老头儿。其实三叔人很好，至少在我看来是这样的。

04

我们每个人都是带着自己的主观色彩去判断他人的。我们对别人的评价是没有办法做到客观公正的。何况是别人嘴里的别人呢？

一部电影到底好看不好看，最终还是要你自己进了电影院，才有属于你的评价。

一个人到底是怎样的，最终还是要自己去接触、去了解，你才会知道这个人是怎样的。

我们在评价别人的同时，也在被别人评价，我们总会成为别人的谈资，这很正常，但是没必要活在别人的嘴里。那些不满意你的人是永远不会满意你的。

生活是自己的过往，不是别人嘴里的故事。

81　稳住，慢慢走

01

我刚拿到驾照的那段时间，新鲜劲儿还没过，特别喜欢显摆自己会开车这件事。有一天，我妈要去接外公到医院拔牙，我就自告奋勇地做了司机。

从家到外公家的路程，我爸开车要花三十分钟，而我比他早五分钟到外公家。停车熄火后，我得意扬扬地看着我妈，等着她夸我几句。我妈撇撇嘴，说道："你爸说得对，你们新手开车就喜欢开快车，一点儿也不稳。"

"我开车怎么不稳啦？车作为交通工具不就是应该尽快把人从这里送到那里吗？"我有点儿不服气地说。直到看到我妈打开保温壶，里面准备送给外公喝的炖好的汤已经洒了大半。我妈指着汤说："几个红绿灯你都是到了跟前才急刹车的，路上开那么快对别人来说多危险啊，多出这五分钟有必要吗？"

我妈把我骂了一顿，我不服气。从医院回家的路上是我爸开的车，我发现他开得很慢，而且总是被别的车超过去，有辆车超过去以后故意在我们车前闪了闪尾灯。我爸可是开了大半辈子大卡车的老司机啊，怎么可以让人这么欺负呢？我说，你快超他们。我爸说不用，就这样开挺好的。

把外公送回家后，我爸问我："外公刚才睡得好吗？"我点点头。

我爸接着说："你看，外公刚拔牙，不舒服，在车上睡着了，我们应该把车开得稳一点儿，让车上的其他人满意。你觉得开快车就是好吗？踩油门谁不会呢。"

终点就在那里，我们总会到的，开快车不难，难的是把车开稳。

02

我有个学生，大一就报了很多培训班，又报名参加了许多比赛。他每天都在校园里穿梭，连上课都是匆匆忙忙的，迟到早退了好几次，后来老师发现他上课还不停地发短信参加各种打卡群。

我知道了以后找他谈话,问他为什么报这么多课程,他根本没有足够的时间和精力啊。

学生说,现在的社会竞争压力太大,他要在大一就比别人早一点儿起步,要更早取得先机。我说大学有四年呢,何必那么着急。

可是学生不听,大一第一学期就挂科了,而他报名参加的课程和比赛也收获寥寥。这结果在我的意料之内。

我把他喊到办公室给他看了一份毕业学生的简历。这是我的另一个学生,她的简历里,大一大二都是空白,但是到了大三,她拿下了一个全国性的竞赛奖,这个竞赛的含金量非常高,以至于后来研究生复试的时候,老师直接问她对硕博连读感不感兴趣。

别人都在忙着考证的时候,她不急不躁、认真地看书,积累知识,最终才有了厚积薄发的成果。

我对这个学生说:"报培训班,买很多书,这些都是学习的态度,但不是学习的诚意。真正的学习,不是看你有多少本书,而是你看了多少本书。你想跑得比别人快是好事,可是为了跑得快,却把最重要的东西弄丢了,明明想通过参加各种活动为大学经历锦上添花,现在却连基本课程都挂科了,那这样的快还有意义吗?"

03

我终于明白,为什么我爸作为一个司机会被很多人夸赞驾驶技术好了。因为无论谁坐在他的车上,都会很安心。无论他需要运送什么材料,大家都会放心地交给他。我爸最感到自豪的就是在他几十年的职业生涯中,驾驶证没有被扣过一分。

这就是因为他有把车开得又稳又好的本事。

无论是手握方向盘,还是规划自己的人生,我们都应该首先想一想,出发的目的是什么。我们的人生想不断进步,这个过程不仅要快,而且要稳。

作家林海音曾说:"老师教给我,要学骆驼,沉得住气。看它从不着急,慢慢地走,总会走到的;慢慢地嚼,总会吃饱的。"

82　重要的是，找到自己的跑道

01

总有同学问我这样的问题：

"老师，究竟哪个专业好就业？"

"我为什么那么努力，那么认真，还是学不好这个专业呢？"

我问他："你喜欢这个专业吗？了解这个专业吗？"得到否定的答案以后，我就好奇地又问他："你不喜欢这个专业，为什么要选择这个专业呢？"

他回答说："因为别人说这个专业好就业呀。我自己爱好的专业不赚钱啊。"

很多家长盲目地催促孩子考研，提升学历，认定了只有高学历才能获得高薪水。然而，现在研究生毕业找不到工作的也有很多人。于是大家纷纷责怪现在的学历不靠谱儿，没有含金量。

可是学历只是一块敲门砖，最重要的是，进了"工作"的大门，还是需要靠能力来说话的。

有很多人一味地执着于专业、学历，却忘记了，先选择一条适合自己的路是多么重要的一件事。

老天爷给每个人都赏饭吃了，就看你端不端这碗饭。

02

学历就代表高薪吗？

按照很多人信奉的"高考决定人生"，我高中班上算上我，整个班考上大学的不到五个同学。那我应该是我们班的人生赢家了吧。

高中毕业十多年后，班上的同学都有了各自的生活。

有一个同学是学摄影的，现在他的专业商务摄影一张照片报价五位数起。也有同学不服输，后来考了专升本，又读了研，工作比我晚了三四年，后来也当上了有编制的老师。

我们班的同学，考上本科的不到五个，可是我们成了班上的精英人才了吗？并没有。上面提到的这些同学每个人的收入都比我的高。

03

学习能力不等同于学历，很多人的痛苦就来自没搞清楚其中的区别。

前段时间，某个网络主播被某城市认定为人才，享受了落户引进政策，引起很多人的讨论。大家都在讨论他可不可以被定义为"人才"，但所有人都不可否认的是，现在的他确实是某一领域的佼佼者。

这位主播学习刻不刻苦？刻苦。为了学习怎么卖掉一件产品他费尽心思。但是即使他把这个劲头用在学习上，也不会考上北大、清华，因为他不感兴趣，也"不是这块料"。反过来，中国顶尖大学的教授跟着这位主播学三五年，他们也没有办法像这位主播那样推销一本书、介绍一包零食、夸耀一件产品。

科研和营销就是两碗饭，每个人都应该找准自己的所长和所爱。

朋友带我去听化妆师的课程，开场五分钟我就睡着了，因为我真的听不懂。但是还有些人，你不让他学，他都已经把这些烂熟于心了；有的人入职选拔表现平平，入职后却对工作有很大热情，能把事办好办漂亮，还开开心心的；但还有些人却如坐针毡，即使考了高分，在实践中也步履维艰。

真正的热爱是装不出来的。

我们都应该找准自己的热爱，挖掘自己的特长，然后，好好学习，将特长发挥至极致。

这样，我们自然能拥有锦绣前程。

83　少经营朋友圈，多看看生活圈吧

01

近日处理了一起学生宿舍矛盾。矛盾的导火线就是一个同学在刚开学的时候发了条朋友圈，顺手点了分组，然后宿舍里的两个同学一个看到了另一个没看到。没看到朋友圈的同学心里就有了小疙瘩，他在朋友圈发了一条语焉不详的信息，配了一张图，似有所指。一场有关于宿舍站队的无硝烟战争就这样悄悄打响了。

班长发现这个宿舍的学生发的朋友圈跟刷屏似的，一个小时就能发布十来条，上课的时候老师在讲台上讲课，他们就只顾低头发朋友圈，即使不知原委的旁观同学，也能看出其中的针锋相对和火药味十足。班长想了一下，把这件事告诉了我。我大致翻看了一下，确实，他们离爆发不远了。

我到了他们宿舍，让他们把手机都拿出来，翻翻自己的朋友圈。然后问他们："你们觉得，如果是一个旁观者，看到你们发的这些信息，会怎么想呢？"

我帮他们把事件梳理了一遍，大致确定了矛盾的源头，就让大家把话说开，分组的同学说自己不是故意设置的，另一个同学说并没有放在心上。其实话真话假都没有关系，矛盾一旦发生，就不是几句话可以解决的。

矛盾需要解决，但不是当下最重要的。重要的是——

他们是准备一辈子就活在手机的朋友圈里吗？如果不是，他们可不可以换一种交流方式？

他们是确定要和对方相处一生吗？如果不是，他们为什么要和对方纠缠。

如今，对于很多同学来说，网络已经代替了现实，成了重要的社交圈。

02

人们已经习惯了这样的场景：老师在讲台上讲课的时候，学生不听课，只是低着头玩手机。有的同学不是玩游戏，也不是看电视剧，只是小心地挪动桌上的书本和笔，等到太阳光慢慢挪到自己满意的位置，便立刻举起手机拍好几张照片。接下来的课堂时光就是修图P图，然后琢磨文案，最后，一个上午会收获一张好看的朋友圈照片——"又是早起奋斗的一天呀。青春，不可辜负哦。"

尴尬的是，桌上的书还不是这堂课的书，但是这不重要，重要的是这本书的封面配色使照片更好看。

特别说明一下，以上这个场景并不限于性别。无论男生还是女生，我见过很多，他们都已经习惯了精心打理自己网络上的朋友圈。那些随手一拍的美好，已经被他们赋予了特别的意义。而每一个赞对他们而言，都特别重要。

03

如今大家陷入了一种诡异的现实：大家知道某同学并没有运动，八块腹肌靠的只是P图，可是看到他朋友圈里展现的运动形象，还是会由衷羡慕，即使大家知道那是假的。

于是自己也开始更加疯狂地更新朋友圈，营造一个精心装扮下的人设。

但是，这些精心装扮表现的是真实的自己吗？

虽然发了认真学习的朋友圈，但实际上一个上午连书都没有打开。虽然朋友圈有绿茵操场的清晨，可其实只是捧着一杯奶茶过去摆拍打卡。

我们的朋友圈是为了记录生活中的美好，但美好应该是真实的。P图时用的"瘦十斤"特效，是我们期待自己真的瘦下来十斤后的样子，这些在现实中是无法发生的吗？并不是。可是我们为什么不去做呢？

很多同学已经停不下来在朋友圈发修过的图这种行为，网上的其他同学每天都有新的变化，而他们已经没有办法接受自己需要花三个月甚至更久的时间换来"微不足道"的小变化，这种变化哪有P图来得快呢。

04

明明在一个宿舍，却不愿开口说一句话，而用手机里的分组来区分亲疏远近。

明明身边就有美好的小花，却要在网上下载一张获奖的摄影作品，作为自己的生活分享。

明明靠努力可以获得的改变，却因为改变太慢，而情愿花钱营造"改变成功"的假象。

……

所有的注意力都放在了朋友圈，而忽略了自己身边真实的生活圈，这是很遗憾的事。

我们当然可以解释为：这只是对未来的美好期待。

而我也要提醒你们：未来是由当下的现实决定的，我衷心希望这样的期待是动力，而不会成为你们透支的未来，三年、五年后，你们总有一天，需要现实为这一切买单。

84 我们,该如何评价他人?

01
科学告诉我们,评价行为是充满主观偏差的。

学社会心理学的时候,我学会了后来时常用来警醒自己的知识——归因理论。

归因理论中有一种判断错误叫"自利偏差",也就是人们总是倾向于将自己取得的成功归结为自己特有的内在因素:"因为我某方面和别人不一样""因为我比别人更努力、认真、善良……"而将自己的失败归结为情境因素:"因为整个市场环境都不好""因为大家都觉得难""因为今天天气不好"。

简单来说,就是我们相信获得的成功都是自己的原因——"我努力克服困难",而当我们遭遇失败就会认为是客观原因——"自己无法改变"。

这代表什么呢?代表着大部分情况下我们评价自己时会有虚假的自信。反过来也一样,在评价别人的时候,我们会有自利偏差。换句话说,看到别人赢过我们,或者比我们优秀的时候,我们会更加偏向于认为对方是因为情景因素,也可以简单总结为"这人的成功就是运气好、长得漂亮……"当然,对方可能只是一个平平无奇的普通人。

每次学生奖学金评定结束后,总有人会猜测拿了奖学金的学生和作为辅导员的我之间是不是有什么不可告人的关系,即使我在评定工作开始之前把规则制定完后就离得远远的,也总是择不干净他们的心魔。即使程序公开透明,大众投票无可挑剔,落选者也难免会质疑投票人的偏心。

谁也不愿意承认自己弱于他人。谁也不喜欢接受失败。

02
无论是否知道事件的全貌,评价他人依然难以做到客观。

迈克尔·杰克逊，一代歌唱巨星。生前深陷整容丑闻，很多人说他把自己的皮肤漂白了，他原本是黑人。很多人指责他"背叛了自己的肤色，背叛了自己的命运，背叛了自己的群体"。这样的指责很严苛。其实当时有很多人站出来说明，当时的科学水平根本做不了全身漂白（即使现在科技也做不到），而迈克尔·杰克逊的皮肤变色，是因为他患有白癜风。

这种病本身就伴随着疼痛，而病患没能为他换来同情，反而成了一些人指责他的舆论利器。现在还有很多人对他抱有误解。

名人或者明星能被更多人看见，就证明他们有更权威的话语权吗？不。话语权始终在大家手里。为什么显而易见的真相，却有那么多人不认可、不接受呢？因为人们只愿意相信自己想要相信的，并且将此界定为"真相"。

至于这个"真相"到底是真是假，却往往成了最不值得关心的。

"只要我认定的，就是真相。"

03

不评价他人，保持沉默。

既然我们很难做到客观，最好的办法就是不要对别人进行评价。

苏东坡和佛印一起打坐辩论。苏东坡问佛印："你看我像什么？"佛印答："我看你像佛。"苏东坡大笑说道："我看你像狗屎。"他以为自己辩赢了。结果回家向小妹炫耀，小妹叹了口气说："你还是输了。人的心里有什么眼里就有什么，他看你像佛，因为心中有佛，而你看他像狗屎，那你的内心也只有狗屎呀。"

我们眼里的别人是什么样，其实取决于我们自己。但是我们自己的内心想法是否代表客观呢？不一定。那么既然如此，少评价他人，才是最大的善意和支持。

04

少解释，行动比语言更有说服力。

总有学生提出这样的烦恼："老师，别人误解我，说我坏话怎么办？"

我给出的建议是：不理，不睬，继续做好自己就足够了。

我也经历过信用破产危机，别人对我也有过不客观的评价。我发现面对别人的评价时，他们根本不在乎我会不会解释以及解释什么。所以，我没有解释过，而只是一如既往地做下去。

信任我们的人不需要我们解释，不信任我们的人解释也没用，要我们自证清白的人只是为看热闹。热闹之后，没有人会在意事件当事人会怎么样。

　　当然，我们总是要乐观地想，乐观地看待这样的事件："为什么不评价别人，光评价我们，说我们的坏话呢？因为，在他们眼里，我们已经强大到足以成为让他畏惧的敌人了。"

　　其实这话有点儿阿Q精神，但是人生就该有点儿这样的自娱精神，不是吗？

　　不必为了自己打定主意要做的事解释，这样会耽误自己的行程；不必为了别人的误解费心证明，这样也换不来朋友。

85　沉迷"吃苦",是对成功的不尊重

01

有一次,一个学生受伤进医院了,我特别生气,憋着一肚子气到医院去看他。进了病房,看到学生孤零零地躺在床上,脚踝绑着绷带。医生建议观察一天。他找了一份送牛奶的兼职,早上骑车送牛奶的路上因为下毛毛雨路滑摔了一跤,可能摔到腰了半天没爬起来,被路人看到打的120。

庆幸的是就检查结果来看,受伤情况倒是不严重,可是耽误事啊!耽误他自己啊!

这个学生二次考研,他一直在很认真地准备着,可以说是全力以赴。结果距离考试没几天的时候受伤了。

他看到我,摆摆手,笑着和我说:"我没事的,辅导员你别骂我啊,你骂我我就哭给你看了。"话没说完眼睛已经红了,他自己也着急,又生自己的气,可是能怎么办呢?

他每天四点起床送牛奶,送到七点结束,然后回出租房看书,看到晚上十二点。他得意扬扬地和我说他把自己的时间规划得有多好的时候,我当时就忍不住给他泼冷水:"为什么非要兼职,多出的时间多睡会儿也好啊。你这样精力根本不够,影响了自己,万一耽误了考研就真的得不偿失了。"

当时,他反驳我,举了很多名人吃苦学习的例子,"别人都能吃得了苦,我有什么不可以"。

不是不可以,但是有没有必要?

别人是迫不得已才会经历生活的苦难的,他们取得了成功是因为他们能够始终坚持信仰,从来没有放弃过对目标的追求,而不是自讨苦吃感动自己。

02

曾经我在上课的时候给学生放了一部高分电影。

电影情节主要是男主角在生活的低谷期经历的苦难：伴侣离开，无家可归，投资失利，还要照顾孩子，最后他还是战胜了所有竞争对手找到了一份工作，从此开启了人生的新篇章。这是根据真人真事改编的电影《当幸福来敲门》。

我第一次看这部电影的时候是在大学期间，当时看到男主角带着孩子躲在地铁的卫生间里过夜而被驱赶的情节，我大受触动。当时我内心的独白是：啊，原来成功就是要吃各种苦啊。

后来我上课时给学生放这部电影，然后和学生交流观后感，发现学生和我当初的感悟差不多。

但是，这次我向学生表达了另一种观点，也是反驳当初我对于成功的误解：在追求目标的道路上，我们不能怕吃苦，也要做好吃苦的准备，但是，吃苦并不是实现目标的必经之路。

不要沉迷于吃苦，不要为了营造追求成功的假象自讨苦吃，感动自己没有用。

现实中比电影里男主角更能吃苦的人很多，男主角的成功离不开吃苦，但吃苦并不是唯一的原因，更不是必要条件。

03

做辅导员以后，我看到了太多能吃苦的学生。但是绝大部分情况下，我认为他们在吃没有必要的苦。

参加好几个社团，又去忙活、准备各种活动，然后又找了几份兼职，每天忙得连轴转。不考虑需要，不在乎价值，单纯堆砌工作量。在这些辛苦忙碌之间，他们才能抽出一点点时间学习、完成作业，而至于学习质量如何，不得而知。

老师布置论文上交的时间很早便确定了，明明时间很充裕，却非要拖到最后一天，通宵达旦地去写，熬到早上五六点。但是因为觉得自己吃苦了，就特别有成就感，觉得这份作业是自己的"心血"。

可是结果呢？

结果就是上课时自己直打瞌睡，写作业时选择题错了一大堆，名词解释啥也不会，别的同学用一个星期每天只花两三个小时查资料写论文比自己熬了一晚上的成果要好，成绩要高。

更糟糕的是，学生面对结果的时候，往往没有意识到问题所在，反而会质疑结果："老师，我这可是熬了好几个晚上才写出来的，吃了好多的苦，凭什么不能通过考核？"

客观结果不因主观因素而转移。沉迷于"吃苦"才是对成功的不尊重，不过是因为对目标不够坚定而给自己平白加戏。

04

从小我们接受的教育就是"吃得苦中苦，方为人上人""天将降大任于是人也，必先苦其心志，劳其筋骨，饿其体肤，空乏其身……"

话本身没有错，可是这话的本质内涵是让我们在追求目标的道路上面对苦难的时候，用这样的话给自己加油打气。这并不是成功法则，也不是将苦难量化，误认为将吃苦多少和成功的结果画等号。

电影通过对苦难的描述，更容易获得大家的情感认同。

现实中，我们也习惯了强调一个成功者所经历的苦，坚信别人因为比我们能吃苦而获得成功，或多或少还有自我安慰的意思。

从学校毕业的同学，进入社会后可能还是会习惯给自己增加苦情戏。但是如果我们把这些苦都舍去，再来仔细想一想，追求成功的道路或许会更加明朗。

我们想要什么，成功的目标是什么，我们只要义无反顾地坚持做就好了。

一帆风顺地走向成功，不好吗？

86　识别那些让你滞留原地的快乐

01

唾手可得的快乐，真的很让人沉迷。

网购。"双十一"的当晚，班级群里热闹非凡，大家都在做"尾款人"。最后清空购物车的行为带来了巨大的快乐，多巴胺分泌到达顶峰，虽然群里有很多表情包吐槽，但是言语里都很轻松。这样的快乐源于对选择的掌握，是立刻体会价值感的快乐。

网购带来的快乐不只是付钱那一刻，等快递是充满期待的快乐，在收到快递到达的信息时便有了收获的快乐，拆快递的过程也有了像拆盲盒一样验证未知的快乐，假若还有一两样赠品，这样的惊喜便实在太让人快乐了。

作为一个成熟的辅导员，在教育学生理性消费的同时，我也很多次和自己斗争，结果是卸载了网购 App，然后过几天又忍不住再装上。

一杯奶茶几十元，每一杯都装满了美好精致生活的代入感。配料中的糖、咖啡因等化学物质所带来的神经刺激，都是快乐的源泉。而一杯奶茶带来的社交价值也让人际交往变得简单了很多，快乐变得简单又清晰。

游戏、追剧、"嗑 CP"、打榜……能让我们获得快乐的渠道实在太多了。

那么这些快乐有问题吗？其实没有什么问题。关键就在于，我们需要明白，有些快乐会让我们滞留原地，有些痛苦会带来成长，而你们需要什么？

02

人生的舒适圈一定要跳出去吗？未必。

盲目地鼓励大家前进奋斗其实也是贩卖焦虑，能握在手里的快乐不香吗？香啊。那我们为什么还要改变呢？

我们必须先明确一个前提，你的目标是什么？如果你的目标就是快乐地生活，接受可能被他人评价为"平庸"的状态，那很好，没有任何问题。保持自己的信念，不要受他人干扰，维持现状，用心体会生活中的快乐，保持每一天的幸福感，我们已经实现了人生目标。

人生有若干种价值观，喜欢平淡不代表就是错误的。所以我并不是在灌输"一定要赢一定要拼"这样的生活理念，我认为每一种生活都是值得尊重的，都可以获取幸福感。只是在很多年轻人的心里总认为自己必须与众不同、要获得成功，不愿意接受他人定义的平庸普通。但同时，沉迷在滞留的快乐里，不愿前进。

让我们滞留的快乐很美好，当然也有风险。

八岁时，一根棒棒糖就能给我们带来快乐，但是这份快乐是否能维持到十八岁？

十八岁时，网吧通宵游戏就能给我们带来快乐，那么这份快乐可以持续多久？

03

痛苦也有风险，风险就是：痛苦可能会一直持续，但是生活没有改变。

向上，奋进，本质都是对当下的改变。这样的过程总是痛苦的、漫长的、枯燥的。同样是熬夜，网购一晚上可以换来实实在在的产品，是可触摸可展示的价值。但学习一晚上可以换来什么价值当下看不出来，真的很难体现。

一个晚上可能我们连一道题都弄不清楚。

一个晚上加班得来的方案也可能不到五分钟就被否定。

锻炼了一个月也可能看不到身体上一丁点儿的变化。

所以这个时候我们会报复性消费，一杯奶茶，一次网购，就可以减少挫败感，找回快乐。而我们握着手里实实在在的快递和奶茶时，再想一想学习，就会产生这样的疑问：努力这么不快乐，我们为什么还要努力？

面对这个问题，我们就要看眼前的快乐价值和长远的成就价值，哪一个是我们想要的。

选择了眼前的快乐价值，我们就要接受成就价值的沉没。而选择了长远的成就价值，我们就必须坚定地走下去，放弃眼前的快乐价值。

美国临床心理学家维克多·弗兰科尔曾说："如果人不能负责任地生活，那自由会堕落为放任。"

其实那些能把我们留在原地的快乐真的很有诱惑力，所以我懂得那么多道理却还是又一次装回了网购 App，即时性的快乐感实在容易上瘾。怎么办呢？

先识别，识别你们的目标，识别快乐的价值。

然后取舍，做出选择。

87　我们想要的那么多，为什么却总是留不住

01

熊瞎子掰玉米，把玉米夹在腋下，掰一根，夹一根，掉一根，掰一根，夹一根，掉一根，掰了一天，最后也只得到腋下那一根玉米。

这个故事我们小的时候都听过，所有人都笑熊瞎子是个笨蛋。可是长大以后，我们都变成了熊瞎子。

大学里，最累的不是学霸，当然更不是学渣，而是一群"熊瞎子"。这群熊瞎子捡起一根"好好学习"的玉米棒，然后又去捡"课外资格证书"的玉米棒，又想捡"业余兼职"的玉米棒，还不忘社团活动、宿舍聚餐、逛街娱乐、校园恋情的玉米棒。期末的时候，低头一看，"好好学习"的玉米棒已经被丢得很远了，于是匆忙捡起"好好学习"的玉米棒。

在学校里，熊瞎子每天过得都很充实，都很忙碌，然而到了毕业的时候，手里却没有几根玉米棒。

本该收获满满的他们，为什么会一无所有呢？

我们总是在追求成功，而成功是什么呢？既想要学业，又想赚钱，既想当学生干部，又想追求爱情，舍不得放弃任何一个求上进的机会，却又不好意思拒绝室友逛街的邀约。我们想要的实在太多太多了，最终，我们还是没有弄清楚自己想要什么。

02

有的人是时间管理大师，可以几项工作同时开展而且能做得很完美。这样的人，我们羡慕，但是大部分人很难成为时间管理大师。这是事实，我们必须承认。

刚做辅导员时，我带专升本班，和普通本科相比，外人总觉得专升本的学

生层次稍微差一点儿。实际上，我自己带过的学生里，专升本的学生考研成功率特别高，比普通本科的学生考研成功率高 20%~30%。为什么呢？因为这些学生大部分目标很明确。高考是社会给所有未成年人设立的目标，而在这之后，就是自己定目标了。他们在整个专升本的两年里，都是在努力地为实现目标做准备，之后再考研或者找工作。

有个学生上专科的时候，就在市区的一家快餐店做学生兼职。连锁快餐店里，这样的兼职学生太多了，每家店门口都挂有那种招兼职学生的牌子，还有晋升计划。这个学生刚开始和其他的兼职学生并没有差别，他从专科一年级一直干到专升本毕业，干了整整五年，他成了那个店里资格最老的员工。毕业的时候，他直接转入总部成为正式员工，还是区域经理。

一般情况下，我都是态度鲜明地反对学生做兼职。但面对这样的学生，我有什么理由、有什么必要去反对呢？

那个晋升计划每天都摆在那里，可是只有他做到了。

03

大学里的熊瞎子，到了社会上也是这样。进入了"工作"的玉米地，捡起一根"钱多"的玉米棒，又想捡"事少"的玉米棒，还有"前景发展好""压力小""加班少"……在"工作"的玉米地里走了很久，却发现，一根玉米棒都没有捡起来。

几年前，曾经火遍朋友圈的月收入三万元的煎饼大妈和买了七套房的烧饼大叔成为刷屏话题。而在他们之前，我们也看过煎饼妹的新闻，她以美貌的噱头走红，成了人人称羡的"网红"。她的走红不是因为做的煎饼多好吃，而是因为长相的出众。按理说，她比大多数人的起点高，比别人更容易获得成功。

可实际情况呢，这么多年过去了，煎饼大妈还是可以靠着卖煎饼衣食无忧，烧饼大叔也继续着他的购房计划。昙花一现的关注其实并不会打乱他们的人生节奏，他们没有热度前过得好，有热度时他们可能过得更好，现在热度消失了，他们还是和之前一样好。

但是那些"网红"呢？热度在时，他们中有人做起明星梦，有人借着余热做起微商，可终归，他们还是归于平静。

04

没有一颗踏实的心，做任何事都很难成功。

无论是月入三万，还是坐拥七套房，大妈还是大妈，大叔也还是大叔。人家已经向大家展示了成功的秘诀，那就是积累和付出：每天四点起床，五点准备材料，六点出发，十点收摊；下午买菜，洗菜，准备食材；晚上十一点休息……

这是三十多年、四十多年如一日的坚持。不是所有的煎饼大妈都可以月入三万，不是所有做烧饼的大叔都能买得起房子，人家凭本事赚的钱、买的房，别人有什么可眼红的，只有佩服。

任何事，只有坚持做，才会有收获。

88　先行动，然后找目标

01

我刚上初中的时候，同为"80后"的少年里有人成了大作家，一时备受追捧。因为他，很多"80后"的心里都埋下了一个作家梦。我也不例外，虽然我那个时候的作文水平只是中规中矩的试卷答题水平。

那个时候很多人都准备了一个笔记本，没事就在本子上写几句。但也只能写几句，因为不知道如何写跌宕起伏的故事情节。我也是这样。有的时候写了快半个本子，却发现自己写的都是流水账，一点儿也不精彩，也没有故事性。然后我就想放弃了。

有一次参加活动，我遇到了一位儿童文学作家。在随后的提问环节，有人问了这样一个问题："我觉得自己写的文章总是像老太太的裹脚布，又臭又长，写半天都写不到重点，我是不是不适合写作，我是不是写不了小说？"

当时那位作家的回答是："能不能成为作家不是你现在要考虑的，你要做的是继续写。当你写的文字足够多之后，你才能考虑把文章写好。"

我听了这位作家的话，一直坚持写。后来，我还真的写出了一两篇完整的小说。虽然小说质量不尽如人意从未示人，但是至少我做到了。而这段经历给我带来的收获是：我了解到以自己的文字水平很难成为一个作家，但是这段经历对于我现在这样持续性地输出文字带来了信心，也锻炼了我的写作能力。

有些人确实可以成为天才型选手，一旦行动就能达到目标。而大部分人，只有行动起来，在行动过程中，才能慢慢地找到自己的目标。

02

刚开学时总有学生提出各种问题：我是该考证，还是该考研，还是该考公务员？我想要考证，是该考这个证，还是那个证？哪个证更适合我？我不喜欢本专业，是该跨专业考研还是转专业？我不是学师范的，我该不该考教师资格证……

这些问题的本质，其实是对目标感到困惑。但也暴露出另一个事实，那就是缺少行动力。

很多学生花了大量的精力、时间，用各种渠道、方式比较选择的好与坏，但他们却始终没有行动。有个学生咨询我考证的问题，从大一咨询到大三，后来他的问题就变成了"我现在考证还来不来得及？"

在和这些同学交流的过程中，我感到有些同学甚至有了这样的不合理信念：我定了很多的目标，所以我是有想法的人，我比其他同学优秀。

对于我的学生，我会当面指出他们的问题，并告诉他们，即使再伟大的目标，不行动，一切便等于零。

03

如果没有目标，那么只要行动起来，就可以在行动的过程中慢慢寻找、调整、修正适合自己的目标。

不要认为自己没有天赋就放弃行动，大部分人的成功，是在不断的行动中积累、获得的。

《挪威的森林》作者村上春树有一个习惯，每天写 4000 字。用纸笔的时候，每天都是写满 10 页纸。"写了 8 页实在写不下去了怎么办？逼自己写满十页，像刀架在脖子上一样。"

所以村上春树写出了优秀的作品。但是，他的每部作品都很优秀吗？我查证的资料显示，他发表过 14 部长篇小说，32 部短篇小说，4 部旅游文学，3 部报告文学，4 部合作作品，13 部随笔，6 部翻译作品。

他写了那么多作品，很多人记住的也只有其中几部。完成比成功更珍贵。

很多时候，我们说，目标很重要。有了目标，就是成功的一半。

可是，在没有明确目标时，该怎么办呢？那就是行动。

要行动起来，不要害怕是错误的选择，没有万无一失的选择，哪怕是错误的选择，只有尽快地行动起来，才能验证结果。这样，我们总还有重新再来的机会。

先行动起来再说。

89　坚持时，不谈热爱

01

有的同学问我："老师，你每天更新文章，你是怎么坚持的呀？你是不是很热爱写作啊？你真的好厉害啊，我觉得自己好难哦，没有热爱的东西，干什么都坚持不下来。"

在看了我的文章之后，大家普遍夸我写得多，而不是夸我文笔好，所以我厉害在哪里呢？不是我的文章把谁感动了，而是一个没什么天赋的普通人可以做自己不擅长的事并坚持那么久，这件事把大家比下去了。而我可以坚持这么久，除了热爱，好像也想不到别的动机来解释了。

实话实说，我的文字功底不怎么样，内容也没有多么引人入胜，关于这一点，看文字的你知道，写文字的我心里也有数。我的文字平平无奇，离优秀还差很远。

不过，我这人心态还行，关于是不是差劲，我们还要看是怎么个比法。譬如和我同龄的天才学霸，如果说他们在天上，那么我就在地里，而且是在马里亚纳海沟再往下挖两锹的地方。这样的人是用来羡慕的，不是用来嫉妒并暗自较劲超越的。

我能和谁比？和我自己比。你们觉得我现在的文字很差劲，那是没见过我更差劲的时候。刚开始写网文的时候，我几个星期才能写出一篇，字数是凑够了，至于内容嘛……有的时候完成后，自己再看一遍，发现标题和内容就是羊头和狗肉，开头和结尾相互不认识，不要说升华主题了，写的文字能把事说清楚就已经很好了。

和过去相比，我的文章真的是有脱胎换骨的变化了。

02

我从小最怕写作文，每次写作文，作文本上至少要有两处糊掉的地方——泪水沁模糊了，因为写不出来着急啊。晚上不能睡，我妈在旁边咬牙切齿，想到第二天作业交不上，老师又要点名批评，脑子里更是一片空白——啪嗒，又掉了一滴泪。

所以你们问我是不是热爱写作，实在抱歉，我不知道自己热不热爱写作。但是我知道自己每天更新一点儿也不快乐。很多时候，我会对着空白的屏幕发呆。然后强迫自己写一点儿，再写一点儿，写一百个字，那就再写一百个字吧，都写到这儿了再想个结尾吧……有的时候更新晚了，不用怀疑，一定是我头一天晚上没有憋出来，第二天一早赶出来的。

所以你们说我坚持写作的动机是什么，动机就是因为这是我的工作呀。如果我不是做学校里的辅导员，我的工作不需要动笔，我现在的坚持可能还有，但一定和写作无关。我小时候的梦想是在市里有名的一家面馆里端盘子，后来也梦想过在公交车上做售票员，再后来我还梦想过做一名体育老师，无论是哪一个，都不需要动笔。

可我现在既然没有实现那些梦想，而是在做眼前的这份工作，那就要把它做好呀。

03

我给很多同学做过职业规划。我的感受是，很多同学面对职业最大的一个误区，就是太抬举"热爱"这个词对自我目标追求的动机价值。

因为热爱，才能学好专业；因为热爱，才能完成工作；因为热爱，才能认真对待……"我根本就不喜欢这个专业，实在勉强不来，我该怎么办啊。"该做的，就是把这件事做好，不要管自己热不热爱。

说真的，我也不劝你们真的把热爱的事当作自己的工作，因为所谓的"热爱"，是身处其中我们会收获快乐和喜悦，而任何热爱的事和人，一旦成了千篇一律必须完成的任务就会变得乏味枯燥。如果那样，总有一天热爱会变成负担，喜欢会变成麻烦，那时候便没有了动力，只想逃避。

你们可以不选，而不是选了之后，再嫌弃选择。

除了热爱，还有个词语，叫责任。而所谓责任，就是为自己的选择负责到底。

90　这个世界上根本就没有正确的选择

01

这篇文章的题目只一句话的上半句，完整的句子出自一部长篇小说："这个世界上根本就没有正确的选择，我们只不过是要努力奋斗，使当初的选择变得正确。"

别问我小说是什么内容，我也不知道，毕竟也没看过。这句话我是在网上看到的，觉得特别好，刚好能回答一个同学问我的问题，所以就记下了。

这个同学问了一个什么问题呢？他问："到底我该考研，还是该找工作？"

他问了我好多遍了，每次都很焦虑，每次都给我列举他新收集到的各种所谓的新信息，譬如考研政策改革了、某某学校扩招了、某个大学有传言了、某个工作有限制了……他总是在当下的各种选择中徘徊纠结，而无论做出怎样的选择，没多久他总是后悔；考研书还没买，就又开始纠结会不会考不上，还不如找份稳定的工作；工作简历还没有写完，又开始纠结学历没有竞争力。他的室友都买好书报好班和考研班级一起上课走出好远了，可是他还在起点徘徊。

他之前总是和我抱怨，自己高考的时候没有填好志愿，他没有想到那时的自己竟然超常发挥了，按照他的分数，他认为自己完全有资格报考一所更好的一本大学。所以他把之后遇到的一切失败和负面事件，都归结为自己当初没有做好人生的选择。

02

我在网上认识的一个学生，给我讲了他的故事，我不确定真假，不过我想和你们分享一下他的故事。

他高考时考上了一所非常好的学校，因此他认为自己很厉害，对于学习也失去了兴趣，认为大学很好混，考试前熬夜复习一下就可以了。当然，我说过很多次了，大学不是那么好混的。他意识到这一点的时候，已经是大三挂科达到劝退的标准了。这时候他慌了，急了，想了各种办法，各种求情，但是都没有用。

他之前的人生选择等于白做了。父母对他很失望，他自己也不知道未来该怎么办。

他认真地考虑了一下，终于意识到要为自己负责。可是供他选择的路并不多。他之前被劝退的经历，是写在档案里的。而三年过去了，他几乎没有怎么学习过，重新高考对他而言是个巨大的挑战。所以眼下的他，只有一个高中学历罢了。他能选什么呢？

他找了一份工作，然后边工作边通过自学考试获得了本科学历，虽然层次和原来的学校差太多，但总算是有的。他的工作也是从端盘子、做销售这种对学历没有要求的职位开始做起的，他在岗位上勤勤恳恳，荣获了两次销售冠军。后来他靠奖金和攒下的工资自己创业。离开学校七年后，他终于又攻读了母校的研究生。我分享这个故事，希望大家可以看到"努力"的价值。

经常有人说"选择大于努力"，但是一个好的选择，却没有匹配足够的努力，再好的选择，没有结果，只会被浪费。

03

哪有什么绝对正确的路，哪有什么一劳永逸的选择？

不要过分纠结自己的选择，不要动不动就觉得某件事是人生的转折点，因为即使做出同样的选择，也会有不同的人生结果。同一个班级毕业的学生，都拥有一样的工作，一样的生活，一样的人生吗？并不是的，未来还是要靠自己去改变。

你们还年轻，拥有无限的可能。没有什么一成不变的人生，即使选择康庄大道，也可能遇到各种各样的意外情况。我们需要做出选择，更要具备为选择买单的实力。

请尽快放下过分的谨慎。

无论你曾经选择了哪条路，要相信那一定是你人生中做出的最正确的选择。而接下来你该做的，就是坚定地为自己的道路奔波、努力、奋斗。让你选择的这条路，成为你未来人生的最优选择。

91　我们为什么要好好说话

01

我刚工作的时候，有一次快放寒假了，学校的学生已经走得差不多了。我中午出门办事回来，在学校门口看到几个卖烤红薯的摊子。看到摊主站在寒风里把自己裹得严严实实跺脚取暖的样子，虽然我已经吃饱了，可是我觉得再买一个红薯带回办公室吃也是可以的。

我走到一个摊子前，挑了一小块红薯。摊主热情地招呼着帮我称红薯，然后告诉我，三元。

三元不贵，但是我知道这个红薯顶多一元。那段时间我喜欢吃烤红薯，天天买的东西，自己或多或少也是知道价格的。不过三块钱也确实不多，看到摊子上还摆着一堆烤好的红薯，路上却鲜有人来往，我不知道会不会有人来买了。所以我停顿了一下，把手里准备好的一元钱放进钱包，又拿出五元递给摊主让他找给我两元。

我拿着红薯转身离开的时候，摊主操着一口当地的方言，很清晰地和旁边的摊主哈哈大笑，嘲笑我，大意是："这个人真好骗，我多要了两块钱她都不知道。"我是本地人，当然能听得懂他们在说什么。

直到现在想起这件事，我还是耿耿于怀。那天我一直到坐在办公桌前还是有些沮丧，红薯给了同事，下班回家后我找了一部一直喜欢看的电影却一点儿也看不进去；又翻了翻自己喜欢的书，可还是觉得心里特别不舒服。后来我意识到，自己那天的好心情因为这样一句话被彻底毁了。我并没有那么在意他是否领会到我的善意，我在意的是他毫不顾忌的嘲笑。

这件事给我带来的影响就是，在之后的工作和生活中，无论是学生还是身边的朋友、家人，在语言表达上，我会注意方式方法，我期望自己的语言是温柔的。因为我认为语言是会影响一个人的状态的，一个陌生人无关紧要的一句话尚且能带来这么大的影响，更何况带有角色身份的人，譬如老师、家人、朋友。

02

如果觉得内容不合适，我认为不说出来比较好。

有段时间，我在生活上遇到一点儿麻烦，整个人的状态也不好，那段时间也消瘦了很多。后来，有朋友来关心我，陪我吃饭聊天。这样的做法和行为，我当然是非常感动的。但是在这个过程中，朋友说了一句让我特别不舒服的话，我到现在也没有办法消化掉。

朋友说："其实我一直忍着没有说，我觉得你颧骨很高，所以面相不好看，还显得很刻薄，你这样的长相这辈子没有办法得到别人的善待。"

我完全知道朋友对我没有任何不满，而且始终如一地对我很好，经常帮助、支持、完全信任我。可是那句话让我特别不舒服，对于当时想要摆脱消极处境的我来说甚至是一个沉重的打击。毕竟，我没有办法换一张脸，来换得别人的善待，这是我没有办法改变的事实。对别人对我相貌的评价，我无力更改或者迎合。

陪伴我走过低谷的朋友，我始终是感激的，而且即使朋友不说，我也清楚地知道自己的长相短板。我知道这话没有恶意，可是我没有办法忘记这句话。

当然，我猜测自己偶尔也可能会无意间说出这样真实却具有伤害性的话吧。可是"无意"和"心直口快"并不能掩盖伤害他人的事实，意识到这一点后，我便会尽力避免。

《增广贤文》写道："良言一句三冬暖，恶语伤人六月寒。"

03

有位同学和我探讨过说话的界限到底在哪里，是顾及他人的情绪，迎合对方，还是坚持表达自己的观点，哪怕得罪人也要捍卫自己的观点。

我认为，语言被称为一门艺术就在于它是没有标准的，或者说我们每个人都有适合自己的尺度界限。有的时候，我们需要用语言作为一种攻击利器；有的时候，我们需要用语言为我们搭建合作关系的桥梁；有的时候，我们不需要语言。关键就在于，我们自己要清楚用语言达成怎样的目标。

语言不仅是我们与外界连接的工具，也是我们每个人的一张名片。它不仅是我们与他人沟通的工具，也是他人评价我们的标尺。

好好说话，对于我而言，可能是终生都要学习的一门课程。

92　接受人的复杂性

01

很多同学对娱乐明星很关注，而有的明星也会制造热点事件回应大家的关注。但有些事件并不具有普遍性，所以在一次上课时，我提起当时的一个热点事件，主要是想评价当事人的行为，强调公众人物的个别行为并不适合普通人，尤其是学生模仿。

当然，因为事件的特殊性，而且是明星热点，事件人物很容易被猜出来。于是有同学表达了不满——"你有什么资格攻击TA。TA做什么都是对的。TA永远是最完美的。"

他们认为我在否定这种行为，就认定我的批评是涵盖着否定行为人的意思，然后他们生气并开始维护行为人，非常激烈地强调：偶像没有做错，偶像是完美的，偶像做什么都是对的。但实际上，他们的作品我是很喜欢的，也正因为喜欢才多了一些关注，也才了解事件。我确实对于他们的行为是不认可的，但这不代表我对他们的作品不认可，不代表我认定他们是坏人，是恶人。

这样不分割行为，戴着人物滤镜的评价方式代表一种评价态度，那就是，对于一个人的评价过于绝对。一个人要么好要么坏，一个好人不可能做坏事，而一个人如果做错了某件事，那么这个人就永远都是坏人。

现在上网时，我也有这样的感受。网上的言论越来越极端，非黑即白，只要带有一点儿不好的意思，就被理解为否定全部的意思。而不带情绪的描述，则会被认定"洗白"。总之，我们的思想、情绪、人格好像不再具有中间值，只有对与错。

02

很多年前，我学习心理学的时候，老师要求我们根据他的描述，客观地分析、定性一个人。

"你在公园散步,手里拿着很多东西,很累却始终没有找到可以休息的地方。你走了很远很远,终于看到远处有一张长椅,有个人坐在椅子的一边戴着耳机在听歌,另一边放着他的包,他面前还有一张干净的桌子,于是你决定走过去坐下休息一下。而你迎面走上去,那个人看着你,却并没有把包拿起来让你坐下的意思。对于这样的行为,你怎么评价呢?"

"刻薄、小气,怀有恶意。"这是当时班上很多同学的回答。

"这个时候你手里的一支笔掉在地上了,正好滚到了他脚边。而他却无动于衷。这个时候你认为他是一个怎样的人?"

"冷漠、没有同情心。"很多同学这样回答道。

老师听完我们的回答,停顿了一下,继续说道:"然后你发现,原来那个人是一个盲人。"

听完这句话,很多同学皱起眉头,为刚才的评价而感到惭愧,包括我。我们没有一个人真正地做到客观评价。我们还是根据自己以往的经验、根据从课本上学到的知识去判断他人。我们以为对方是怀有恶意的,其实是我们带着先入为主的态度评价对方。

这个故事让我意识到,无论我们如何告诫自己要客观,都会不自觉地带着偏见。而我们的偏见,对于他人就是一种恶意。

当然,这个故事还可以继续说下去,譬如那个盲人是假的,譬如那个人其实耳机没放歌,他听到有人来了,就是故意占座的。这个故事可以继续不断地通过细节变化而反转,然后我们可以不断地更改我们的想法和评价。但是在这个过程中,我们也早已忘记了自己的初衷,只是累了想要休息一下。

沉迷于对他人的评价,对自己也是一种困扰。

03

不接受一个人的复杂性,并不只是会影响他人,会影响自己。

我曾经处理过一起很糟糕的学生作弊事件。那是一个上过我的课的学生,在课上表现得很好,还总是和我互动,算是课堂上的积极分子。然而期末考试我监考时发现了他作弊。从那之后,这个学生就变成了另一个模样,上课总是迟到早退,要么直接旷课,即使来上课也是趴在最后一排睡觉。他的学习成绩一落千丈,英语四级也不考了,学校活动也不参加了,始终游离在班集体之外。我找了他几次,他总是回避我,实在没办法,我只能给他发了几条信息,告诉他我不会因为他的一次作弊就否定他，希望他可以振作起来。

其实，他是因为无法接受在老师面前破坏了"好学生"形象的事实，也认定作为老师的我会因为他的作弊行为而全盘否定他，不会再给他任何机会，这导致他产生破罐子破摔的心态。因为在他的心里，对别人的评价就是非黑即白，而他相信别人也会这样评价他、对待他。

你苛责别人，也会害怕别人对你的苛责。

04

宋代诗人戴复古在《寄兴》中写道："黄金无足色，白璧有微瑕。求人不求备，妾愿老君家。""人无完人，金无足赤"便出于此。雨果在《悲惨世界》中写道："尽可能少犯错，这是人的准则。不犯错误，那是天使的梦想。"

人是复杂的。我们不仅要接受别人是复杂的，也要接受我们自己也是复杂个体的事实。

我希望自己完美，但是我有自己无法克服的问题和缺点。另外，我自认为的长处可能在别人眼里就是我的缺点，这就是有关价值观的分歧，这些分歧组成了我们观念上的不同。同时，我也很怕大家认定我的完美，因为对一个人有多期待，那么这个人一旦做了不符合期待的事，对这个人的否定就会有多彻底。

不要"一言以蔽之"，要"就事论事"。要尊重不同与分歧，不要给他人贴标签。

我以为最好的认可，不是"我认可你的好，所以连你的不好也看作好的"，而应该是"我认可你的好也包容你的不好，期待你变得更好，也尊重你不愿改变的选择，这是你的自由，也是我对你的尊重"。

93　不要通过毁灭自己的人生来证明别人的错误

01

总有学生和我说:"老师,你人很好,你要是我的老师就好了。我的老师不好,他毁了我一生。"或者这样说:"我的原生家庭特别地糟糕,我这辈子都被他们毁了。"

听到这样的话,我总感觉特别绝望。一个个二十岁左右的人告诉我,他们准备放弃未来至少五六十年的人生。

有个学生和我说,他以前一直想做一个作家。他上学时写作文,写"我的理想"时他把想当作家的理想写出来了,结果有一天他经过老师办公室的时候,听到语文老师正在读他的作文,而且一边读一边嘲笑。嘲笑他字丑,嘲笑他语言逻辑不通,嘲笑他根本没有这个能力还想做梦。他说自己的内心如刀绞一般疼痛,于是从那以后,他便不再好好写作文、上语文课,即使他不擅长理科也坚决选了理科,最后只读了一个普通的专科,专科学的也不是自己喜欢的专业。他挂科很多,即将面临退学。他说,自己的人生都是被语文老师给毁了。

还有个读者和我说了一个"复仇"的故事。他的父母对他有极强的控制欲,他喜欢的工作父母不满意就会一直唠叨,他谈恋爱找了自己喜欢的姑娘可是父母不满意,于是也会唠叨他。他每天回家都觉得很压抑。于是他想到了复仇,复仇的方式是"言听计从",辞去自己的工作,去做父母通过关系找的工作,和女朋友分手,和父母介绍的女生恋爱结婚。但是,"我每件事都不好好做,我工作就是打游戏混日子;虽然结婚了,但是我根本不理她,我还是和前女友保持联系……现在我离婚了,我的同学都做到经理了,我现在还是一个普通员工。这个时候他们又唠叨,说我不争气。这个时候,我只要对他们说'我什么都听你们的,你们不喜欢的工作我辞了,你们不喜欢的女生我分了,我按你们的要求来,你们还要怎样?我的人生就是被你们毁掉的!'然后我的父母不说话了,那个时候我觉得特别爽。"

　　爽吗？就为了说出这句话，为了证明别人的错误，不仅毁掉自己的人生，甚至还搭上了别人的人生。

02

　　我其实很能理解老师对于学生的打击有多大，我很幸运遇到了很多很棒的老师，但也遇到过糟糕的老师。

　　我的学习成绩一直不好，无论我怎么努力怎么熬夜看书，成绩总是不行，大概"笨脑瓜子"就是我这样的。上学时，有老师把我妈喊到办公室，很认真地劝我妈带我去医院检查一下智力，我妈气疯了，但是她那个时候什么也没有和我说。这是很多年后同学聚会时，当时一个在办公室留堂的同学告诉我的。你看，我没有听到负面评价，所以老师的评价就没有对我产生影响。

　　当然，也有对我产生影响的。因为我是一名体育生，即使现在我还是坚定地认为，运动员经历和我的学习成绩并没有直接关系，至少没有负面影响。但你们可以想想你们自己对于体育生的看法，也就可以想到老师对于体育生是怎样的态度了。有位老师曾毫不掩饰地表示对体育生的厌恶，他当着全班同学的面对我说："你这辈子最多做个商场营业员，估计还得是找关系才能进去的那种。"

　　说这话的是一名实习英语老师，从那之后很长一段时间我的英语都很糟糕，即使现在我都没有办法开口说英语。因为我的口音被嘲笑过，就是那种让我单独读课文，我以为是一种肯定，结果老师却对全班同学说："看到没，最糟糕的发音就是这样的。我这辈子没有见过比这更差劲的。"

　　所以，这种心理打击带来的影响我真的感同身受。

　　虽然我当初的艰难处境和想当作家的同学现在的艰难处境，确实给我们带来了伤害，但是我们记住这些给我们带来伤害的人会有什么影响吗？并不会。他们早早就忘记自己说过的话了，也不知道自己伤害了别人。所以当我意识到这一点之后，我很努力地摆脱心理打击对我人生的影响，并且竭力让这种影响成为另一种动机：因为我知道老师的影响力有多大，所以，我做老师时，不要做那样的老师。

03

　　我不希望同学们拿我和你们身边的人做比较，因为你们只是通过文字、网络认识我,这个"我"并不真实。每次别人夸我的时候,我都会告诉他们:远香近臭是真理,因为你们没有和我真正地相处过,没有真的和我打过交道,所以你们是戴着完美滤镜看我的。实际上我的学生也有对我不满的,而我也相信真实相处时,你们也会觉得我有很糟糕的时候。

评定奖学金、荣誉时,面对这样的利益竞争,一旦有了评选冲突,无论我选择哪种评选方式,一定会有学生感到难过,感到被伤害、被否定。学生犯错时,如作弊、旷课或者其他什么问题,即使我早早和学生说明遇到问题我会按章处理,学生还是都有自己"无可奈何"的理由,而我对他们做出的处罚,站在他们的立场看,同样是对他们人生的打击。觉得我好的人,只是因为我没有真的干涉他们的生活。

更何况,我也不敢保证,自己无意的一句话,会不会对同学造成伤害。毕竟,每个人重视的东西并不一样。

父母也好,老师也好,或者一个无关紧要的路人也好,他们对我们人生的影响取决于我们要不要接受这样的影响。你们的人生是你们的还是别人的,决定权在你们自己。你们可以坚持不把自己的人生交到他人的手里,坚持按照自己的方式安排人生。

当然这会很难,违背父母的意愿,在别人不看好的情况下坚持自己,一定非常难。生活本来就很难,就看你们选择哪一种难。但是,不要赌气,不要因为别人的干预就决然地毁灭自己的人生,坚持做自己不擅长、不感兴趣的事,却不付出努力,只是用毁灭自己的方式向别人证明,他们的建议是错的。

04

如果真的没有办法摆脱,那么,听听我在网上找到的这个故事。英国温泽市市政府大厅被称为一座"嘲笑无知者的建筑物"。300多年前,著名的建筑设计师克里斯托·莱伊恩受命设计温泽市的市政府大厅。他极其巧妙地设计了只用一根柱子支撑的大厅天花板。而市政府权威人士进行工程验收时却说只用一根柱子支撑天花板保障不了大厅的安全,责令莱伊恩再多加几根柱子。莱伊恩据理力争,并列举了相关的数据和实例。这惹恼了市政府的官员,莱伊恩险些被送上法庭。

无奈之下,莱伊恩只好煞有介事地在大厅内增加了4根柱子。不过,这4根柱子实际上并未与天花板接触,其间相隔了令人无法察觉的2毫米。300多年过去了,谁也没发现这个秘密,大厅的天花板也未曾出现任何险情。直到前几年市政府准备修缮大厅的天花板时，才发现莱伊恩原来是一位"弄虚作假"的高手。这个"秘密"经当地新闻媒介披露后，立即引起了世界各国建筑专家的极大兴趣，不少游客慕名而来。最让人们称奇的是这位建筑师当年刻在中央圆柱顶端的一行字：自信和真理只需要一根支柱。

现在能够找到有关这位设计师的资料实在是微乎其微，在仅存的一点儿资料中，记录了他当时说过的一句话："我很自信。至少100年后，当你们面对这根柱子时，只能哑口无言，甚至瞠目结舌。我要说明的是，你们看到的不是什么奇迹，而是我对自信的一点坚持。"

我们的人生不是证明题，不必快速验证给所有人看。

很多事很多人无意或者企图干涉我们的人生，我们应该做的不是粗暴地证明对错，而是要摆脱这样的影响。我还是会努力练习英语口语，虽然我已经30多岁了，或许要练到60岁才能成为一个英语口语流利的老太太，即使到那个时候我才能摆脱这样的影响也不晚。毕竟，这是我的人生，我可不要和谁赌气，我只过自己想要的人生。

我们都可以过自己想要的人生。

94 完成目标，是需要花些时间的

01

我们最大的问题是什么？缺少耐心，总是害怕来不及。

我的同事的妈妈现在是一名瑜伽教练，那些难度很高的动作都可以轻松地完成，有很多学员指名要跟着她，她拥有自己的粉丝群。很多人以为她应该是练了很多年的，但实际上，她快要退休的时候才开始接触瑜伽，然后有了兴趣开始学习。刚开始她只是跟着电视、光盘自学。后来同事有了孩子，她过来帮忙照顾，即便如此也没有放弃学习瑜伽。学到一定阶段以后，她就跟着老师学，去考级，后来被邀请到瑜伽馆做教练。

如今她妈妈的身材保持得特别好，瑜伽锻炼让她的气质格外出众。她的状态给出了对于如何面对岁月流逝这一问题最好的回答。

可能有人以为这一定是速成的。不，阿姨从退休后才开始接触、学习瑜伽，到如今已有十多个年头了。

学瑜伽需要花多长时间，在阿姨还没有学之前，她没有考虑过这个问题，只是她知道，要学习就要花时间，就要下功夫。既然目标定好了就行动，其他的不过是水到渠成。

02

种一棵树最好的时候是十年前，其次就是现在。

有个学生给我发来信息说道："老师，我后悔了。你说得对，我现在还是想从事这个行业。您还能给我什么建议吗？"

我回复他："我给你的建议，和三年前一样。"

学生发来哭泣的表情："可是已经过去三年了啊，根本就来不及了啊。老师，你有没有什么捷径啊？"

这个学生三年前第一次给我留言时告诉我，他对金融很感兴趣，问我如何才能从事相关工作。我当时给他两个建议，去获得相关的学历，或者考从业资格证。然后他问我："我什么都不懂，现在开始学，会不会来不及？"我说："你既然不懂，那你现在开始学习，三五年后，你有了相关专业的学历，有了证书，你就可以去公司应聘了呀。"

学生立刻回复一句："啊！要三五年这么久？"

那之后，他没有再找过我。只是之后我刷朋友圈的时候，总能看到他在朋友圈转发各种广告，求点赞求转发。我打开广告，是"三个月培训快速上岗""七天从小白到专家""一周快速入门成为行业大拿"诸如此类的信息。

我从没有见过一个靠着七天、三个月的培训就成功学会某个专业知识的例子。而这个学生，三年后又找到我，可是他还是没意识到自己手里掌握着通往成功捷径的密码——时间。

03

我有个同事，喜欢画画。开始她连人物的比例都弄不清楚，配色也是奇奇怪怪的。可是她对画画真的感兴趣，便给自己定下目标：每天除了练习临摹之外，至少独立画一幅作品。就这样，她在30岁开始学画画，到如今，已有人请她作画，挂在家里做装饰。

有人会说："这不一样，他们是兴趣，而对于我是必须完成的目标！"

其实没什么不同，不管是兴趣还是目标，都是动机。总有人来询问我的意见，但他们不是没有目标，不知道该怎么做，只是试探我能不能给他们提供什么捷径。他们都很着急，对目标极度渴望，可是我觉得他们似乎也没那么渴望。如果真的渴望，不是应该不顾一切地去做、去完成吗？但他们没有。他们情愿发动态告诉大家他们的目标、他们的焦虑，情愿躺在床上发呆幻想目标必须完成，情愿到处咨询，如问我或者其他可以问到的老师，要如何实现目标。

但，他们始终不行动。

他们觉得实现目标需要花太长时间了。他们不愿投入这么长的时间，而希望在最短的时间里，最快地实现目标。而这恰恰浪费了最宝贵的东西——时间。

04

小学语文课本里有一篇课文叫《白杨》，我上小学的时候学过，现在课本里还有这篇课文。

因为这篇课文，我曾经对杨树有了兴趣，还查过不少资料。在杨树里，胡杨的生命力最强。"胡杨在最干涸的地方生长，上亿颗种子随风飘散，这些种子等到雨水或者找到水源需要一个月甚至更长的时间，存活的概率只有1%。而它们找到水源后，可以在6秒内吸足水分，然后拼尽一切力量扎根发芽。以上步骤只要错过一步，努力便会化为乌有，可即便如此，也不影响新的胡杨生根成长，终成参天大树。"

年轻人，人生确实有无限的可能。

目标已经在那里了，剩下的，就交给时间吧。

95　能力不等于成功

01

学校要进行军训，要从学生中选拔助理教官，我负责的学院有一个退伍的学生，这个学生恰巧是我自己班上的。我问这个学生："你行不行？"学生说："相信我，没问题。"

于是我推荐他去参加学校的教官培训和选拔。第一天培训时我在旁边观看了一会儿，这个学生确实不错，口令准确，动作也标准，就是练一阵就不练了。第二天培训的时候他和我请假，说有事不来了。

后来学院自行练习，我安排他为队长，指导另外几个同学进行教官的培训练习。结果，他压根儿就没去。我问他："你有没有什么困难需要克服？如果你不愿意我不勉强。"学生打了个哈欠说："没有，我就是早上睡过了。"然而第三天他依旧没有去。

后来我把他淘汰了。他是整个团队个人能力最强的，却也是最早被淘汰的。

如果你们是辅导员，你们会怎么做？

这只是学校，只是一项很小的活动，学生恰巧有胜任活动的能力。他却因此表现出了傲慢和对活动的不重视，如此作为，让人十分失望。这个学生或许有能力，可这能力还不足以支撑他实现自我，因为他不在意，既不在意机会，也不在意平台。

02

这个学生没有意识到，他将个人能力和团队能力对立了起来。我默许他对纪律的不执行就是否定自己的权威，姑息他的散漫就是否定其他人的认真和努力。在这种时候，为了团队的整体能力，我没有其他选择。况且是军训，本就对纪律要求严格。

能力再强的人，也不意味着不可替代。如果让他带一支队伍，他能不能成为最棒的教官，带出战狼一般的学生队伍？可能会。但是他压根儿没有展示能力的机会。

我情愿退而求其次找一个有效执行命令、表现稳定的人，也不放心找一个对命令的执行进行自我折扣、表现不稳定的人。

03

如果有一天我们睁开眼，发现天赋和优势都变得平淡无奇不再出彩，我们会怎么办？

小学时，我同桌的个子是同龄人中比较高的，比班上其他人都高，大家都惊讶她这个年纪怎么长这么高的个子。好多人针对她的身高给她提出各种发展建议，似乎"高个子"作为一种天赋优势，可以给她带来更多的机会。然而，这么多年过去了，她的身高依旧维持在小学时的高度，而她的同龄人中比她个子高的比比皆是，没有人再惊讶她的身高。所以，有些能力只能是天生的吗？譬如嗓音独特，譬如记忆力好……天生的优势若不加以练习维护，总会以各种方式逐渐消弭。

天资的优势尚且有成为伤仲永的可能，何况只是能力稍微出众，怎么可以骄傲散漫呢。如果只是仰仗能力突出而不进步，就好像小树苗旁边的石头一样，看着很强大，不可撼动，但是经过时间的洗礼，小树苗终会长成参天大树，而石头则会慢慢地被风化，慢慢地消失。

人外有人，天外有天。即使自己确实能力出众，也要保持谦虚，对事依然要认真。再小的机会也是锻炼，千锤百炼始成钢，百折不挠终成才。

96　如何在失败中成长

01

有个学生考研初试考得很好，觉得自己肯定会被录取，所以没有参与调剂，没想到名单出来后，他没有被录取。而当初比他的分数低很多的室友，第一时间就开始找调剂的学校，并通过了复试，基本就等着被录取了。

这个学生心里始终绕不过一个心结："明明考那么好，怎么现在却连合适的学校都找不到，我怎么会这么失败！"

有个女生，大学四年一直表现很好，当学生干部能力也不错，毕业论文也被评为学校优秀论文，自己心仪的公司也给她发来了录用通知，毕业的时候评上了省级优秀毕业生。但是她被单方面宣布分手了，她觉得自己好失败，在宿舍哭了整整三天，出门的时候眼睛都睁不开了。她反复地问室友："我哪里做得不对？是我什么地方做得不好吗？我为什么这么失败呢！"

02

怎么定义成功和失败呢？

作为辅导员的我遇到过这样一个学生：他很聪明，高考成绩数一数二，可是却不努力，天天玩网络游戏，平时也不怎么上课，考试总是勉强及格，毕业以后只是勉强找了一份工作糊口。对于这样的学生，大家都很惋惜，觉得这孩子的大学生涯失败了。可实际上呢，人家没觉得自己失败，而是觉得自己的游戏等级从青铜到王者就很棒，找的工作钱不多却是自己真心喜欢的。他不爱竞争，每天能够有时间看书，打自己喜欢的游戏，对于他而言，已经实现了人生目标，觉得自己很成功。

有的时候，电视里好看又有演技的明星，突然宣布息影说要好好过自己的生活，作为观众的我们会觉得很可惜，认为他如果继续自己的演艺生涯，一定会获得更大的成功。而明星自己呢，也许人家根本不在乎做明星，对这样的"成功"也并不看重，转做幕后，或者直接转行做生意。

有的人已经是成功人士的典范了，可他本人却可能因为自己的驾校考试没有通过，就觉得自己是失败者，便会失落很久。

失败其实是心理上的判断。一种是来自外界的、旁观者认可的失败；另一种是内在的、自我定义的失败。

03

人的内心都是向往成功的，只是评价成功的标准不同。

作为旁观者，我们看别人，总是用长线思维，看他们当下做的事情，判断他未来的人生境界。所以，我们看到他在当下玩游戏，就会认为他无心学习，这样的行为衍生的人生只有失败。而面对自我时，我们往往更加关注"当下"。当下做的事的成功会让我们更有愉悦感，我们过分相信自己会及时抽离"当下"，绝不会影响自己的人生主线，于是继续在"当下"投入时间和精力。明明同样是玩游戏，但我们坚信自己最终会走向成功，而他人会因此走向失败。

投入越大，对于结果的感受就越沉重。

3岁的小朋友花了一小时系好的鞋带被别人扯开了，他会觉得相当失败，哇的一声就能哭出来。30岁的人，别人把他的鞋带扯开，他会觉得失败而痛哭吗？同理，品学兼优的学生可能在学业上确实并没有那么努力，投入也不多，所以没有成功的感受。而在感情上投入过多，一旦被伤害，就会有极强烈的失败感。

心理预期失衡会产生失败感。

花两元买了张彩票，中不中奖都不会引起心理波动。

这个时候老板告诉你："你中奖了，中了五元。"

你会高兴。

老板又说："不好意思，弄错了。"

你会觉得五元没有了。但是心理预期上五元钱对你的影响并不大，也就是一瓶饮料钱，没了就没了吧。

老板又说了："不是中了五元，是中了五百万元。"

一下拥有五百万元了！你心里便有了对于五百万元的期待。

去领奖的时候，老板说："不好意思，弄错了。你没得奖。"

很多人会在这个时候崩溃。其实本来我们就没有五百万元，但是心理预期让我们认为自己损失了五百万元。

比较会强化失败感。

原本，你觉得自己的生活还不错，可是在同学聚会上，你发现那些原来和你条件差不多的，或者条件远不如你的人，比你更成功。你就会产生这样的心理预期：我本来应该过得比他还要好。心理预期和实际情况一对比，失败感便油然而生。

04

作为旁观者，我们看别人的成败，觉得并没有什么，可是对于当事人来说，他们的心理预期、投入成本、比较对象我们不知道，这就是我们没办法"感同身受"的原因。

当事人面对失败，该做怎样的心理建设呢？

试试以下这几步：

第一步，停止不合理思考：告诉自己，失败是暂时的，是局部的。当下的处境并不能代表长远的结局。

第二步，自我和解：失败并非坏事。给失败找几个自我安慰的好处，如失败可以让我们再看一遍书巩固知识，可以让我再遇到比他更好的人，可能有更好的在前面等待。相不相信没关系，关键是要找出来告诉自己，慢慢地自己就会相信了。

第三步，告诫自己：不要沉迷于失败感。失败带来的挫败感如果持续，只会导致效率低下。负面情绪是会持续蔓延的，但是究竟会持续多久，是可以由自己决定的，但是沉迷在失败感中，失败就永远不会过去。

第四步，开始规划：如何止损。如果失败感是心理预期带来的，就试着调整心理预期。本来可以调剂到双一流大学，那么现在降低标准，再看看普通高校的调剂名额，甚至把标准降得更低。如果失败感是心理投入带来的，就停止投入。

第五步，开始行动。

05

我们也许做不到坦然地面对失败，但是坚持有意识地让自己进行这样的思考，以后在面对失败的时候，就能快速走出失败的阴影。最后，我们就可以在极短的时间接受现实，坦然面对失败。

学会坦然面对失败，就是变强大的过程。

失败是再正常不过的事，对每一个人都是公平的。面对失败时，我们做出什么样的选择，决定了我们将会成为怎样的人。

可以在意失败，但不必介怀。

97 认真生活，认真感受

01

我们都在用力地活着，只是不知道别人有多辛苦罢了。

昨天和一个同事一起去医院看望另外一个同事。同事没事，是家人生病了，需要做手术。每个病人只能有一个陪护，于是个子小小的她就撑起了这份重任，谁也帮不上忙。我和同事在楼下等了十多分钟，她匆匆下来，寒暄了几句，我们就赶紧道别了。

我和同事从医院出来时下着小雨。我们好久没见了，两个人打着一把伞，跟着导航走了一千多米，挑了一家看上去不太贵的店，斟酌着点了几道菜。努力过日子的人，柴米油盐都是计划到每一顿饭上的。

餐桌上，她聊起她的琐事麻烦，我说起我的烦恼困扰。谁也解决不了谁的问题，但是就这么说一说，彼此的情绪都好了一些。

晚上回到家，完成了把书柜改装成博古架的最后环节。摆上我的模型，拍了张照片发了朋友圈。两个同事都在下面留言，我们彼此调侃对方在过好日子，在体验生活，在享福，完全不提之前看到的对方的黑眼圈和消瘦的面颊。

这就是大人们的默契，用这样的方式提醒对方生活中的美好，既是安慰，也是加油。

02

年轻人总是期待"未来"和"以后"，把全部的美好希望都放在了"将来"，却对自己的当下敷衍了事。但其实我们的生活就是由每一天每一时每一刻每一秒组成的。

生活是什么？很多同学可能并没有认真地去思考。其实生活就是一种体验的感受。

停下脚步，可以闻到空气是有香味的。静下心来品尝，白米饭是香甜又饱满的。一杯温开水从嗓间滑过，喉咙是会有触感的。摸一摸五颜六色的水彩画，笔触的纹路凹凸不平，是有不同温度的。夜深人静的时候仔细听，即使在繁华的城市里，也能听到远处风吹树叶的声音……

　　努力的时候也是有感受的。

　　生活并不只是靠完成某件事的结果定义好坏，更是包括我们对于每一刻正在发生、存在的一切的感受。

03

　　我们的生活是关注自我，而不是关注他人的评价和比较。

　　我不把自己的生活和别人比较，因为完全没有可比性，每个人的生活都是独特的。每个人都有自己生活中的美好和糟糕，我们看不到，又何必羡慕或嫉妒。我们只要和自己比较就可以了。

　　每当我觉得压力很大、很累的时候，我就会想起自己人生的低谷时刻。想想那个时候，再对比现状，然后就会感觉眼前的一切算不上什么，麻烦也不那么麻烦了，问题也不是什么问题，这样我就会很快恢复元气了。

　　我们每个人都会有自己的"至暗时刻"，对吗？其实无论事件大小，对于我们个人而言，自我体验很重要。

　　生活得糟糕也好，完美也好，结果虽然重要，但过程中的感受也是有意义的。

　　我希望同学们都能善待自己的人生，好好吃饭，好好睡觉，好好奋斗，好好生活。这是你们的人生，得认真地品出滋味来，不要辜负了生活。

98　如果有一天……请记住客观冷静

01

闲来无事，对于某一年的反转热点新闻进行了总结收集，这些新闻在当时都引发了全民的热议，可是不到一年，这些新闻好像真的被淡忘了。

有位家长说自己患有哮喘病的孩子被老师体罚跑十圈田径场，跑到吐血，还展示了孩子带血的校服，引发了社会热议。后来事件反转，体罚并不存在，校服上的血也不过是化妆品和水。大众哗然。

有个姑娘下楼拿快递的时候，被人偷拍了一段九秒的视频，加上偷拍者自己编造的对话记录，包装成恶俗段子发布到网络，一时间被大量转发。后来事件反转，所有内容均属捏造，且偷拍行为涉嫌违法。这样的行为使姑娘的工作、生活、健康都受到了影响。

某大学一学姐发帖称自己被学校内一学弟肢体骚扰，并公布了该学弟的个人信息，导致学弟受到了严重的网络暴力。后来事件反转，通过监控录像查证，学弟并没有骚扰学姐，于是学姐的个人信息遭到了泄露，她同样遭受了网络暴力。

网约车为送生病的孩子去医院而闯红灯，但是网约车司机在请家长作证消除自己的违章记录时遭到了拒绝，一时间舆论又是一片哗然。后来事件反转，家长并没有拒绝作证，只是因为医院提供了错误的电话号码造成了误会。

……这些新闻，你们都还记得吗？

02

有些人以满足个人私利为目的，却不知道自己的"小恶"造成的恶劣影响会有多大。恶意捏造者一句"我只是闹着玩的，我不知道会有这么严重"就好像能洗脱一切恶意。只有让他们为自己的恶意切实地付出代价后，他们才知道自己的恶意带来了多大的恶果。

为了一段九秒的视频和几条捏造的聊天记录，姑娘坚持将造谣者告上法庭，很多人说不至于，说这位姑娘是拿着"守护名誉"这样的鸡毛当令箭，小题大做，却不在乎因为九秒视频，姑娘被工作单位劝退，提上日程的爱情被搁浅，姑娘被诊断患上抑郁症，且病情严重。

医生、老师的身份，原本应该是名誉的保证，却成了他人恶意诛心的武器。

后来那位造谣老师体罚的家长被公诉，被判处有期徒刑一年零六个月，缓刑两年。可是这样的新闻后续已经不再有人关注，大家只关注那些猎奇、夸张、极端的事件，并且带着自我情绪选择性地评判。

……

这种事件对当事人造成的伤害，就像一把刀砍在了木头上，即使拔掉了刀，可是刀痕已经留下了，无论如何也抹不去。

这，便是恶意。

03

勿以恶小而为之。谨言慎行，这不仅仅是对成长、发展的忠告，也是对他人的善意。

不是只有上了新闻，恶意才叫作有了结果的恶意，没有上新闻的恶意对他人所造成的伤害一点儿也不小。这样的反转不断地消耗人与人之间的信任。

如果有一天，你们不确定某件事或某人是否可信，请一定要客观冷静，可以保持关注但不要随意定性，要相信真相的力量而不要捏造"真相"，要相信公道但不要自己编造"公道"。

如果有一天……请记住，客观冷静。

99　青春，是用来奋斗的

01

这是最后一篇了。

本来计划一年完结一个系列的。2019年在网上我做了辅导员案例分析系列，虽然聊的是辅导员工作，但当时有很多同学给我发来信息，和我聊他们的大学生活中遇到的点点滴滴，有快乐有悲伤，有问题有困惑。那个时候，我就有了专门写一本成长建议的计划安排。这个计划本应该在2020年完成的，但我经常因为没有思路，转而去写别的了。

随心所欲地写点别的，好像更容易，然而，骗自己总归不是事，计划是被用来遵守和执行的，不是被用来打破的。

最后这几篇写得真的是异常艰难。强迫自己坐在电脑前，大段时间都被用来发呆，抠手指，坐到股骨发酸，坐到夜幕降临，然后又会产生时光流逝的愧疚感。

唉，我终归还是一个平庸者，有的时候虽然感觉努力很棒，但其实效果未知。这件事我早早就知道了，但是作为辅导员，我还总是给我的学生煲"心灵鸡汤"，跟他们说努力就有希望。是我虚伪吗？我不这么认为。即使我知道自己的起点有多低，也仍相信终点未知，既然未知，那就有希望。

年轻人，青春就是你们的资本和利刃。你们可以打败任何对象，只要你们想，你们可以超越任何人，只要你们愿意。拥有无限可能是年轻人最美好的特征。

02

生活要有目标，但最好别太多。

写这篇文章的时候，差一个月我在辅导员岗位上就待满九年了。当初做辅导员的时候，真的没想太多，就是想把这份工作做好，对得起自己的工资就行。那个时候也是什么都不懂，不知道评职称是怎么一回事儿，不知道辅导员还可以转岗，不了解大学工作和大学生上学有什么不同。所以我的目标都是很具体的：如何上好今天的职业规划课，如何带学生完成上学年的综合测评，如何找旷课的学生谈话，如何安排明天的素质拓展活动……内容琐碎，但也很明确，就是和学生相关的工作就去做，不相关的就不做。

虽然我原本的目标是当体育老师，后来做辅导员的时候也试着带过体育课，可结果体育课没有带得多好，自己的本职工作也耽误了。考虑再三，我是个凡人，做不到鱼和熊掌兼得。我也不敢冒险，握在手里的才是最保险的吧，于是后来不再代课，毕竟精力有限。

随着工作的逐渐深入，我渐渐对职业产生了尊重与信仰。但是不瞒你们，最初我也是在心里反复权衡。

但是一旦选择了，我就没有再想过"假如"，往前看，一条道走到底。

03

人生会有遗憾，也会有惊喜。

因为做了辅导员，我放弃了自己从小到大坚持的专业。如今，专业理论早已脱节，实践能力更是懈怠许久，不能成为体育从业者终究使我意难平。放弃的时候没想太多，只是考虑精力与时间管理。人生就是这样，在慢慢前行的过程中，我们有意或无意地舍弃了一些意义重大而不自知的东西。如今回过头看看也后怕，觉得自己的选择实在冒险，放弃了擅长的，而选择了未知的。

但是未知也带来了惊喜，譬如现在辅导员工作干得不错，有了工作经历不用再脑子空空地面对各种问题，可以有一些心得体会和大家分享，最终把这份未知变成了自己擅长的事。

04

大家都是带着未知走一步看一步。

看名人事迹的时候，作者总是把名人描述得似乎能做到步步为营，每一步都是他们精心安排的，带着坚定的信念完成了目标，实现了梦想。

专家、成功人士站在终点的时候，也总强调自己如何未雨绸缪计划整件事，才有了今天的成绩和结果。现实中这样的可能性不是没有，而是很少，毕竟每天都有新变化，未来永远是未知而不确定的。只是这样的说法会吓唬到很多年轻人，会让年轻人觉得自己的每一步都要小心谨慎，担心一失足成千古恨。

其实，绝大部分情况下，我们只管定下目标，然后努力向着这个目标前进就可以了。至于途中会遇到什么，随机应变吧。

05

想好了，就去做；一旦做了，就不要怕；错了就改，输了再来。只要目标是前进的，即使到不了桃园也能看到别的风景。

青春是用来奋斗的。这不是一句口号，我希望每个同学都能明白这句话的美好之处。

虽然写了这么多篇文章，但文字是人写的，每个人都有弱点、缺陷和不足。我只是给你们提供一些建议，你们当然可以有其他的意见，完全相反也没有问题。生活是自己活出来的，不是别人指导出来的。我没这个资格，你们更别有这个负担。

最后的最后，你们一定要记得：照顾好自己，每天尽力保持开心快乐，健康平安，这比什么都重要。

愿你们梦想成真，一切安好。